schleichender tod

DIE GHULBANDE
BUCH EINS

EVA CHASE

Eins

Lily

Nahtoderfahrungen haben die seltsame Eigenart, alles andere zu relativieren. Als ich sechs Jahre alt war, wäre ich fast in eineinhalb Meter tiefem, trübem Sumpfwasser ertrunken. Im Vergleich dazu konnte das Lovell Rise College nicht so schrecklich sein. Auch wenn ich nach sieben Jahren in einer psychiatrischen Anstalt zum ersten Mal wieder in der Stadt war.

Auch wenn ich noch immer keine Ahnung hatte, was der Grund für meine Einweisung gewesen war. Auch wenn die einzige Familie, die ich in der Stadt hatte, mich im Grunde verstoßen hatte. Auch wenn … Auf der Treppe vor dem Hauptverwaltungsgebäude waren gerade zwei Frösche zugange.

Ich blieb stehen, um nicht auf das amphibische Liebespaar zu treten, und betrachtete sie ein wenig genauer. In Lovell Rise sah man häufig Frösche. Wahrscheinlich weil sich das Sumpfgebiet über die gesamte Länge der Stadt erstreckte. Bisher hatte ich allerdings noch nie zwei Frösche so offensichtlich bei der Sache gesehen. Das Männchen klebte regelrecht auf dem Rücken des Weibchens und machte keinerlei Anstalten, es loszulassen.

Na ja, was soll's. *Macht ein paar Kaulquappen*, dachte ich. Vielleicht hätte ich es laut ausgesprochen, wären da nicht die anderen Studenten auf dem Hof und den Rasenflächen gewesen. Ich machte einen großen Bogen um die Frösche und stieg die Treppe hinauf.

Jetzt, wo ich wieder zu Hause war, war es wichtiger denn je, mich normal zu verhalten. Ich hatte nur eine Chance für einen Neuanfang. Nur eine Chance, um zu beweisen, wer ich wirklich war – und zwar kein Mädchen, das man in eine Klapsmühle am anderen Ende des Staates zurückschicken sollte.

Am Ende des kleineren Hofes, am oberen Ende der Treppe, hielt ich inne und nahm mir einen Moment Zeit, um mich zu sammeln. Das Poltern von Dutzenden Füßen um mich herum verdichtete sich in meinem Kopf zu einer eigenartigen Melodie. Ich könnte fast einen Text dazu schreiben, eine stampfende Hymne über meine Rückkehr zum College. *Es geht wieder los, ob wir wollen oder nicht, unser Gehirn wird mit Fakten vollgestopft und ...*

Ich schüttelte mich und verdrängte den Impuls. Ich würde *kein* Lied über Schritte dichten. Das wäre das Gegenteil von normal.

Nachdem ich einen Blick auf den Campusplan geworfen hatte, bog ich nach links ab zu einem der kleineren weißen Gebäude, in dem meine erste Vorlesung stattfand: Jugendkriminalität bei Mr. Leon Grimes. Mein erster richtiger Schritt auf dem Weg zu einem Abschluss in Soziologie. Ein Jahr lang hatte ich Grundkurse an der Volkshochschule in der Nähe des Krankenhauses besucht, bevor die Ärzte entschieden hatten, dass es mir gut genug ging, um entlassen zu werden.

Ich hoffte, dass ich genug Abstand von meinem eigenen Schlamassel gewonnen hatte, um anderen Leuten bei ihren Problemen beizustehen.

Die kühle Septemberbrise leckte über mein Gesicht und wehte über mein gewelltes, flachsblondes Haar. Ich unterdrückte ein Frösteln und wünschte mir, ich hätte eine Jacke oder eine Strickjacke über meine dünne Bluse gezogen. Gelächter schallte über den Hof und untermalte das rhythmische Marschieren der Füße. Ich ignorierte es.

„Hey, Psycho-Girl ist wieder da!“, rief eine forsche Stimme.

Ich hätte weitergehen sollen, doch die Worte waren so laut und unerwartet – und so eindeutig an mich gerichtet –, dass meine Beine abrupt stehenblieben und mein Kopf ruckartig herumwirbelte, um zu sehen, wer das gesagt hatte.

Leider kam mir der Typ bekannt vor, der mit einer Schar von Freunden im Schlepptau auf mich zuschritt. Die örtliche Grund- und Mittelschule war so klein, dass es nur eine Klasse pro Jahrgangsstufe gab, und so hatte ich vom vierten bis zum dreizehnten Lebensjahr im selben Klassenzimmer wie Ansel Hunter gesessen.

Sieben Jahre später waren seine Schultern breiter und sein Gesicht markanter geworden, aber er hatte dasselbe glatte goldene Haar, ein unerschütterliches Ego und ein vermeintlich charmantes Grinsen, das eine unbestreitbare Wirkung auf die meisten Mädchen hatte, sobald sie in die Pubertät kamen. Fünf Sekunden nach unserer Wiederbegegnung war mir bereits klar, dass sein Ego noch größer geworden war, seit ich ihn an der Mittelschule kennengelernt hatte.

Einige Jugendliche aus der Stadt entschieden sich für das Lovell Rise College, wenn sie die Zulassungsvoraussetzungen erfüllten, damit sie in ihrer vertrauten Umgebung bleiben konnten. Der Campus war klein. Laut des Orientierungshandbuchs für Erstsemester waren es nur achthundert Studenten. Doch es gab mehrere gut bewertete Studiengänge und hohe Zulassungsstandards. Ich hatte mir den Arsch aufgerissen, um die entsprechenden Noten für die Zulassung zum zweiten Studienjahr zu bekommen.

Ich hatte nicht damit gerechnet, jemandem zu begegnen, der mich erkannte. Ich war weder sonderlich beliebt gewesen noch hatte ich Freunde gehabt. Zumindest keine echten Freunde. Ich hatte mir eingeredet, dass niemand mein Fehlen bemerken, geschweige denn herausfinden würde, was mit mir passiert war.

Ich hatte den Kleinstadtklatsch wohl unterschätzt.

Ich kannte keinen der Jungs und Mädchen, die Ansels derzeitiges Rudel bildeten. Wahrscheinlich hatte er seine alten Mitläufer gegen neue Modelle ausgetauscht, sobald er eine größere Auswahl zur Verfügung hatte. Sonst hätte er mich ihnen nicht „vorgestellt".

„Sie ist kurz vor der Highschool durchgedreht und musste ins Irrenhaus", teilt er seiner Entourage mit einer Handbewegung in meine Richtung mit. Grinsend funkelte er mich mit seinen bösartigen Augen an. „Wie war noch mal dein Name? Lila? Lola?"

Die Mädchen kicherten. Ich richtete meinen Blick auf die Stelle über Ansels Augen und stellte mir ein kleines Krokodil auf seinem sonnengebleichten Haar vor. Eine meiner Mitpatientinnen in der Psychiatrie war überzeugt gewesen, dass auf dem Kopf eines jeden Menschen ein Tier herumhüpfte. Sie hatte mir gesagt, bei mir wäre es ein Frosch. Das ergab Sinn. Sie hatte sogar mit den unsichtbaren Tieren gesprochen, meistens sogar mehr als mit den dazugehörigen Menschen.

Ich hatte zwar nie eines dieser Tiere gesehen – und ich

war definitiv nicht verrückt genug, um mit ihnen zu sprechen –, doch ich konnte verstehen, dass es stressige Situationen leichter machte, wenn man so tat, als würden sie existieren. Man konnte sich schlecht über einen Typen aufregen, der nicht einmal wusste, dass ein Krokodil auf seinem Schädel saß.

Das imaginäre Krokodil begann, an Ansels schönem Haar zu knabbern. Ich lächelte meinen ehemaligen Klassenkameraden an und bemühte mich, den Eindruck eines völlig gesunden und stabilen Menschen zu erwecken. „Ich heiße Lily. Und ich sollte wohl besser in den Unterricht gehen.“

Ich wandte mich ab, doch Ansel stellte sich mir in den Weg, und das Funkeln in seinen Augen wurde noch hinterhältiger. Ich wünschte mir, das Krokodil wäre echt, dann könnte es ihm die Nase abbeißen.

„Wie hast du die Psychiater dazu gebracht, dich nach all der Zeit gehen zu lassen?“, fragte er gehässig. „Ich denke, wir haben ein Recht darauf, zu erfahren, ob wir uns Sorgen machen müssen. Wie können wir sicher sein, dass du nicht eines Tages hier Amok läufst?“

Nun, zunächst einmal habe ich noch nie eine Waffe in der Hand gehabt, also wüsste ich nicht einmal, wie man sie entsichert, antwortete die bissige Stimme in meinem Hinterkopf, die ich sorgsam unter Kontrolle hielt. Schon lange bevor ich in der Klapsmühle gelandet war, hatte ich erkannt, dass die Leute es nicht mochten, wenn ich diese Stimme zu Wort kommen ließ. Ich hatte viele Pausen allein verbracht, bevor ich diese Lektion gelernt hatte.

„Sie haben entschieden, dass ich geheilt bin“, erklärte ich ruhig. „Ich bin keine Bedrohung. Hier gibt es nichts Aufregendes.“ *Außer dem Krokodil, das sich gerade an deinem kunstvollen Pony vergreift.*

Ansel schnaubte. „Oder vielleicht hast du sie alle getäuscht. Ist das nicht *üblich* bei Psychopathen?"

Das gertenschlanke Mädchen mit dem dichten kastanienbraunen Haar und der Hakennase, das mit einem Kaffeebecher neben ihm stand, warf ihm einen bewundernden Blick zu, bevor sie mich mit zusammengekniffenen Augen anstarrte. „Ja, Psychopathen sollten sich hier nicht einfach einschreiben können."

Hey, Serienmörder haben auch ein Recht auf Bildung, sagte die höhnische Stimme in meinem Kopf. Trotz meiner Bemühungen schlich sich ein scharfer Unterton in meine normale Stimme. „Ein Glück, dass ich nie als Psychopathin diagnostiziert wurde. Ich bin ein ganz normales Mädchen, dem vor langer Zeit etwas Schlimmes widerfahren ist. Wenn ihr mich jetzt entschuldigen würdet ..."

Ich versuchte, um die Gruppe herumzugehen, doch im selben Moment schoss Ansels Arm hervor. Vielleicht wollte er mich am Ellbogen packen – oder er stieß dem Mädchen neben ihm absichtlich den Becher aus der Hand. Kaffee spritzte auf meine Bluse.

Mit einem Aufschrei sprang ich einen Schritt zurück, doch es war zu spät. Heiße Flüssigkeit ergoss sich über den dünnen, babyblauen Stoff und hinterließ einen braunen Fleck auf meiner Brust, der sich vermutlich nicht auswaschen ließ. Ich schluckte eine Reihe von Flüchen hinunter und blieb so gelassen wie möglich.

„Mein Kaffee", brummte das Mädchen und verzog das Gesicht, als wäre das größte Problem hier der Verlust ihres Getränks.

Ansel gluckste. „Mal sehen, ob die Verrücktheit jetzt zum Vorschein kommt."

Als ich mein Shirt von meinem BH wegzog, stellte ich mir vor, wie sein Minikrokodil an seinem Ohr knabberte.

„Ich sollte das besser auswaschen", sagte ich steif und eilte mit entschlossenen Schritten davon.

Diesmal ließ mich Ansel gehen. Offenbar hatte er sich für den Moment genug auf meine Kosten amüsiert. Hinter mir ertönte erneut Gelächter.

Und laut eines Experten war dieses Verhalten „normal". Sich über eine ehemalige Klassenkameradin lustig zu machen. Und zwar wegen etwas, von dem er keine Ahnung hatte.

Vielleicht machte seine Unwissenheit die Kommentare noch schlimmer. Denn die Wahrheit war, dass auch *ich* nicht wusste, was passiert war. Ich hatte keine Ahnung, was für eine „Episode" mich ins Krankenhaus gebracht hatte. Ein Kurzschluss in meinem Gehirn hatte jede Erinnerung daran ausgelöscht, was zwischen dem Tag geschehen war, an dem ich auf dem Weg nach Hause war, und dem nächsten, an dem ich im Krankenhaus aufgewacht war.

Was auch immer passiert war, es war nichts *Gutes*. Ich war mir ziemlich sicher, dass Ärzte einen nicht sieben Jahre lang unter Beobachtung hielten und sich weigerten, einem Einzelheiten zu verraten, wenn man nichts außergewöhnlich Schlimmes getan hatte.

So schlimm, dass meine Mom sich in all der Zeit nicht ein einziges Mal gemeldet hatte. So schlimm, dass meine kleine Schwester …

Ich verdrängte diese Gedanken und beschleunigte meine Schritte. Ich betrat das Gebäude und fand eine Toilette auf dem Weg zu meinem Klassenzimmer. Am Waschbecken ließ ich Wasser über meine Bluse laufen, bis der Fleck auf dem hellblauen Stoff nicht mehr dunkelbraun, sondern mittelbraun war. Nur dass er jetzt auch noch nass war. Wunderbar.

Ich hielt den Stoff so lange wie möglich unter den Händetrockner und behielt dabei die Zeit im Auge. Als es noch genau eine Minute bis zum Unterrichtsbeginn war, eilte ich mit grimmiger Miene zur Tür.

Leider strömte in diesem Moment eine Schar Mädchen herein, an der ich mich vorbeizwängen musste, um in den Flur zu gelangen. Als ich es bis zum hinteren Teil des Hörsaals geschafft hatte, war es gerade eine Minute nach der vollen Stunde.

Ich hätte nicht gedacht, dass eine Minute so eine große Sache wäre. Die Lehrer an der Highschool brauchten in der Regel mindestens fünf Minuten, um mit dem Unterricht zu beginnen. Doch der Mann im vorderen Teil des Raums, der für einen Professor relativ jung aussah, vielleicht Anfang dreißig, war bereits mitten im Satz und tippte mit einem Zeigestock auf den Lehrplan, der auf der Leinwand angezeigt wurde.

Als ich den Saal betrat, drehte er sich zur Tür und seine Augen verengten sich über hohen, scharfen Wangenknochen. Missbilligend schüttelte er den Kopf, und zwar so heftig, dass sich ein paar Büschel seines kurzgeschorenen braunen Haars auf seiner Stirn bewegten. Ich wandte mich dem nächstgelegenen Sitz am Ende der ersten Reihe zu, aber er beließ es nicht dabei.

„Wer sind Sie, Miss …?"

Ich blieb ein paar Schritte von den Tischen entfernt stehen und sah ihn an. „Strom. Lily Strom."

Sein Blick glitt zu einem Ordner auf seinem Pult und dann wieder zu mir. Irgendwie schaffte er es, seine Augen noch mehr zusammenzukneifen. Es war ein Wunder, dass die Iris überhaupt noch zu erkennen war. „Miss Strom. Mir ist Ihr Name auf meiner Kursliste aufgefallen. Danke, dass Sie es mir so leicht gemacht haben, Sie unter den Teilnehmern ausfindig zu machen."

Mr. Grimes wandte sich an den Rest der etwa zwei Dutzend Studenten. „Wie es scheint, haben wir ein Beispiel für das Thema unseres Kurses unter uns. Und nicht nur für Unpünktlichkeit. Diese junge Dame war in ihrer Jugend in einen Vorfall verwickelt, der dazu führte, dass sie von der Polizei in Gewahrsam genommen werden musste und anschließend mehrere Jahre der Rehabilitation benötigte."

Machte er ernsthaft meine Vergangenheit vor dem gesamten Kurs zum Thema? Nun … die Antwort lautete eindeutig ja.

Meine Wangen wurden heiß, und mich überkam der widersprüchliche Drang, zur Tür zu rennen oder ihm das Lehrbuch an den Kopf zu werfen, das ich bereits aus meiner Tasche geholt hatte.

Doch jede dieser Verhaltensweisen würde seinen Standpunkt bestätigen. Ich bemühte mich, gleichmäßig zu atmen, und stellte mir einen Sittich vor, der auf dem Kopf des Schwachkopfes herumhüpfte und an den ordentlich gekämmten Strähnen pickte. „Bitte entschuldigen Sie die Verspätung. Es wird nicht wieder vorkommen. Ich …"

„Vielleicht schaffen Sie es nächstes Mal auch, in angemessenerer Kleidung zu erscheinen", unterbrach mich Mr. Grimes eisig und nickte zu meiner nassen Bluse.

Instinktiv drückte ich das Lehrbuch an meine Brust. Dachte er etwa, ich hätte mir absichtlich Kaffee auf die Bluse geschüttet? Doch seinem Grinsen nach zu urteilen, hatte er sich bereits ein Urteil über mich gebildet.

Denk daran, wofür du das tust, Lily. Für wen *du das tust. Dieses Arschloch spielt keine Rolle. Wenn du dich anstrengst, wird er dir die Noten geben müssen, die du verdienst. Du wirst ihm beweisen, dass er sich in dir getäuscht hat.*

Die aufmunternden Worte gaben mir die Entschlossenheit, schweigend zu meinem Platz zu gehen. Ich holte mein Notizbuch heraus und notierte den Rest der Stunde pflichtbewusst alles, was Mr. Grimes sagte, ganz gleich, wie unwichtig es klingen mochte. Wenn ich schon ein Beispiel sein würde, dann das einer vorbildlichen Studentin.

Das hielt den Professor allerdings nicht davon ab, während des Unterrichts ein paar spitze Bemerkungen zu machen, wie „Haben Sie sich das gemerkt, Miss Strom?" Ich blendete seine Sticheleien aus und stellte mir vor, wie der Sittich auf Mr. Grimes' Kopf Durchfall bekam.

Nach dem Unterricht packte ich schnell meine Sachen zusammen und eilte zur Tür. Getuschel folgte mir. „Dieses Mädchen …" „Ich habe gehört …"

Obwohl nicht viele aus Lovell Rise kamen, kannte spätestens jetzt jeder im Raum meine Geschichte. Vermutlich hatte Mr. Grimes damals schon am College unterrichtet und in Lovell Rise gewohnt, sodass er von dem Vorfall wusste. So ein Mist.

Wie viele andere Professoren würden mich wohl genauso behandeln? Wenn sowohl ein Professor als auch Mr. Beliebt mich belästigten, wie lange würde es dauern, bis sich die Gerüchte auf dem ganzen Campus verbreiteten?

Daran durfte ich nicht denken. Ich konzentrierte mich darauf, den Campus zu verlassen, um durchzuatmen. Jemand hatte die Luft in Suppe verwandelt, was nicht sehr rücksichtsvoll war, denn in dem Zeug könnte man ertrinken.

Ich ging zum Ende des Parkplatzes, wo ich meine Schrottkarre abgestellt hatte. Es war das billigste fahrtüchtige Auto, das ich auftreiben konnte. Sobald ich es erreicht hatte, ließ ich mich auf den Fahrersitz fallen, steckte den Schlüssel ins Zündschloss und fuhr los.

Der Motor hustete einige Male, als wollte er mich daran erinnern, wie viel Glück ich hatte, dass er noch lief. „Reiß dich zusammen, Fred", mahnte ich. „Wenn ich diesen katastrophalen Tag überstehen kann, kannst du das auch."

Mein Großvater hatte seinen Autos auch immer Namen gegeben. Allerdings hatte er sie nach Frauen benannt und darüber gescherzt, dass es die Pflicht der Frauen sei, die Last zu tragen. Ich hatte mir geschworen, meinen Autos immer Männernamen zu geben. Wenn ich schon etwas unter mir hatte, dann einen Mann.

Und ja, ich sprach mit leblosen Gegenständen. Solche Angewohnheiten eignete man sich an, wenn die wichtigsten Freunde in den ersten Lebensjahren nur in der Fantasie existieren. Wenigstens existierte das Auto wirklich.

Fred hielt durch, als ich durch die Stadt fuhr und in Richtung Sumpfgebiet abbog. Dieser Ort war in meinen ersten dreizehn Lebensjahren mein Zuhause gewesen. Meine Hände verkrampften sich um das Lenkrad, als ich die andere Spur nahm, um nicht an Moms und Wades Haus vorbeizufahren.

Auch ohne das Gebäude zu sehen, kam mir mein letztes Gespräch mit Mom in den Sinn. Sie ließ die Fliegengittertür geschlossen und hielt sich mit einer Hand am Rahmen fest, als würde sie denken, ich könnte versuchen, mir gewaltsam Zutritt zu verschaffen.

Ich möchte ihr nur zum Geburtstag gratulieren. Meine Schwester wird sechzehn. Bitte!

Wie sollen wir sicher sein, dass es dir jetzt wirklich gut geht? Sie haben dich so lange dortbehalten. Ich denke nicht, dass es das Risiko wert ist, Lily.

Sie würden schon noch sehen. Ich würde es ihnen zeigen. Ich habe niemanden verletzt, ich habe nichts Falsches getan …

Abgesehen von dem, was ich vor sieben Jahren getan hatte und weswegen ich in die St. Elspeth Psychiatrie gekommen war.

Als ich das Ende des Weges in der Nähe des Sumpfes erreichte, stieg ich aus und bedankte mich bei Fred. Es schadete schließlich nie, höflich zu sein, nicht einmal zu einem Auto. Dann machte ich mich auf den Weg über den matschigen Boden.

Die Rohrkolben raschelten in der feuchten Brise. Auf dieser Seite des Sees erstreckte sich fast eine Meile lang dichte Vegetation, bevor man das Wasser erreichte. Als sechsjähriges Mädchen war ich im Sumpf von Büschel zu Büschel gewandert, bevor ich plötzlich einen falschen Schritt gemacht und untergegangen war. Ich verdrängte die ferne Erinnerung an das kalte, dunkle Sumpfwasser um mich herum.

Ich wusste nicht, wonach ich hier draußen suchte. Im Laufe der Jahre hatte ich viel Zeit im Sumpf verbracht, weil ich mich in meinem eigenen Haus nicht mehr willkommen gefühlt hatte. Zumindest nicht seit Wade dort herumlungerte und Marisol und mir finstere Blicke zuwarf. Ich hatte hier allein und mit meiner Schwester gespielt, als sie alt genug war und ich keine Angst mehr hatte, dass sie hineinfallen könnte. Ich hatte mir Lieder für sie ausgedacht, die zum Rauschen des Windes im Schilf passten.

Ein Kloß bildete sich in meiner Kehle. Jetzt hatte ich niemanden mehr, für den ich singen konnte.

Das Rascheln der aufgewühlten Blätter klang fast wie eine Stimme. Für eine Sekunde hätte ich schwören können, dass ich meinen Namen hörte. Es klang wie eine Aufforderung, zuzuhören.

Aber das – das war *wirklich* verrückt.

Kein Wunder, dass ich mir vier unsichtbare Beschützer im Sumpf vorstellen konnte. Der leichte Wind reichte aus, um diesem Ort eine unheimliche Atmosphäre zu verleihen.

Für eine lange Zeit hatte ich geglaubt, dass ich nicht richtig allein war, auch wenn ich allein hierherkam. Ich hatte mir eingebildet, Stimmen im Wind zu hören und die Umrisse von Gestalten um mich herum zu sehen. Ich hätte sogar schwören können, dass ich die leichte Berührung ihrer Hände spürte, wenn wir Fangen spielten oder sie mich beim

Versteckspiel fanden, und dass sie mitwippten und klatschten, wenn ich für *sie* sang. In meinem Kopf hatten sie mir Spitznamen gegeben, wie „Waterlily", „Lil" und einfach „Kleine". Wenn Wade vorfuhr, machten sie unhöfliche Gesten in seine Richtung. Offenbar konnte ich meine Gefühle ihm gegenüber in meiner Fantasie besser ausdrücken, als wenn ich sie laut aussprach.

Jedes Mal, wenn ich hierhergekommen war, hatte ich gewusst, dass sie auf mich warteten und über mich wachten. Diese Gewissheit hatte alles andere erträglich gemacht.

Doch sie waren nicht wirklich hier gewesen. Natürlich nicht.

Etwas kitzelte die Innenseite meines Arms, direkt unterhalb der Achselhöhle. Ich kratzte mich, ohne hinzusehen. Ich musste nicht hinschauen, um zu wissen, dass es die Stelle war, an der ich einige Tage nachdem ich im Krankenhaus wieder zur Besinnung gekommen war, ein neues Muttermal entdeckt hatte. Was auch immer an diesem Tag geschehen war, es hatte mich innerlich und äußerlich gezeichnet.

Manche Dinge würden sich nie ändern. Marisol brauchte mich, und ich würde sie nicht im Stich lassen. Ich würde die Sache für sie und mit ihr klären, so gut ich konnte.

Das bedeutete, dass ich den Mist durchstehen musste, mit dem ich von nun an konfrontiert wurde. Egal, wie viele Arschlöcher es auf mich abgesehen hatten.

Der vage Eindruck, dass mein Name gerufen wurde, fegte erneut mit dem Wind über mich hinweg: *Lily!* Ich schüttelte den Eindruck und die damit einhergehende Sehnsucht ab und wandte mich zu der kalten Realität um, mit der ich es tatsächlich zu tun hatte.

zwei

Nox

Ich würde sagen, ich habe Lilys Namen geschrien, bis ich heiser war, doch streng genommen hatte ich keine Kehle, die heiser werden konnte. Oder einen Hals oder einen Mund.

Tot zu sein war in vielerlei Hinsicht merkwürdig.

„Lily!", rief ich wieder und stellte mich direkt neben sie, so gut das eben ging, wenn man keine Beine oder Füße hatte.

Sie blinzelte und ein nachdenklicher Blick trat in ihre blaugrünen Augen, doch mir war klar, dass sie nichts gehört hatte. Nicht genug, um zu begreifen, dass jemand mit ihr sprach, geschweige denn, wer.

Ich konnte immer noch nicht glauben, dass sie direkt vor mir stand. Selbst nach all der Zeit hatte ich sie sofort wiedererkannt. Ich war mir nicht sicher, wie lange genau es her war, dass sie aus unserem Leben verschwunden war, aber obwohl sie von einem schlaksigen Teenager zu einer Frau herangewachsen war, war viel an ihr gleich geblieben.

Diese Augen. Ihr Haar, das über ihre schlanken Schultern fiel und wie gottverdammte Sonnenstrahlen glänzte. Die rosigen Lippen, die zu einem entschlossenen, aber auch traurigen Ausdruck verzogen waren.

Ich hatte sie nicht mehr lächeln sehen, seit sie vor ein paar Tagen wieder nach Hause zurückgekehrt war. Es war nicht schwer herauszufinden, warum, wenn man bedachte, dass ihre Mutter sie weggeschickt hatte. Und dann waren auch noch diese Arschlöcher an der Uni auf sie losgegangen. Das war eine verdammte Sauerei. Wieso verstanden die Idioten an diesem blöden College nicht, dass diese Frau Wertschätzung verdiente?

Wir würden ja sehen, wer als Nächstes fertiggemacht werden würde … Wenn ich nur irgendwie dafür sorgen könnte.

Ich strich über Lilys Haar, soweit es mir in meiner geisterhaften Gestalt möglich war, woraufhin ihre Wellen leicht wehten. Leider nicht stark genug, dass nicht auch der Wind dafür gesorgt haben könnte. Mit der gleichen trotzigen Haltung, die sie schon als junges Mädchen an den Tag gelegt hatte, drehte sie sich um und ging zu ihrer Schrottkarre zurück.

Wenigstens hatte es noch niemand geschafft, ihr den Lebensmut zu nehmen.

Ich drehte mich um. Da meine Freunde ebenfalls tot und körperlos waren, konnte ich sie nicht sehen. Ihre vagen Eindrücke waren jedoch konkret genug, um ein Gefühl dafür zu haben, wo die drei um mich herum schwebten und sogar welche Gesten sie machten. Letzteres lag möglicherweise nur daran, dass ich schon zu Lebzeiten so viel Zeit mit ihnen verbracht hatte.

„Was zum Teufel ist los?", fragte ich in die Landschaft hinein. „Warum kann sie uns nicht mehr hören?"

Kai schob sich eine vermutlich nicht mehr existierende Brille auf seine nicht vorhandene Nase. „Sie ist erwachsen geworden. Ihr Geist hat sich vor der Möglichkeit verschlossen, dass Leute da sind, die sie nicht sehen kann."

Ruin, der Optimist unter uns, brummte in seiner typisch unbeschwerten Art vor sich hin. „Früher konnte sie uns immer hören. Sie muss sich erst wieder daran gewöhnen, oder? Wir hatten nicht viel Zeit, um zu ihr durchzudringen."

„Sie war sehr jung, als wir anfingen, mit ihr zu reden", sagte Kai. „Und sie hat regelmäßig Zeit mit uns verbracht. Inzwischen ist es lange her, dass sie uns für echt gehalten hat. Ich bin mir nicht sicher, ob wir diese Art von Verbindung wiederherstellen können."

Ruin gluckste. „Das ist Lily. Wir müssen nur wieder eine Verbindung zu ihr aufbauen."

Der Kerl hörte nicht gut und neigte dazu, alles positiv zu sehen. Manchmal war das niedlich, oft aber auch verdammt nervig. Dafür hatte er viele andere Eigenschaften, die ich an ihm schätzte.

Jett, der bisher wie so oft geschwiegen hatte, gab ein wortloses Brummen von sich, bevor er sich zu Wort meldete: „Was jetzt? Diese Wichser ... Wir müssen *etwas* tun."

Keiner von uns brauchte zu fragen, welche Wichser er meinte. Dieselben, die mein lästig flüchtiges Dasein mit Wut erfüllten. Seitdem Lily nach vielen Jahren nach Lovell Rise zurückgekehrt war, hatten wir sie genau beobachtet. Wir waren ihr in ihre Wohnung und ans College gefolgt, wo ein Haufen Idioten mit hohen Abschlüssen dachte, sie könnten ihr etwas Nützliches beibringen.

Ich hatte in der elften Klasse aufgehört, zum Unterricht zu gehen, und es hatte mir nicht geschadet.

Okay, ich war tot. Allerdings war ich nicht aufgrund

meiner mangelnden Algebra-Kenntnisse fast zehn Jahre später niedergeschossen worden.

Doch hatte ich kein Problem mit den *Idioten* auf dem College, sondern mit den Arschloch-Tyrannen, die unserer Lily das Leben schwer machten. Als wären ihr Arschloch von Stiefvater und ihre erbärmliche Mom nicht schon schlimm genug gewesen. Sie verdiente es nicht, belästigt zu werden, nach allem, was sie während ihrer Abwesenheit durchgemacht hatte.

Ich hatte keine Ahnung, was das sollte.

Kai meldete sich wieder zu Wort und griff meinen Gedankengang auf, ohne dass ich etwas sagte. Das war *seine* nervige Angewohnheit. „Der Professor hat die Polizei erwähnt. Der Idiot, der den Kaffee auf ihre Bluse geschüttet hat, sprach von einem ‚Irrenhaus‘. Warum auch immer sie nicht hier war, es muss etwas Furchtbares vorgefallen sein. Und sie haben es *genossen*, sie deswegen zu verhöhnen.“ Seine Stimme wurde schärfer statt lauter, wenn er wütend war. In diesem Moment hätte sie einen Range Rover entzweien können.

„Wir werden uns um sie kümmern“, verkündete Ruin. „Ein Stich hier, eine Kugel dort.“ Wahrscheinlich knackte er bei dem Gedanken genüsslich mit den Fingerknöcheln.

„Wie zur Hölle sollen wir das in unserem Zustand anstellen?“, platzte Jett heraus. Das war der wohl längste Satz, den er seit mindestens zwei Jahrzehnten gesagt hatte.

Frustriert knirschte ich mit meinen nicht vorhandenen Zähnen. Jedes Teilchen meiner Seele schrie danach, über den Campus zu stürmen und jeden Idioten zu zerfleischen, der Lily auch nur schief angesehen hatte … Doch ich konnte nicht mehr tun, als etwas Wind zu verursachen. Mir entwich ein Knurren.

Wir hatten sie nie vor ihren beschissenen sogenannten Eltern beschützen können. Wir haben ihr nur eine

Fluchtmöglichkeit geboten und das Gefühl, dass sie jemanden an ihrer Seite hatte. Leider war das nicht genug, wenn man bedenkt, wie viel Scheiße danach passiert war.

Diese lange Zeit des betäubenden, geisterhaften Nichts machte einem klar, was wirklich wichtig war. Lily leuchtete wie ein Stern, und alle anderen in dieser Provinzstadt waren Abschaum.

Ich hatte den verschwommenen Eindruck, dass das Leben früher vielleicht etwas komplizierter gewesen war. Doch jetzt war ich nicht mehr am Leben, also was zum Teufel spielte das für eine Rolle?

„Wenn ich mein verdammtes Skelett auch nur für fünf Minuten aus dem Sumpf heben könnte, würde ich sie alle mit einem rostigen Schlachtermesser ausweiden", murmelte ich.

„Ich würde sie an ihren eigenen Augäpfeln ersticken lassen", fügte Jett hinzu.

Ruins Grinsen schimmerte in seiner Stimme durch. „Ich würde ihnen die Füße abhacken und sie ihnen in den Arsch schieben."

Kai war einen Moment lang ungewöhnlich still. Normalerweise war es schwer, den Kerl zum Schweigen zu bringen, weil so viele Ideen und Beobachtungen aus ihm heraussprudelten. Ich wirbelte zu ihm herum. „Findest du nicht, dass wir die Bastarde zu Fall bringen müssen?"

„Doch natürlich", sagte er, und ich konnte mir vorstellen, wie ein inspiriertes Funkeln hinter seinen Brillengläsern aufblitzte. „Es gab da etwas, das ich untersucht habe, bevor Lily verschwunden ist. Ich hätte es beinahe vergessen."

Ich machte ihm keine Vorwürfe. Ich wusste nicht, was in den Jahren ihrer Abwesenheit mit uns passiert war. An dem Tag, an dem sie in den Sumpf gestürzt war, hatte sie unsere vom Wasser verschluckten Geister wieder zu Leben erweckt.

Danach hatte uns das Zusammensein mit ihr jahrelang aufrechterhalten. Ohne sie waren wir wohl wieder in eine Vorhölle der Benommenheit abgedriftet. Dieser Zustand war nicht gerade ein ideales Umfeld für brillante Geistesblitze.

„Also, was hast du untersucht?", fragte ich Kai.

„Ich bin mir noch nicht sicher. Ich muss noch ein paar Experimente durchführen, um sicherzugehen, dass alles zusammenpasst. Aber die Theorie scheint plausibel zu sein."

„*Welche* Theorie?", drängte Jett ungeduldig.

Kais intellektuelle Freude schwang in seiner Stimme mit. „Vielleicht können wir wieder Körper bekommen. Dauerhaft."

Ich spürte, wie sich die Aufmerksamkeit meiner drei Männer auf mich richtete. Nun, sie *waren* meine Männer *gewesen*. Früher war ich der Anführer der *Schädelbrecher* gewesen und sie meine engsten Kollegen. Wir hatten die Bande gemeinsam aufgebaut und waren durch dick und dünn gegangen. Doch letztendlich hatte ich das Sagen gehabt.

Diesmal war es jedoch nicht besonders schwer, eine Entscheidung zu treffen.

Meine theoretischen Augenbrauen schossen erwartungsvoll in die Höhe. „Ernsthaft? Zum Teufel, ja. Experimentiere, was das Zeug hält, und lass es uns tun."

Ruin stieß einen kleinen Jauchzer aus. Wahrscheinlich führte seine Seele einen Freudentanz auf, den ich zum Glück nicht sehen musste.

Ich nahm an, dass Kai seine nicht vorhandenen Hände aneinander rieb, wie das verrückte Genie, das er oft war. „Kein Problem. Ich freue mich schon darauf. Nur um das klarzustellen: Wir können keine Formen aus dem Nichts erschaffen oder Fleisch an unseren alten Knochen nachwachsen lassen. Für den endgültigen Plan werden wir ein paar Morde begehen müssen. Wir brauchen Körper, die wir übernehmen können."

Ein Grinsen breitete sich auf meinem nicht vorhandenen Gesicht aus, und ein dunkles Lachen brach aus mir heraus. „Perfekt. Ich weiß da ein paar Leute, die den Tod absolut verdient haben."

drei

Lily

Soweit ich wusste, gab es am Lovell Rise College kein nennenswertes Sportprogramm. Lediglich die Football-Mannschaft hatte etwas Bekanntheit in der Gegend erlangt. Zumindest stand es so im Studentenhandbuch. Ich hatte mir nie viele Gedanken über Sport gemacht, bis ich während eines Trainings am Hauptübungsfeld vorbeiging, wo gerade der Ball durch die Luft flog und ein paar Meter neben mir außerhalb der Foullinie landete.

Ein Haufen Sportler bedrängte den Kerl, der den „lahmen" Wurf gemacht hatte. Als sie mich erblickten, hielten sie inne.

Meine Haut kribbelte vor Nervosität. Nach ein paar weiteren Tagen auf dem Campus erkannte ich in Sekundenschnelle, was sich anbahnte.

Die Nachricht über meinen Psycho-Status hatte sich wie ein Lauffeuer verbreitet. Ich dachte ernsthaft darüber nach, mir die Haare abzuschneiden und schwarz zu färben, damit ich wie ein anderer Mensch aussah. Leider würde mir das wahrscheinlich nur eine Millisekunde lang helfen, bevor die Arschgeigen die Nummer durchschauten. Und dann wäre ich nicht nur eine Außenseiterin, sondern hätte auch noch eine furchtbare Frisur.

„Oooh", sagte einer der Jungs. „Es ist die Verrückte. Willst du den Ball mit einem Fluch belegen, weil er dich fast getroffen hätte?"

Es kostete mich enorme Anstrengung, nicht die Augen zu verdrehen und gleichmütig weiterzugehen.

„Sie wird mit einem Schlachtermesser zurückkommen und uns alle im Schlaf umbringen", sagte einer der anderen Jungs.

„Wir sollten besser anfangen, unsere Türen gründlich abzuriegeln."

„Ich frage mich, was nötig wäre, damit sie aufhört, so zu tun, als wäre sie normal und den Freak in ihr herauslässt?"

„Lasst es uns herausfinden", meldete sich ein anderer Kerl zu Wort, der weit genug weg war, dass ich nicht einmal zurückblickte. Dann traf mich etwas mitten in den Rücken.

Ich stolperte vorwärts, als der Football, der mich getroffen hatte, auf den Boden prallte. „Gut gemacht, Zach!", rief jemand.

Ich drehte mich zu den glucksenden Jungs um, die mich mit unverhohlener Neugierde beobachteten, wahrscheinlich in der Hoffnung, dass ich ausrasten würde. Mit pochendem Herzen richtete ich meine Aufmerksamkeit auf den Kerl in der Mitte der Gruppe, der am breitesten grinste, während andere ihm auf den Rücken klopften.

Ich nahm an, dass er derjenige war, der den Football

geworfen hatte. Wie ein typischer Footballspieler war er kräftig, wenn auch nicht besonders groß. Sein hellbraunes Haar war nach hinten gekämmt und berührte die Spitzen seiner Ohren. Auf einem seiner kräftigen Oberarme prangte eine Tätowierung, die so amateurhaft aussah, dass ich nicht sagen konnte, ob es sich um einen Totenkopf oder eine Seifenschale handelte.

Oh, was für ein harter Kerl. Er schleudert Geschosse auf unbewaffnete Frauen, sagte meine innere Stimme. *Tom Brady wäre stolz auf dich.* Ich zwang mich, ruhig zu bleiben, während ich mir ein Nashorn vorstellte, das auf dem Kopf des Wichsers herumtänzelte und die gegelten Strähnen durcheinanderbrachte.

„Ich glaube, ihr habt den hier verloren." Ich warf den Ball in die Richtung der beiden. Dann rannte ich vom Spielfeld weg und blendete das Gekicher aus, das mir folgte. Für eine Sekunde – nur eine Sekunde – wünschte ich mir, ich wäre wirklich eine mörderische Psychopathin, die sie, ohne zu zögern, aufschlitzen würde. Mal sehen, wie lange sie dann noch lachten.

Aber was ich auch getan *hatte*, soweit ich wusste, hatte ich niemanden ermordet. Und ein Vorstrafenregister wegen Mordes würde mir nicht helfen, Mom davon zu überzeugen, mich zu Marisol zu lassen. Ein Glück für diese Schwachköpfe.

Ich wollte einfach nur weg vom Campus, dem Getuschel und den neugierigen Blicken, doch ich hatte einen Termin im Studentensekretariat und wusste nicht, worum es ging. Ich betrat das Verwaltungsgebäude und schaffte es, pünktlich im Büro zu sein, obwohl ich mich auf dem Weg dorthin zweimal verlaufen hatte. Langsam glaubte ich, dass sie das Gebäude absichtlich so gestaltet hatten, um das Engagement der Studenten für ihre Ausbildung auf die Probe zu stellen.

Im Sekretariat wurde ich von einer Frau erwartet, die wie ein Strauß gebaut war – breite Hüften, schmale Schultern, langer Hals, große Augen. Sie unterhielt sich mit einem großen, dünnen Mann mit dunkelblondem Haar, das er sorgfältig hinter seine abstehenden Ohren geschoben hatte.

„Natürlich, Miss Baxter", sagte er mit betont eifriger Stimme. „Was immer ich tun kann, um für einen reibungslosen Ablauf zu sorgen. Ich helfe gerne."

„Da sind Sie ja", sagte Miss Baxter mit einem gezwungenen Lächeln. Sie winkte mich zu sich. „Miss Strom, es tut mir leid, dass ich es erst jetzt geschafft habe, mich darum zu kümmern. Es gibt jedes Jahr so viele neue Studenten." Ihr Kopf wippte ein wenig hin und her, was sie noch mehr wie einen Strauß aussehen ließ. „Das ist Vincent Barnes. Er wird während des nächsten Monats Ihr Tutor sein und Ihnen helfen, sich am Lovell Rise College zurechtzufinden. Er ist einer der besten Studenten hier und wird Ihnen sicherlich eine große Hilfe sein. Wenn Sie Fragen haben, können Sie sich jederzeit an ihn wenden."

Nun, das war viel besser als ein Verhör oder der Rausschmiss, womit ich beinahe gerechnet hatte. Ich richtete meinen Blick auf Vincent, der sich mit einem strahlenden Lächeln zu mir umdrehte.

Das Lächeln verblasste, als sein Blick auf mein Gesicht fiel. Er zwinkerte Miss Baxter rasch zu, als hätte er Angst, sie könnte es bemerkt haben, doch seine Miene war merklich steifer geworden.

Okay, vielleicht war es doch nicht viel besser.

Miss Baxter schien seine Reaktion nicht bemerkt zu haben. Sie fuchtelte mit den Händen in der Luft herum, wie ein flugunfähiger Vogel. „Wir haben festgestellt, dass das Tutoren-Programm sowohl für die neuen als auch für die älteren Studenten hilfreich ist. Es ist eines der Dinge, die das Lovell Rise College so besonders und einladend machen."

Ich verschluckte mich fast an meiner Spucke. Was die Beschreibung dieser Uni angeht, würde ich „einladend" ganz unten auf die Liste setzen. Und das schloss den Kerl ein, der gerade versuchte, mich mit seinen Blicken zu töten.

„Ich versuche, im Kollegium zu helfen, wo ich kann", erklärte Vincent, dessen Begeisterung deutlich gedämpfter klang als noch einige Augenblicke zuvor. „Warum fangen wir nicht direkt an?"

„Perfekt!" Die ahnungslose Miss Baxter klatschte in die Hände und scheuchte uns aus dem Sekretariat.

Ich umklammerte den Riemen meiner Umhängetasche, als Vincent und ich den schmalen Flur betraten. Eine Leuchtstoffröhre flackerte mit einem blechernen Geräusch, als würde eine Maus darin gegen das Glas trommeln.

Vincent bog um eine Ecke außer Hörweite des Studentensekretariats und blieb dann abrupt stehen. Er drückte mir einen Zettel in die Hand.

„Da stehen meine E-Mail-Adresse und meine Telefonnummer drauf", erklärte er schroff. „Falls du irgendwelche *berechtigten* Fragen hast, ist es meine Pflicht, sie zu beantworten. Kontaktiere mich ja nicht, um meine Arbeiten zu kopieren, oder damit ich dich aus Schwierigkeiten heraushole. Du wirst dich nicht an meinem Notendurchschnitt bereichern."

Ich starrte ihn an. „Ähm, das hatte ich nicht vor. Ich habe nicht um einen Tutor gebeten. Und ich bin durchaus in der Lage, meine Hausaufgaben selbst zu erledigen, danke." Offensichtlich hatte *er* sich nicht freiwillig als Tutor gemeldet, um mich willkommen zu heißen, sondern nur, um zusätzliche Punkte zu bekommen oder bei seinen Lieblingsprofessoren gut dazustehen.

Er schnaubte, als könnte er sich nicht vorstellen, dass ich etwas anderes im Sinn hatte, als ihn auszunutzen. „Ich weiß, wer du bist. *Jeder* weiß, wer du bist. Keine Ahnung, warum du überhaupt hier angenommen wurdest ..." Er unterbrach sich mit einem energischen Kopfschütteln. „Lassen wir es dabei bewenden: Wehe, du vermasselst mir etwas. Ich habe zu hart gearbeitet, um mir die Noten und den damit verbundenen Respekt hier zu verdienen."

Mein Kiefer verkrampfte sich, was womöglich gut so war, denn in den wenigen Sekunden, die ich brauchte, um die Muskeln zu lockern, schluckte ich die unzähligen hitzigen Antworten, die mir auf der Zunge lagen.

Für wen zum Teufel hielt dieser Trottel sich? Ich hatte ihn noch nie gesehen, geschweige denn mit ihm gesprochen, und dennoch behandelte er mich wie eine dämonische Kraft. Bei all seiner angeblichen Klugheit sollte man meinen, dass er mitbekommen hatte, dass niemand wusste, was ich getan hatte. Und dass es schon Jahre her war.

„Keine Sorge", stieß ich mit zusammengebissenen Zähnen hervor und zerknüllte den Zettel in meiner Hand. „Ich werde dich nicht belästigen." *Hoffentlich setzt der Job, den du nach dem College anstrebst, nicht voraus, dass du die Leute um dich herum wie Menschen behandelst, denn dazu bist du offensichtlich nicht in der Lage.*

Vincent musste anscheinend auch an seinem Gehör arbeiten. Er fuhr fort, als hätte ich nichts gesagt. „Komm mir auf dem Campus nicht zu nahe. Wenn du etwas brauchst, klären wir das digital. Ich will nicht mit dir in Verbindung gebracht werden."

Er schlenderte mit einer beleidigten Miene davon, als hätte ich diese Situation extra inszeniert, um ihn zu ärgern. Meine Hände ballten sich zu Fäusten und ich verspürte den intensiven Drang, den Idioten zu erwürgen.

Nun, jetzt war er weg, und seine Kontaktinformationen wanderten in den Mülleimer. Ich hatte absolut kein Interesse daran, herauszufinden, welche Art von „Hilfe" Vincent Barnes anbieten konnte.

Zum Glück bedeutete sein Abgang das Ende des heutigen College-Tages. Ich schlängelte mich durch die Gänge und schaffte es, mich auf dem Weg zur Eingangstür nur einmal zu verlaufen. Von dort aus musste ich nur den Rasen überqueren und zum hinteren Bereich des Parkplatzes gehen, wo ich Fred absichtlich abgestellt hatte, um nicht aufzufallen.

Leider schien meine Strategie nicht funktioniert zu haben. Mit einem flauen Gefühl im Magen ging ich auf mein ramponiertes Auto zu.

Es sah noch schrottreifer aus als sonst. Ein Hinterreifen war platt.

Leise fluchend verfiel ich in ein langsames Joggen. Als ich neben dem Reifen in die Hocke ging, wurde mir klar, dass der Platten kein Unfall war. Jemand hatte ein Loch in den Gummi gestochen.

Ich stand wieder auf und schaute mich um, als wäre der Täter in der Nähe geblieben, um zu beobachten, wie ich auf sein Werk reagierte. Der Parkplatz um mich herum war leer, abgesehen von ein paar Studenten, die zu den Autos in der Nähe der Gebäude gingen. Keine Spur von dem verantwortlichen Arschloch.

Hoffnungslosigkeit stieg in mir auf. Ich war schon fast eine Woche hier und hatte niemandem etwas getan, und trotzdem ließen die Leute ihre emotionalen Probleme an mir aus. Ich musste zur Arbeit. Wegen des platten Reifens würde ich zu spät zu meiner Schicht kommen. Eine Kündigung würde bedeuten, dass ich meine Wohnung verlor ....

Ich holte tief Luft und verdrängte diese verzweifelten Gedanken. Ich war stärker als das. Ich war stärker als *sie*.

Sie hatten einen großen Fehler gemacht: Sie hatten nur *einen* Reifen zerstochen.

Ich nahm meinen ganzen Mut zusammen, öffnete den Kofferraum und holte mein Autowerkzeug und den

Ersatzreifen heraus, den ich extra mitgenommen hatte, weil ich mir nicht sicher war, wie lange Freds Reifen durchhalten würden.

Glücklicherweise hatte ich im Rahmen des Rehabilitationsprogramms in der St. Elspeth Klinik einen Kurs für nützliche Fähigkeiten im Alltag absolviert. Das leise, rhythmische Quietschen des Wagenhebers verdichtete sich zu einer trotzigen Melodie in meinem Kopf.

„Tut mir leid, dass dir das meinetwegen angetan wurde", flüsterte ich dem alten Reifen zu. „Ich werde dich rächen, wenn ich es schaffe, ohne dass die anderen mich für noch verrückter halten, als sie es ohnehin schon tun."

Was bedeutete, dass ich wohl aufhören sollte, mit einem Reifen zu reden.

Als ich die Muttern löste, konnte ich nicht umhin, daran zu denken, welche *Körperteile* ich gerne von den Schleimscheißern in dieser Schule gelöst hätte. Ich drehte noch ein wenig mehr an der Kurbel und hoffte, dass der Arsch zusah, der das getan hatte, und erkennt, dass er mich nicht halb so schlimm getroffen hatte, wie er es beabsichtigt hatte.

Ich war vielleicht eine Psycho, aber ich kannte mich mit Reifen aus.

„Sehr schön", murmelte ich dem neuen Reifen zu, als ich ihn an seinen Platz schob und befestigte. „Braver Gummi. Mach Fred stolz."

Der Reifen antwortete nicht, aber ich stellte mir vor, wie sich die Rillen zu einem kleinen Lächeln verzogen.

Ich warf den zerstochenen Reifen in den Kofferraum, nur für den Fall, dass ich ihn als Beweis brauchte … Um zu beweisen, dass an diesem College verdammte Dreckskerle studierten? Hier konnte ich ihn ohnehin nicht wegwerfen. Mit einem Taschentuch wischte ich mir das Öl von den Händen und sah auf die Uhr. Wenn das Auto durchhielt, könnte ich es *gerade noch* rechtzeitig zum Lebensmittelladen schaffen, um die Dosen pünktlich in die Regale zu räumen.

„In Ordnung, Fred", murmelte ich, als ich mich auf den Fahrersitz fallen ließ. „Los geht's."

Als ich meine Hand gerade nach dem Türgriff ausstrecken wollte und meinen Blick über das Armaturenbrett schweifen ließ, erstarrten meine Finger in der Luft.

Ich hatte mir vor meinem Nachmittagsunterricht in einem Drive-in ein schnelles Mittagessen gegönnt. Die Salzpäckchen, die ich achtlos auf das Armaturenbrett geworfen hatte, waren aufgerissen und die kleinen weißen Körnchen waren über das dunkle Plastik verteilt. Doch das war es nicht, was mich innehalten ließ.

Die Körner waren in einem sehr präzisen Muster verschüttet worden. In krakeligen Linien, die, wie ich schwören könnte, *Wörter* darstellten. Es sah aus wie: *Wir kommen.*

Wir kommen?

In der nächsten Sekunde wehte ein Windstoß durch die offene Tür und wirbelte das Salz durcheinander. Jetzt waren die kleinen weißen Körnchen auf dem Armaturenbrett, dem Beifahrersitz und dem Boden verteilt, ohne irgendetwas auszusagen.

Ich knallte die Tür zu und mein Herz pochte so heftig, dass es die Unterhaltung eines Pärchens übertönte, das Arm in Arm draußen vorbeischlenderte. Mein Mund war trocken.

Das hatte ich mir doch nur eingebildet, oder? Nach den ständigen Belästigungen war es nicht verwunderlich, dass ich ominöse Botschaften in Würzmitteln sah.

Ich hatte definitiv keine Halluzinationen oder so. Denn dann wäre ich wirklich verrückt.

Übelkeit stieg in mir auf. Ich starrte noch eine Minute lang auf das Armaturenbrett und versuchte, mir einen Reim darauf zu machen, was ich gesehen hatte. Schließlich schüttelte ich den Kopf und drehte den Schlüssel, um die Zündung zu starten.

Verrückt oder nicht, ich musste zur Arbeit. Die Regale füllten sich nicht von allein auf.

vier

Kai

Der Raum *musste* perfekt sein. Wir hatten nur einen Versuch.

Und ich hatte den Jungs gesagt, dass meine Strategie funktionieren würde. Ich wollte nicht für den Rest unseres ewigen Lebens von ihnen angefeindet werden, weil ich ihnen Hoffnungen gemacht hatte.

„Ja", sagte ich, bevor Ruin überhaupt fragen konnte. Er hatte den Bleichmittelbehälter, den Nox mühsam geöffnet hatte, an die Kante des Regals geschoben. „Schieb ihn möglichst nah an den Rand, damit wir ihn umkippen können, sobald alle drin sind."

„Das ist verdammt anstrengend", murmelte Jett, obwohl er die letzte halbe Stunde lediglich in einer Ecke des Hausmeisterraums gehockt und gewartet hatte. Allerdings musste ich es ihm wohl zugutehalten, dass er es geschafft hatte, die Chemikalien, die wir zusammengetragen hatten, direkt unter dem Regal mit dem Bleichmittel in einer Pfütze auf dem Betonboden zu verteilen.

In meinem jetzigen Zustand konnte ich Gerüche nur vage wahrnehmen, doch ich war mir ziemlich sicher, dass es hier … ungewöhnlich roch. Ich erzeugte eine Art Luftstrom, um den Geruch auf die andere Seite des Raums zu lenken.

„Es wird uns nicht viel nützen, wenn sie wegen des Geruchs umkehren“, sagte Nox. Ich spürte, dass er grinste. „Wir müssen ihnen einen ordentlichen Schubs geben.“

„Sofern wir noch die Energie dazu haben“, brummte Jett.

„Wir *werden* Energie haben“, erklärte Ruin in seiner typischen fröhlichen Art. „Wir werden wieder einen *Körper* haben! Die Arschlöcher in dieser Stadt sollten sich besser in Acht nehmen.“ Er wirbelte so schnell um uns herum, dass ich den Eindruck hatte, als würde sich mein Haar durch den Luftzug bewegen.

„Wir müssen es langsam angehen lassen“, erinnerte ich ihn. „Wir wissen nicht, welche Auswirkungen die Besitzergreifung auf unsere Verbindung zu den Körpern haben wird. Es könnte eine Weile dauern, bis wir sie vollständig unter Kontrolle haben.“ Ein Grinsen umspielte meine geisterhaften Lippen. „Es ist nur eine Frage der Zeit, bis wir dafür sorgen werden, dass die Arschlöcher jeden Schlag gegen unser Mädchen bereuen.“

„Es hätte nicht so lange dauern dürfen“, murmelte Jett.

„Sie weiß, dass wir kommen“, sagte Nox. „Wir haben die Nachricht in ihrem Auto hinterlassen.“

Ruin drehte sich wieder um. „Genau. Hilfe ist auf dem Weg! Und wir erledigen vier der schlimmsten Arschlöcher auf einen Schlag.“ Er gluckste leise. „Sie wird überglücklich sein, wenn sie merkt, dass wir wieder bei ihr sind.“

Ja. Sosehr es mich reizte, die Idioten hier in die Knie zu zwingen, der Gedanke an Lilys strahlendes Gesicht war noch viel reizvoller. Ich war nie besonders beliebt gewesen, weder lebendig noch tot. Viele Leute ließen sich von der Tatsache abschrecken, dass ich mehr wusste als die meisten anderen. Statt von meinem Wissen zu profitieren, hatten sie mich belächelt oder gemieden.

Nun, Pech für sie. Und zwar ziemlich großes Pech, wenn man bedenkt, wie viele Gegenstände und Körperteile ich ihren Besitzern im Laufe der Zeit abgenommen habe.

Aber Lily … selbst als sie noch ein junges Mädchen ohne viel Sinn für soziale Umgangsformen gewesen war, hatte sie nie Angst vor mir gehabt. Sie lachte vergnügt, wenn ich ihre Gedanken voraussagte, und stellte mir unzählige Fragen, die ich so gut wie möglich über meine geisterhaften Kommunikationskanäle beantwortete. Selbst meine engsten Vertrauten waren nie *so* begeistert gewesen.

Gedankenverloren rieb ich mir die Hände und machte einen letzten Rundgang durch den Raum. Alles war an seinem Platz. Nox hatte den Riegel in der Tür mehrmals gedreht, um sicherzugehen, dass er es schnell tun konnte. Unser Giftcocktail war bereit. Und ich hatte die kurzen Botschaften, die wir mit Tinte auf das Briefpapier geschrieben hatten, auf die schrecklichen Persönlichkeiten unserer Zielpersonen zugeschnitten.

Nox drehte sich mit einem leichten Schnaufen um, das seine Ungeduld verriet. Ich wusste, dass er mich fragen würde, wie lange wir warten müssten und antwortete, bevor er die Frage stellen konnte.

„Noch zehn Minuten. Ich wollte, dass wir genug Zeit haben, falls es Probleme mit dem Aufbau gibt."

Er schüttelte den Kopf. „Ich finde es immer noch unheimlich, wie du das machst."

„Du bist einfach leicht zu lesen", erwiderte ich, bevor ich einen Geistesblitz hatte. Wie hatte ich das nicht berücksichtigen können? Der Tod hatte mir eindeutig das Hirn vernebelt.

„Wir sollten entscheiden, wer welchen Körper nimmt", sagte ich schnell. „Wir müssen schnell hineinschlüpfen. Es darf auf keinen Fall passieren, dass zwei von uns im selben Körper kollidieren." Das wäre das Rezept für eine Katastrophe … oder für eine multiple Persönlichkeitsstörung. Und ich war auf keine der beiden Möglichkeiten besonders scharf.

Noch während ich die Worte aussprach, kreisten meine Gedanken darum, was ich über meine Freunde und unsere zukünftigen Körper wusste. Ich konnte mir gut vorstellen, wer wen haben wollte, aber *gelegentlich* überraschten sie mich.

Nox meldete sich zuerst zu Wort, was berechtigt war, schließlich war es seine Idee gewesen. „Ich nehme den Professor. Mal sehen, wie es den Idioten hier gefällt, wenn ihnen eine echte Autoritätsperson gegenübertritt." Er gluckste.

„Ich nehme den mit den vielen Freunden, die ihn anhimmeln und alles tun, was er sagt", verkündete Ruin. „Dadurch kann ich viele Leute auf einmal manipulieren. Ich werde ihnen haufenweise gute Dinge über Lily erzählen."

„Ich nehme den Streber, der seine Ruhe will", sagte Jett, bevor er seine Aufmerksamkeit auf mich richtete. „Oder wolltest du ihn, Kai?"

Ich schnaubte. „Es hätte keinen Sinn, mir denjenigen auszusuchen, der dieselben Stärken hat, die ich ohnehin schon habe. Ich nehme den Footballspieler. Mein Verstand und seine Muskeln sollten eine unschlagbare Kombination sein."

Bei dem Gedanken daran durchströmte mich eine geisterhafte Form von Adrenalin. Ich war früher beileibe kein Schwächling gewesen. Unseren Alltag überlebte man nicht, wenn man nicht zuschlagen und mit Messern umgehen konnte, wenn es nötig war, doch ich gebe zu, dass körperliche Auseinandersetzungen nicht zu meinen stärksten Fähigkeiten gehört hatten. Nach meinem Tod hatte ich nun die Gelegenheit, mich zu verbessern.

Meine Sinne waren in Alarmbereitschaft, als ich in der Ferne auf einmal Stimmen hörte. Niemand verirrte sich zufällig in diesen schummrigen Flur des Colleges. Die Leute kamen nur mit einem konkreten Grund hierher.

Ich schnippte mit den Fingern nach Ruin. „Halte dich bei dem Bleichmittel bereit. Sobald du hörst, dass das Schloss einrastet, gibst du ihm einen Schubs."

„Alles klar!" Ruin ging neben dem hohen Regal auf Position und vibrierte förmlich vor Aufregung. Ich hätte ihm diese Aufgabe nicht anvertraut, wenn ich nicht gedacht hätte, dass diese Energie seinem Stoß die nötige Wucht verleihen würde. Außerdem musste ich alle anderen Variablen im Auge behalten, und Nox hatte die meiste Kraft, um die Tür zu verriegeln.

Jett, nun ja … Bei ihm bestand immer die Gefahr, dass er abgelenkt wurde und sein Stichwort verpasste, weil er darüber nachdachte, in welcher Farbe er etwas beschmieren wollte. Er machte sich nicht einmal die Mühe, sich aus seiner Ecke hervorzubewegen, und kümmerte sich nicht um die Details des Plans, bis er seine Chance bekam, sich einen Körper zu schnappen.

Nox folgte mir durch die Wand in den Flur, wo drei der vier Unglücklichen auf uns zugingen.

„… eine Art Spezialauftrag", sagte der beliebte Kerl, der jetzt, da er keine Armee von Lakaien im Schlepptau hatte, auf einmal nicht mehr so besonders aussah. „Er sagte, es sei ihm wichtig, die richtigen Leute für den Job zu haben." Er schaute die anderen an, als hätte er Schwierigkeiten, sich vorzustellen, wieso einer von ihnen besonders sein sollte.

„Mir wurde gesagt, dass das Team eine neue Ausrüstung bekommt, wenn ich mitmache", antwortete der Sportler.

„Und sie werden alle wissen, dass sie es mir zu verdanken haben.“

Der Streber hatte die Arme vor der Brust verschränkt, als würde er befürchten, sich Läuse einzufangen, wenn er einen der beiden berührte. „Mir wurden Zusatzpunkte versprochen“, sagte er. „Sonst wäre ich nicht mitgekommen.“

Der Beliebte lächelte auf die gleiche Weise wie damals, als er Lily niedergemacht hatte. „Dann springt also für uns alle was raus.“

Oh, und ob etwas *heraus*springen würde. Nämlich ihre Seelen aus ihren Körpern.

Sie starrten auf die Türen, an denen sie vorbeigingen, wobei der Streber die Nase rümpfte und der Sportler die Stirn runzelte. „Sind wir hier wirklich richtig?“, fragte der kräftige Kerl.

Der Beliebte überprüfte die Schilder über den Türen und zog einen Zettel aus seiner Hosentasche. „Es sollte gleich hier unten sein … Keine Ahnung, warum er diesen Ort ausgewählt hat, aber ich schätze, dieses Projekt ist streng *geheim*.“

Als ich Schritte in der Ferne hörte, wurde ich nervös. Wenn der Professor diese Gruppe einholte, bevor sie im Raum war, würden sie vielleicht vor der Tür miteinander sprechen und womöglich überhaupt nicht hineingehen.

„Warte!“, befahl ich Nox und rannte auf die Biegung des Flurs zu. Ich hoffte, dass er mich nicht enthaupten würde, sobald ich einen Kopf hatte, weil ich ihn herumkommandiert hatte.

Der Professor, der Lily an ihrem ersten Tag zurechtgewiesen hatte – und der seitdem nicht von ihr abgelassen hatte – kam aus dem Treppenhaus auf mich zu. Ich hatte ihm gesagt, er solle fünf Minuten später als die anderen kommen, doch offenbar hatte er einen Hang zur Überpünktlichkeit. Mist!

Ich schoss an ihm vorbei in ein Zimmer, an dem er bereits vorbeigegangen war. Die Tür war nur leicht angelehnt. Ein Schubs war einfacher, als ein Schloss mit unseren Geisterenergien zu manipulieren. Das konnte ich schaffen, auch wenn ich bereits viel Kraft für den Plan aufgewendet hatte.

Ich warf mich von innen gegen die Tür und stellte mir vor, wie sich meine geisterhafte Schulter dagegen rammte und die Energie sie nach vorne trieb. Dann prallte die Tür mit einem donnernden Knall gegen den Rahmen.

Das Knistern der Elektrizität, zu dem sich unsere Energie verdichtete, war kaum zu hören. Ich stolperte durch die Tür zurück in den Flur.

Der Professor hielt inne und schaute sich um. Stirnrunzelnd rieb er sich das Kinn. Er würde jeden Moment weitergehen.

Ich stürzte wieder hinein und stieß mit einem weiteren leisen Knistern gegen den nächstbesten frei stehenden Gegenstand – einen Mopp. Klappernd fiel er auf den Boden.

Zum Glück hatte dieser Peiniger auch eine Vorliebe dafür, ungehorsame Studenten zurechtzuweisen. Er marschierte zu dem Zimmer hinüber und riss die Tür mit triumphierender Miene auf.

Seine Freude währte nicht lange, als er in den leeren Raum blickte. Er ging ein paar Schritte hinein und tastete die Regale und sogar den Eimer neben der Tür ab, als könnte sich darin ein Erstsemester verstecken. Einen Moment später trat er seufzend auf den Flur.

Als er das Zimmer verlassen hatte, hörte ich das Klicken der anderen Tür, die sich hinter der Biegung schloss. Ich hatte uns genug Zeit verschafft. Jetzt galt es, den letzten Teil des Plans zu Ende zu bringen.

Im Hausmeisterraum zitterte Ruin hinter der Bleichmittelflasche wie ein Kätzchen, das in einen stromführenden Draht gebissen hatte. Die ersten drei Trottel sahen sich mit wachsender Verwirrung in dem Raum um.

„Warum sollte Mr. Grimes uns *hier* treffen wollen?", fragte der Streber.

„Es ist besser, einfach zu tun, was die Professoren sagen", erklärte der Sportler mit einer geradezu erbärmlichen Gewissheit. „Dann sind sie zufrieden."

„Es riecht komisch hier", bemerkte der Beliebte und wedelte mit der Hand vor seiner Nase. Er machte einen Schritt auf die Chemikalienpfütze auf dem Boden zu. „Vielleicht ist das eine Art Test, um herauszufinden, ob wir der Herausforderung des Auftrags wirklich gewachsen sind."

Ganz genau, dachte ich. *Es ist ein großer, ausgeklügelter Test, bei dem du beweisen kannst, was für ein spektakuläres menschliches Wesen du bist. Oh, Entschuldigung, ich meine, was für ein überhebliches Arschloch du bist. Glückwunsch, du hast es erfasst!*

„Ich weiß nicht so recht." Der Streber wich an die Tür zurück, und ich dachte, ich müsste vielleicht noch ein paar Register ziehen. Doch genau in diesem Moment stürmte der Professor herein.

Er blieb vor der Tür stehen, die hinter ihm zufiel, und starrte auf die Schwachköpfe, die wir hergelockt hatten. Ich wette, ihm war nicht klar, dass er der größte Trottel von allen war. Seine Augenbrauen zogen sich zusammen, als er versuchte zu begreifen, wie das mit der Nachricht zusammenhängen konnte, den er vermeintlich von einer Studentin bekommen hatte, die ihn um „Nachhilfe" fernab von neugierigen Blicken gebeten hatte.

„Was macht …?", begann er.

Im selben Moment rief ich Nox zu. „Verriegle die Tür!"

Unser furchtloser Anführer richtete seine gesamte Kraft auf den Riegel, der mit einem hörbaren Klicken einrastete.

Mit einem zittrigen Atemzug stieß Ruin den Behälter mit dem Bleichmittel um.

Die Trottel waren herumgewirbelt, als das Türschloss eingerastet war. Sie wichen zurück, während die Bleichmittelflasche aus dem Regal kippte und sich ein Schwall giftiger Flüssigkeit auf sie ergoss.

Unsere Opfer würgten und röchelten. Eigentlich wollte ich noch eine Weile zusehen, wie sie in Todesangst herumtorkelten, doch die giftigen Gase betäubten sie schneller, als wir angenommen hatten. Einer nach dem anderen fiel wie ein Dominostein zu Boden. Der Professor, der direkt neben der Tür stand, rüttelte an der Klinke, als hinge sein Leben davon ab – was es auch tat. Einen Augenblick später kippte er vornüber.

Ich huschte von einem zum nächsten und streifte mit meinem Geist gerade lange genug über sie, um mich zu vergewissern, dass ihre Herzen aufgehört hatten zu schlagen. Die Totenstille war der schönste Klang, den ich je gehört hatte. Erwartung vibrierte durch mich hindurch.

Wir waren so nah dran. Würde das wirklich klappen? War mir das ultimative Manöver geglückt?

Es gab nur einen Weg, das herauszufinden.

„Mach die Tür auf!", brüllte ich. „Wirf den Ventilator an!" Unsere neuen Körper würden uns nichts nützen, wenn wir gleich wieder sterben würden.

Nox entriegelte die Tür und öffnete sie. Jett bewegte seinen geisterhaften Hintern lange genug, um einen Funken in der Schaltung des Industrieventilators neben seiner Ecke zu entzünden. Ein Luftstoß wehte den schlimmsten Teil der giftigen Mischung aus dem Raum.

„Jetzt?", fragte Ruin und hüpfte auf und ab, soweit es einem Wesen ohne Beine möglich war.

„Jetzt!", stimmte ich zu und stürzte mich auf den Sportler.

Ich hatte den anderen gesagt, dass sie direkt auf das Herz gehen sollten. Wir sollten uns direkt darauf stürzen, als würde unsere gesamte geisterhafte Form in das vierkammerige Organ passen. Unsere übernatürlichen Energien sollten die Kreisläufe ankurbeln, die es wieder zum Pumpen bringen würden. Wie eine Harley, die mit heulendem Motor für eine Fahrt bereit gemacht wurde. Also tat ich genau das.

Dichte Dunkelheit hüllte mich ein, und ein elektrischer Stoß schoss durch mein Wesen und den Raum um mich herum. Dann spürte ich ein Beben, und ein Pulsschlag hallte durch meinen Geist. Anfangs unregelmäßig, bis er in ein gleichmäßiges Pochen überging.

Meine Selbstwahrnehmung dehnte sich aus, als würde ich durch den Körper geschmiert wie Erdnussbutter auf Toast. Die erwachenden Nerven kribbelten, meine Lunge weitete sich, als Luft hineinströmte und ich blinzelte …

Mit Augen, die jetzt mir gehörten.

Schwankend rappelte ich mich auf. Ich *hatte* Füße. Halleluja, verdammt noch mal. Und Beine und Arme und eine breite, kräftige Brust – mehr Körper als je zuvor.

Ein Lachen drang aus meinem Mund. *Meinem* Mund, der jetzt Laute erzeugen konnte, die Menschen, die nicht tot waren, hören konnten.

Scheiß auf Weihnachten. Wir sollten einen neuen Feiertag einführen. Den Un-Untotentag. Na gut, das klang nicht besonders beeindruckend, aber ich würde mir etwas Besseres einfallen lassen, sobald ich mit dem Freudentaumel fertig war.

Um mich herum richteten sich die anderen Körper auf. „Ja, verdammt!", rief Nox durch den Mund des Professors. Seine Stimme war heller als sein früherer Bariton, aber der Tonfall war ganz der von Lennox Savage.

Jett starrte auf seine Hände und drehte sie, als wären sie ein verdammtes Wunder. Was sie gewissermaßen auch waren.

Ruin sprang auf mich zu und schlang seine fast ebenso kräftigen Arme um mich. Stimmt ja. Ich hatte vergessen, dass er ein Fan von Umarmungen war, wenn er Arme hatte.

„Du hast es geschafft! Das ist verdammt fantastisch", krähte er und stürzte sich als Nächstes auf Nox. „Wir sind wieder da!"

„Verdammt, ja, das sind wir." Nox schenkte mir ein böses Grinsen, das auf keinen Fall dem Vorbesitzer dieses Körpers gehören konnte. „Jetzt lasst uns da rausgehen und diesen Arschlöchern die Lektionen erteilen, um die sie gebeten haben."

fünf

Lily

Ich wusste sofort, dass etwas nicht stimmte, als ich den Campus erreichte. Gott sei Dank, schien es diesmal nichts mit mir zu tun zu haben.

Eine Horde von Studenten wuselte über die Wiese links vom Verwaltungsgebäude. Sie plauderten in freudiger Erwartung miteinander, und ich könnte schwören, dass sich weitaus mehr Leute auf dem Rasen tummelten, als an dieser Uni studierten. Ich widerstand dem Drang, die Leute zu beschuldigen, dass sie gar nicht hier eingeschrieben waren, während ich mit gespitzten Ohren auf die Menge zuging. Vielleicht konnte ich herausfinden, was zum Teufel los war, ohne selbst zur Zielscheibe zu werden.

„Ich frage mich, wie viele Leute sie einstellen", sagte ein Mädchen zu einem anderen. „Scheint eine Menge Konkurrenz zu sein."

Ihre Freundin wippte eifrig auf den Fußballen und reckte

den Hals, als würde sie in der Menge der Studenten nach etwas suchen. „Ich habe gehört, dass sie in den letzten zehn Jahren stark expandiert haben, also brauchen sie immer frisches Blut. Es wäre fantastisch, direkt nach dem Studium bei ihnen einzusteigen. Manchmal stellen sie sogar Leute ein, bevor sie ihren Abschluss gemacht haben und lassen sie in Teilzeit arbeiten, bis sie alle Kurse absolviert haben."

Ein drittes Mädchen drehte sich zu ihnen um. „Studierst du nicht Biologie? Gibt es dafür überhaupt Stellen?"

Das zweite Mädchen zuckte mit den Schultern. „Sie sind mittlerweile in allen möglichen Bereichen tätig. Es kann nicht schaden, es zu versuchen. Angeblich ist es eine der besten Firmen des Landes."

Ich ging weiter am Rande der Menge entlang und versuchte herauszufinden, wer diese mysteriösen „sie" waren und warum alle zu glauben schienen, sie würden Jobs verteilen wie T-Shirts aus einer Kanone. Ich erntete ein paar misstrauische Blicke, als ich an meinen Kommilitonen vorbeiging, aber niemand sagte etwas, worüber ich froh war. Sie schienen zu abgelenkt zu sein, um sich Sorgen zu machen, dass ich durchdrehen könnte.

Nachdem ich etwa die Hälfte des Feldes umrundet hatte, entdeckte ich das Plakat-ähnliche Schild, das neben einer kleinen provisorischen Plattform mit einem Podium aufgestellt war. *Thrivewell Enterprises Rekrutierungsveranstaltung* stand da in großen karmesinroten Buchstaben, und weiter unten, in dunkleren Lettern: *Gegründet 1912 in Mayfield. Heimvorteil!*

Die Worte jagten mir einen Schauer über den Rücken, den ich mir nicht erklären konnte. Mayfield war die Nachbarstadt von Lovell Rise. Einige Vororte grenzten sogar an den Stadtrand. Ich zögerte, sie *groß* zu nennen, da es nicht gerade Manhattan war, aber dort lebten etwa hundertmal mehr Menschen als in Lovell Rise. Wenn die Städter hierherfuhren, um die Apfelplantagen und Maisfelder zu genießen oder im See zu paddeln, schienen einige von ihnen zu vergessen, dass dies nicht nur eine Erweiterung ihrer Stadt war.

Manchmal wirkte sich das zu unseren Gunsten aus, zum Beispiel wenn ein angesagtes Unternehmen, das in Mayfield gegründet worden war, neue Mitarbeiter einstellte. Da Anwerbungskampagnen und Unternehmensexpansionen in der Mittelstufe nicht auf meinem Radar gewesen waren, war ich mit Thrivewell nicht besonders vertraut. Trotzdem jagte mir der Name einen Schauer über den Rücken. Ich war mir sicher, dass ich ihn schon einmal gehört hatte. Und diese Gewissheit löste eine Gänsehaut auf meinem Körper aus.

Welche Rolle hatte Thrivewell Enterprises in meinem Leben gespielt? Ich konnte mich nicht daran erinnern, dass ich als Kind von einem Hund mit dem Thrivewell-Logo gebissen worden war oder mir an Halloween ein Idiot die Süßigkeiten mit den Worten „Es lebe Thrivewell!", gestohlen hatte. Und auch sonst war mir keine Situation im Gedächtnis geblieben, die ein tiefes, unbewältigtes Trauma hätte auslösen können. Vielleicht hatte ich auch kein Trauma, sondern einfach eine körperliche Abneigung gegen den Namen.

Mehrere Unternehmensvertreter in rot-grauen Uniformen verteilten Flugblätter und Formulare. Ein paar von ihnen führten Studenten, die nach unklaren Kriterien ausgewählt worden waren, in kleine zeltartige Kabinen. Vermutlich wurden dort spontane Vorstellungsgespräche mit den Auserwählten geführt. Soweit ich das beurteilen konnte, wollte jeder am Lovell Rise College von diesen Leuten eingestellt werden.

Nun, alle außer mir. Für den Moment wollte ich lieber bei meiner Karriere als Aushilfe in einem Lebensmittelladen bleiben, wo sich niemand für meine Vergangenheit interessierte.

Ich drehte mich um, um in meinen Kursraum zu gehen, und fragte mich, ob ich die Einzige dort sein würde. Ich glaubte, auch ein paar Professoren in der Menge gesehen zu haben, und war mir nicht sicher, dass der Kurs überhaupt stattfinden würde. In diesem Moment ertönte hinter mir ein freudiges Jauchzen. Es war so anders als alle Geräusche, die ich seit meiner Rückkehr in die Stadt gehört hatte, dass ich nicht wusste, dass es für mich bestimmt war, bis dieselbe Stimme rief: „Lily! Da bist du ja!"

Die Stimme klang … merkwürdig vertraut. Nicht zuletzt, weil ich sie zwar kannte, aber noch nie diesen fröhlichen Tonfall darin gehört hatte. Wer zum Teufel hier würde sich *freuen*, mich zu sehen?

Meine Nerven kribbelten und ich war in höchster Alarmbereitschaft und gewappnet für die neue Hölle, die die Studentenschaft auf mich niederregnen lassen wollte, nur weil ich existierte. Ich drehte mich um. Auch wenn ich diese Hölle nicht vermeiden konnte, war es besser zu wissen, was auf mich zukam. Dann konnte ich mich zumindest darauf vorbereiten.

Als mein Blick an der Gestalt hängen blieb, die sich durch die Horde zu mir durchdrängte, fiel mir die Kinnlade herunter. Ich brauchte eine Sekunde, um mich wieder zu fangen.

Ansel Hunter bahnte sich einen Weg durch die Menge. In seinen Augen schimmerte eine beinahe manische Freude und er grinste von einem Ohr zum anderen. Doch es war nicht sein typisches breites, abgeklärtes Grinsen. Die überschwängliche Fröhlichkeit in seinem Gesicht wirkte fast so, als würde er sich tatsächlich freuen, mich zu sehen … Wäre er nicht *er* gewesen.

Mein erster Instinkt war es, den Schwanz einzuziehen

und wegzulaufen wie ein Kaninchen, das von einem Fuchs ins Visier genommen wurde. Schließlich verlor meine Würde den Kampf gegen meinen Selbsterhaltungstrieb, und ich eilte mit flotten Schritten davon.

Leider lief Ansel noch schneller. Er überholte mich, als hätte er sein ganzes Leben lang auf dieses Gespräch gewartet.

„Lily!", rief er erneut und packte mich am Arm, als er mich einholte. Mit dem anderen winkte er mit einem halb aufgegessenen Croissant. „Hast du die schon mal probiert? Die sind verdammt lecker. Ich schwöre, ich habe noch nie etwas so Gutes gegessen. Natürlich ist es schon eine Weile her ... Möchtest du einen Bissen?"

Er hatte meinen Arm nicht fest gepackt, aber mein Puls raste, bevor er seinen zweiten Satz zu Ende gesprochen hatte. Automatisch riss ich mich von ihm los und wirbelte herum. „Was? Nein. Was willst du?", fragte ich mit fester und möglichst ruhiger Stimme. Was zum Teufel war in diesen Kerl gefahren?

Ansel blinzelte mich an, immer noch lächelnd, ohne die geringste Feindseligkeit in seinem Blick. Ohne seine übliche ständige Überheblichkeit und das grausame Glitzern in seinen haselnussbraunen Augen, die jetzt wie die Herbstsonne leuchteten, sah er fast wie ein anderer Mensch aus. Ich musterte ihn aufmerksam, um mich zu vergewissern, dass er wirklich mein ehemaliger Klassenkamerad war und nicht nur sein böser Zwilling ... oder, na ja, in diesem Fall wohl eher sein *guter* Zwilling.

„Wir haben dich gesucht", sagte er, ohne zu erklären, wen er mit ‚wir' meinte oder warum sie mich gesucht hatten. Er schluckte den Rest des Croissants hinunter und deutete mit ausgebreiteten Armen auf sich selbst. „Ist das nicht fantastisch? Das wird noch besser als in alten Zeiten."

Hatte Ansel einen Schlag gegen den Kopf bekommen? Oder hatte er etwas geraucht? In den „alten Zeiten", an die ich mich erinnern konnte, hatten seine Freunde und er mich in der Mittelstufe als Spinnerin bezeichnet und sich über mich lustig gemacht. Ich stimmte ihm zu, dass sein jetziges Verhalten besser war als das, doch die Messlatte hing ziemlich niedrig. Ich hätte lieber auf Nagelabschnitten herumgekaut, als noch mal in die achte Klasse zu gehen.

„Ich weiß nicht, wovon du redest", sagte ich. „Wie auch immer, ich muss zum Unterricht."

„Warte!" Er rannte wieder hinter mir her und erinnerte mich dabei an einen übergroßen – und übereifrigen – Welpen. Er hätte seine kräftigen Arme um mich geschlungen, wenn ich nicht in letzter Sekunde ausgewichen wäre, sodass er sie stattdessen suchend ausstreckte. „Du verstehst nicht. Ich bin es. Aus dem Sumpf. Von früher. Ich weiß, dass du dich an mich erinnerst."

Ich konnte mich definitiv nicht erinnern, Ansel jemals im Sumpf gesehen zu haben. Seine Jungs und er hatten sich immer über mich lustig gemacht, weil ich angeblich nach „Sumpfwasser" roch.

„Hör zu", sagte ich, wobei sich eine gewisse Schärfe in meine Stimme schlich, die ich nicht unterdrücken konnte, „ich weiß nicht, was für ein bizarres Spiel du hier spielst, aber im Moment benimmst *du* dich viel verrückter, als ich es je getan habe. Wie schon gesagt, ich muss zum Unterricht."

Vielleicht solltest du das auch in Erwägung ziehen, fügte meine innere Stimme hinzu.

Ich drehte mich wieder von ihm weg, ohne darauf zu achten, wohin ich ging, und stieß mit dem Ellbogen gegen einen Typen, der an mir vorbeigelaufen war und den Blick auf die Rekrutierungstische gerichtet hatte.

„Entschuldigung", sagte ich schnell und wollte weitergehen, doch der Kerl musterte mich mit zusammengekniffenen Augen.

„Acht Jahre in der Psychiatrie, und sie haben es immer

noch nicht geschafft, dir beizubringen, deine Hände bei dir zu behalten, du verrückte Fotze?", schnauzte er und tastete sich ab, als würde er überprüfen, ob ich ihm mit dem Ellbogen etwas aus seiner Tasche geklaut hatte. Wenn ich das könnte, wäre ich wohl eher eine Meisterdiebin als eine Psychopathin, aber egal, das tat nichts zur Sache.

Ich korrigierte ihn auch nicht, dass es sieben Jahre waren, und öffnete stattdessen den Mund, um mich noch einmal zu entschuldigen, aber selbst dazu kam ich nicht.

„Wie zum Teufel hast du sie genannt?", knurrte Ansel und verwandelte sich im Handumdrehen von einem übermütigen Welpen in einen wütenden Pitbull. Er packte den anderen Kerl am Hals und hob ihn von den Füßen, sodass seine Turnschuhe einige Zentimeter über dem Boden baumelten.

Der Kerl schlug röchelnd um sich und war nicht imstande, die Frage zu beantworten. Nicht dass ich erwartet hätte, dass er zugeben würde, was er gesagt hatte. Die Leute neben uns drehten sich um, um zu sehen, was der Grund für die Aufregung war, und ein Chor von Keuchen und entsetzten Schreien ertönte. Zugegebenermaßen waren vielleicht auch ein paar erfreute Rufe dabei. Ich war vollkommen sprachlos, und mein Kiefer stand so weit offen, dass man eine Bowlingkugel hätte hineinstecken können.

„Dachte ich mir", sagte Ansel immer noch in diesem wilden Tonfall und warf den Kerl zur Seite, als wäre er eine aufblasbare Puppe und kein echter Mensch. Die Menge teilte sich, weil keiner von ihnen einen Zusammenstoß riskieren wollte, und er fiel in ihrer Mitte zu Boden, direkt auf seinen bedauernswerten Hintern. Er sah wirklich bemitleidenswert aus.

Ein paar Umstehende knieten neben dem stöhnenden Kerl und murmelten besorgt, jetzt, da sie nicht mehr Gefahr liefen, von seinem Körper getroffen zu werden. Ansels Finger hatten dunkelrote Striemen an seinem Hals hinterlassen.

Ansel überlegte kurz und drehte sich dann wieder zu mir um, wobei sein Grinsen in sein Gesicht zurückkehrte. „Niemand wird je wieder so mit dir reden, solange wir da sind", versprach er.

Schon wieder dieses „wir". Und wieder tat er so, als wäre er kein arroganter Tyrann, sondern als würde er sich mir gegenüber verpflichtet fühlen. Ich begriff das alles nicht. Es kostete mich große Mühe, meinen Kiefer wieder zuzuklappen.

„I-Ich ...", stammelte ich, bevor ich zwei Professoren entdeckte, die sich uns in den Weg stellten. Panik stieg in mir auf.

Wenn sie mich hier sahen und die Leute anfingen zu reden, würden sie mir die Schuld in die Schuhe schieben, obwohl ich nur versucht hatte, wegzulaufen. Verdammt noch mal, selbst wenn Ansel „nett" zu mir war, brachte mich das in Schwierigkeiten.

„Tut mir leid", entschuldigte ich mich schnell bei den Schaulustigen. „Ich hatte keine Ahnung, dass er das tun würde." Dann drehte ich mich zu Ansel um. „Ich weiß nicht, was in dich gefahren ist oder warum du diesem Kerl wehgetan hast, aber ich habe dich nicht darum gebeten. Ich will einfach nur meine Ruhe!"

„Ja", sagte er, als hätte er mich nicht gehört. „Wir sollten uns in Ruhe unterhalten, weit weg von diesen Arschlöchern."

Was musste ich tun, um ihm meinen Standpunkt klarzumachen?

Ich schüttelte energisch den Kopf. „Ich möchte, dass *du* mich in Ruhe lässt. Hör auf, mit mir zu reden, hör auf, mir zu folgen. Hör einfach auf!"

Das strahlende Grinsen verblasste. Ansel starrte mich so fassungslos an, dass sich Schuldgefühle in mir regten. Doch ich konnte nicht hierbleiben, um herauszufinden, was es mit dieser Verrücktheit auf sich hatte. Nicht, solange ich mich so sehr bemühte, alle anderen davon zu überzeugen, dass ich *nicht* verrückt war.

„Aber, Lily …", sagte er.

„Nein", unterbrach ich ihn, bevor er noch etwas sagen konnte. „Halte dich von mir fern." Dann marschierte ich los, so schnell mich meine Füße trugen, und fragte mich, ob es eine Pille gab, die den Kopfschmerz beseitigen konnte, der vor Verwirrung in meinen Schläfen zu pochen begonnen hatte.

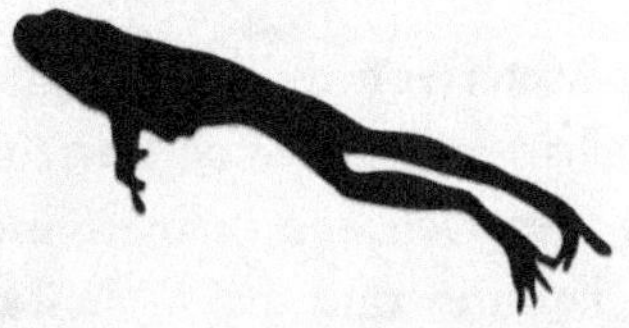

Lily

Meine Vorlesung in Familiensoziologie verlief völlig normal, abgesehen davon, dass nur die Hälfte der Plätze besetzt war. Es war so normal, dass ich mich fragte, ob der Vorfall mit Ansel eine Halluzination war, die sich hoffentlich nicht wiederholen würde.

Nach der zweiten Unterrichtsstunde des Tages hatten sich meine Nerven völlig beruhigt. Ich ging über den gepflasterten Weg zum Hauptparkplatz, und das Knirschen meiner Schuhe auf dem Asphalt vermischte sich mit dem Rascheln der Äste im Wind zu einer subtilen Melodie. Wenn niemand in der Nähe gewesen wäre, hätte ich mitgesungen.

Gerade als ich dachte, der Rest des Tages würde ohne weitere Komplikationen verlaufen, entdeckte ich Ansel neben meinem Auto.

Und nicht nur Ansel. Wie in einem schlechten Traum standen neben ihm die drei anderen Kerle, die um den ersten Platz auf meiner Liste der schlimmsten Schwachköpfe am Lovell Rise College konkurrierten: Mr. Grimes, mein Professor für Jugendkriminalität, Vincent Barnes, mein Tutor, und Zach irgendwas, der beschlossen hatte, das Mobbing auf die nächste Stufe zu bringen, indem er mich nicht mit Worten, sondern mit Bällen bewarf.

Etwa dreißig Meter von ihnen entfernt blieb ich abrupt stehen. Leider hatten sie mich bereits bemerkt. Sie unterbrachen ihr Gespräch und drehten ihre Köpfe in meine Richtung. Ich konnte mir beim besten Willen nicht vorstellen, worüber diese merkwürdige Gruppe sich so angeregt unterhalten könnte.

Nein, das stimmte nicht. Es war offensichtlich, dass sie über *mich* geredet hatten – und darüber, wie sie meine Zeit hier noch schlimmer machen konnten.

Ich blinzelte ein paar Mal, als hätten meine Augen mir einen Streich gespielt. Die vier Männer standen immer noch neben meinem Auto und beobachteten mich. Ansel winkte mich mit demselben offensichtlichen Eifer heran, den er schon bei der Rekrutierungsveranstaltung an den Tag gelegt hatte. Zach neigte nachdenklich den Kopf, was nicht zu dem üblichen Verhalten des Muskelprotzes passte.

Diese Situation konnte auf keinen Fall etwas Gutes bedeuten. Das Problem war, dass ich keine wirklichen Optionen hatte. Sie standen zwischen mir und meiner einzigen Möglichkeit, den Campus zu verlassen. Es verkehrten keine öffentlichen Busse von und zum Lovell Rise College. Ich könnte die sechzehn Kilometer vom Campusgelände bis zum anderen Ende der Stadt zu Fuß zurücklegen, doch dann würde ich es auf keinen Fall rechtzeitig zu meinem Schichtbeginn im Lebensmittelladen schaffen. Wenn mir keine Flügel an den Füßen wuchsen, würde ich genau zum Feierabend dort ankommen.

Und das auch nur, wenn diese Bande mich nicht verfolgte, wenn ich versuchte, überstürzt zu fliehen.

Ich schwankte einige Sekunden auf meinen Füßen, während ich mich umsah. Auf dem Parkplatz waren noch ein paar weitere Studenten, die ankamen und wegfuhren, und ich war in Rufweite des Verwaltungsgebäudes. Wenn diese Arschlöcher versuchten, mich zu ermorden, würde mir doch sicherlich jemand zu Hilfe kommen, oder?

Es war ein wenig traurig, dass ich diese Frage nicht mit Gewissheit beantworten konnte, dennoch brachte ich meinen Mitmenschen mehr Vertrauen entgegen, als sie mir entgegengebracht hatten. Außerdem war das Auto vielleicht eine Schrottkiste, aber es war *meine* Schrottkiste. Ich würde es nicht kampflos aufgeben.

Als ich darauf zuging, ließ ich meinen Blick zwischen den vier Männern und dem Auto hinter ihnen hin- und herschweifen und suchte Fred nach Anzeichen von Schäden ab. Soweit ich es beurteilen konnte, waren heute alle Reifen intakt. Die Fenster waren frei von Sprüngen und ich konnte auch keine Kratzer in der fleckigen Lackierung erkennen — zumindest keine, die zwischen den Flecken und dem Rost auffielen, der bereits zuvor dagewesen war.

Sie versperrten mir den Weg zu meinem Wagen, hatten ihn jedoch nicht beschädigt.

In einem Sicherheitsabstand von etwa drei Metern blieb ich erneut stehen. Ansel grinste wie ein Honigkuchenpferd. Auch Mr. Grimes lächelte auf eine selbstsichere Art und Weise, die sich seltsamerweise wärmer anfühlte als sein übliches Verhalten mir gegenüber. Ich konnte mich nicht erinnern, dass ich ihn jemals lächeln sehen hatte. Zachs Blick war weiterhin untypisch eindringlich, als wäre er ein verrückter Wissenschaftler, der mich für einen unbekannten Zweck analysierte.

Vincent war der Einzige, der keinerlei Enthusiasmus

zeigte, was nicht recht zu ihm passte. Er stand etwas gebeugt da und hatte die Hände in den Taschen seiner gebügelten Hose vergraben.

Jeder Zentimeter meiner Haut kribbelte und ich wurde das Gefühl nicht los, dass hier etwas ganz und gar nicht stimmte. Das war mir zwar schon klar gewesen, als Ansel so getan hatte, als wären wir alte Freunde, doch mir war nicht klar gewesen, dass das ansteckend war.

Mr. Grimes trat vor. Er musterte mich von Kopf bis Fuß und in seinen Augen lag … Verlangen? Mein Unbehagen wuchs. „Verdammt, ist das schön, dich so zu sehen", sagte er mit einer überheblichen Stimme, die so gar nicht nach dem Professor klang. „Richtig, meine ich – mit *Augen*."

Was zum Teufel? Langsam fragte ich mich, ob Ansel sich eine tödliche Krankheit eingefangen und auf dem Campus verbreitet hatte. Vielleicht hirnfressende Parasiten? Nicht einmal meiner inneren Stimme fiel eine passende bissige Bemerkung ein. Offenbar hatte es ihr ebenso die Sprache verschlagen wie mir.

„Natürlich ist das verwirrend", meldete sich Zach mit ruhiger, sachlicher Stimme zu Wort, der viel besser zu dem Professor als zu dem Sportler gepasst hätte. „Ich verspreche dir, dass du dich daran gewöhnen wirst. Es war unsere einzige Möglichkeit, zurückzukehren. Eigentlich ist es ein Wunder, dass wir es überhaupt geschafft haben." Er blickte mit einem scharfen kleinen Lächeln an seinem Körper hinunter, als wäre er von sich selbst beeindruckt.

Nicht einmal die Vorstellung von Tieren auf ihren Köpfen oder das Ausdenken von bösen Kommentaren machte dieses Szenario erträglicher. „Ich habe keine Ahnung, wovon ihr beide redet", sagte ich. „Ich weiß nicht, ob das ein seltsamer Scherz ist oder ob ihr tatsächlich übergeschnappt seid, aber ich möchte nichts damit zu tun haben. Ich will nur zu meinem Auto und zur Arbeit fahren."

Ansel stieß ein heiteres Schnauben aus und wandte sich an die anderen. „Wir können nicht zulassen, dass sie weiter dieser mühsamen Arbeit nachgeht. Sie verdient etwas Besseres. Wir haben doch alle etwas Geld, oder? Ich meine, *sie* hatten Geld, aber jetzt gehört es uns." Sein Grinsen wurde breiter. „Das bedeutet, dass es auch Lily gehören sollte."

„Auf jeden Fall", sagte Mr. Grimes ohne einen Hauch von Ironie. Er drehte sich zu Fred um. „Und ein neues Auto. Wir können ihr ein *deutlich* besseres Auto besorgen. Ein neueres Modell … Ich würde dieses Baby gerne mal fahren." Er schlenderte ein Stück weiter und strich mit den Fingern über die Motorhaube eines Mazda, der zwar nett aussah, aber in meinen Augen nichts Besonderes war. Dann fiel sein Blick auf ein Motorrad ein paar Plätze weiter. „Und ich werde mir das beste Motorrad holen, das auf den Markt gekommen ist, während wir weg waren."

Ich öffnete den Mund und schloss ihn wieder, während ich nach den richtigen Worten rang. Wenn ich das richtig verstanden hatte, planten sie mein Leben und wollten mir sogar ein Auto kaufen? In meinem Kopf drehte sich alles so schnell, dass es ein Wunder war, dass ich kein Schleudertrauma bekam.

„Nein, danke. Ich bin sowohl mit meinem Auto als auch mit meinem Job zufrieden", erklärte ich mit fester Stimme. „Außerdem würde ich ganz sicher keinen von euch um Hilfe bitten."

Mr. Grimes drehte sich wieder zu mir um. „Du brauchst nicht zu bitten. Deshalb sind wir ja hier. Diese Idioten haben es auf dich abgesehen, deswegen werden wir alles tun, um das wieder gutzumachen … Wir werden sie dafür bezahlen lassen." Ein bösartiges Grinsen umspielte seine Lippen.

Meine innere Stimme erwachte endlich aus ihrer Fassungslosigkeit und stotterte: *Aber … Ihr wart doch die größten Idioten von allen! Vielleicht solltet ihr euch zuerst um euch selbst kümmern?*

„Bitte", sagte ich laut und hob meine Hände. „Geht nicht in meinem Namen auf jemanden los. Wie ich schon sagte, ich will damit nichts zu tun haben. Warum lasst ihr mich nicht einfach in Ruhe, damit ich mein Leben leben kann?"

„Verstehst du denn nicht?", fragte Ansel und sprang auf mich zu, wie schon zuvor auf dem Spielfeld. Er breitete seine Arme aus, als wollte er mich umarmen, bevor er sie sinken ließ, weil ich ihm auswich. Stattdessen wies er auf die anderen Jungs. „*Wir* sind's. Wir sind gekommen, um uns um dich zu kümmern."

Schließlich ergriff Vincent das Wort. Seine Stimme war flach, aber unerschütterlich. „Leider hat es länger gedauert, als uns lieb war. Wir wollten schon früher zu dir."

„Ich weiß nicht, was passiert ist, als du die Stadt verlassen hast", warf Mr. Grimes ein, „aber diese Arschlöcher, die versuchen, dich niederzumachen, werden ihre gerechte Strafe bekommen. Du bist unsere Lily, und wir werden es nicht zulassen, dass jemand dich fertigmacht."

„Ich bin nicht ‚eure' verdammte *irgendwas*!", platzte ich wütend heraus.

Mr. Grimes zog die Augenbrauen hoch. Ansel sah so verblüfft aus, dass ich ihm am liebsten die Überraschung aus seinem sonst so selbstgefälligen Gesicht geschlagen hätte.

Zach räusperte sich und hob die Hände. „Leute, Leute", sagte er in demselben autoritären, beinahe herablassenden Ton. „Wir haben so gut wie nichts erklärt. Wir können nicht erwarten, dass sie es auf Anhieb versteht."

Er musterte mich durchdringend mit seinen hellen, graugrünen Augen. „Wir sind nicht die, nach denen wir aussehen. Wir haben die Kerle beseitigt und ihre Körper übernommen. Ich weiß nicht, ob wir es jemals geschafft haben, dir unsere Namen mitzuteilen, aber ich bin Malachi. Du kannst mich Kai nennen. Mr. Gute Laune hier ist Ruin, der schweigsame Griesgram heißt Jett, und das ist natürlich unser furchtloser Anführer, Lennox."

„Nox", korrigierte Mr. Grimes mit einem finsteren Blick. Er nickte mir zu. „Vielleicht konntest du uns nicht mehr hören. Wir haben dich aus dem Sumpf gezogen und waren *jahrelang* bei dir, bis du auf einmal verschwunden bist. Wir haben uns besser um dich gekümmert als dein beschissener Stiefvater und deine schwächliche Mom, die einfach alles gemacht hat, was er gesagt hat."

Ich hätte nicht gedacht, dass ich noch verwirrter sein könnte, als ich es schon war, aber plötzlich war mir so schwindelig, dass ich befürchtete, ich müsste mich übergeben. Woher zum Teufel wusste mein Professor etwas über mein Familienleben? Und was meinte er damit, dass sie mich aus dem Sumpf gezogen hatten? Das alles klang völlig absurd.

Ich presste meine Hände auf die Ohren, als könnte ich einfach ausblenden, was sie sagten. Das war zwar nicht gerade würdevoll, doch die Alternative bestünde darin, hysterisch zu schreien. So erregte ich wenigstens keine negative Aufmerksamkeit.

„Seid still!" Meine Worte klangen seltsam gedämpft in meinem Schädel. „Ich will nichts mehr hören. Das ist verrückt, und ich bin nicht verrückt. Bitte, hört auf und lasst mich zu meiner Schicht fahren. Ich habe keinem von euch etwas getan."

Am Ende dieser kleinen Rede war meine Stimme rau und Tränen brannten in meinen Augen.

Die Männer sahen einander mit einem Ausdruck völliger Verwirrung an. Ich hatte beinahe den Eindruck, dass sie aufrichtig besorgt waren. Ansel wich zurück, und selbst jetzt durchdrang ein schwacher Hoffnungsschimmer seinen trübsinnigen Gesichtsausdruck. „Es wird alles gut“, sagte er. „Wir werden alles in Ordnung bringen, und es wird wieder so sein wie früher, nur besser.“

„Wir sind für dich da, Lily“, fügte Vincent hinzu, als wäre es nicht das genaue Gegenteil dessen, was er bei unserer letzten Begegnung zu mir gesagt hatte.

Zach winkte die anderen zur Seite. „Ich glaube, sie braucht etwas Zeit, um alles zu verarbeiten. Und *wir* könnten etwas Zeit gebrauchen, um uns einzuleben und herauszufinden, welche Mittel uns zur Verfügung stehen.“

„Aber ...“ Mr. Grimes gab einen Laut von sich, der wie ein frustriertes Knurren klang, und sah mich eindringlich an, als könnte er mich mit der Intensität seiner Blicke dazu bringen, so zu reagieren, wie er es wollte. Als ich keine Miene verzog, wich er mit den anderen zur Seite aus. „Wir werden dich nicht noch mal allein lassen. Du wirst schon sehen.“

Die Worte sollen bedrohlich klingen, doch sein Gesichtsausdruck nahm ihnen jeglichen Anschein einer Drohung. Und sie hatten den Weg zu meinem Auto frei gemacht.

Ich drängte mich an ihnen vorbei und tastete nach meinen Schlüsseln. Natürlich saß ein Frosch auf dem Dach direkt neben der Windschutzscheibe. Ich verscheuchte ihn so schnell ich konnte, damit er keinen Schreck bekam, wenn ich losfuhr, und setzte mich auf den Fahrersitz.

Fast erwartete ich, dass die Männer es sich anders überlegen und mich aufhalten würden. Stattdessen standen sie ruhig da und sahen mir einfach zu. Ich gab ihnen keine Gelegenheit mehr, ihre Haltung zu überdenken. Ich trat das Gaspedal durch und steuerte Fred mit stotterndem Motor so schnell wie möglich zur Ausfahrt des Parkplatzes.

„Was zum Teufel meinst du dazu, alter Junge?“, fragte ich das Auto noch immer völlig durch den Wind.

Fred antwortete mit einem gurgelnden Geräusch.

„Wem sagst du das", murmelte ich und versuchte, trotz meines rasenden Herzens gleichmäßig zu atmen.

Ich hatte sie zurückgelassen. Mir ging es gut. Der Unsinn, den sie geredet hatten, spielte jetzt keine Rolle mehr.

Abgesehen von der Tatsache, dass sie mir versprochen hatten, dass dieser Aufschub nur vorübergehend sein würde. Und ich hatte keine Ahnung, wie unsere nächste Begegnung ablaufen würde.

sieben

Ruin

Ich hätte nicht gedacht, dass mich etwas aus der Ruhe bringen könnte, jetzt, wo Lily wieder bei uns war. Ich hatte nicht damit gerechnet, dass es so schlimm sein würde, sie mehr als je zuvor zu haben und gleichzeitig doch nicht wirklich.

„Sie war genau hier", sagte ich und machte eine greifende Bewegung an der Stelle, wo sie auf dem Parkplatz gestanden hatte. „Direkt vor uns. Aber sie hat uns trotzdem nicht erkannt."

Ich war mir sicher, dass ich sie überall erkennen würde, egal, in welchem Körper sie steckte. Doch sie hatte uns noch nie in einem Körper gesehen.

Kai rieb sich die Augen. Es war seltsam, ihn ohne seine Brille zu sehen, obwohl der Typ, den er gerade bewohnte, keine getragen hatte. Eine Brille passte zu Kai wie die Malerei zu Jett. Er blinzelte kurz, bevor er sich auf mich konzentrierte, als würde ihm auch etwas fehlen.

„Ich habe mich wohl ein wenig verschätzt, wie leicht sie uns in unseren neuen Gestalten erkennen würde", meinte er. „Sie war sichtlich verwirrt. Ich bin mir nicht sicher … Wir haben ihr nicht erzählt, wer wir vorher waren. Wir haben einfach ihre Spiele mitgemacht und alles getan, was sie wollte."

Nox' Kiefer verkrampfte sich. „Sie hat uns noch nie gesehen. Es ist Jahre her, dass sie uns auch nur gehört hat. Und selbst damals hat sie uns nicht richtig verstanden. Was, wenn sie uns *vergessen* hat? Fuck!" Er trat gegen den Reifen des Mazda, den er vorhin noch bewundert hatte.

„Sie kann uns nicht vergessen haben", entgegnete ich mit absoluter Sicherheit. „Wir müssen uns nur überlegen, wie wir sie davon überzeugen können, dass wir wir sind."

Jett hustete leise. „Nicht nur das. Vielleicht glaubt sie nicht einmal, dass wir *echt* sind."

Ich runzelte die Stirn. Ich wollte ihn gerade fragen, was das bedeuten sollte, als Kai sich zu Wort meldete, der immer schnell eine Antwort parat hatte.

„Soweit sie weiß, waren wir nur ein Geflüster im Wind, ein vager Eindruck von Freunden …", sagte er. „Es wäre *möglich*, dass sie nie begriffen hat, dass wir wirklich da waren. Sie könnte denken, dass sie sich uns eingebildet hat. Ach du Scheiße." Er blinzelte und kniff sich in den Nasenrücken.

Der Gedanke, dass Lily nicht wusste, dass ich existierte, löste ein unangenehmes Gefühl in meinem Magen aus. Ich kramte in meinen Taschen und fand die Beef Jerky-Kostprobe, die jemand verteilt hatte. Die erste hatte mir so gut geschmeckt, dass ich mir noch mehr geholt hatte.

Ich biss hinein und schmeckte die Würze auf meiner Zunge. Viele Studenten hatten bei der Verkostung angefangen zu husten, und schnell etwas getrunken. Meine brennende Zunge entlockte mir lediglich ein Grinsen. Ich fand alles großartig, was meine Nerven zum Singen brachte.

Außerdem war ich unglaublich hungrig, seit ich in den Körper dieses Kerls geschlüpft war. Eigentlich war das nicht überraschend, denn ich hatte seit etwa zwanzig Jahren nichts mehr gegessen.

Nox blickte finster drein. Obwohl der Professor, dessen Körper er übernommen hatte, keinerlei Ähnlichkeit mit seinem früheren Ich hatte, konnte ich seine frühere Persönlichkeit durchscheinen sehen. Die hochgezogenen Schultern, als würde er gleich in die Schlacht ziehen, das entschlossene Funkeln in seinen Augen. Aufgrund seiner Durchsetzungsfähigkeit würde ich unserem Kapitän bis ans Ende der Welt folgen.

„Wir werden sie zur Vernunft bringen. Was auch immer nötig ist, wir werden es ihr klar machen." Er schüttelte den Kopf. „Es ist nicht ihre Schuld, dass sie ein wenig durch den Wind ist. So wie die Arschlöcher sie behandelt haben, weil wir nicht schnell genug hier waren, um ihnen Einhalt zu gebieten …" Ein Knurren entwich seinen zusammengebissenen Zähnen.

„Wir werden nicht zulassen, dass so etwas noch einmal passiert." Mein Grinsen wurde noch breiter bei der Erinnerung an das Arschloch, das ich heute Nachmittag auf dem Spielfeld für sie aus dem Weg geräumt hatte. „Das wird ein Spaß."

Jett verdrehte die Augen, wodurch das schmale Gesicht ein wenig mehr nach ihm aussah. „Sie werden es noch bereuen, sich mit ihr angelegt zu haben", murmelte er und blickte auf das Stück Dörrfleisch, das ich mir in den Mund schob. „Hast du noch mehr von dem Zeug? Ich bin am Verhungern."

„Klar!" Ich fischte ein weiteres Stück aus meiner Tasche und reichte es ihm. Ich hatte mir alle Proben geschnappt, als die Frau, die sie verteilte, nicht hingesehen hatte. Das schien nur fair, nachdem ich zwei Jahrzehnte lang keinen Bissen zu mir genommen hatte.

Kai gluckste. „Sei vorsichtig. So wie ich Ruins Vorlieben kenne, wird es deine Zunge ruinieren.“

Jett rümpfte die Nase. „Ich weiß, wie er ist. Manche Dinge ändern sich nicht.“ Er nahm einen Bissen von dem Dörrfleisch und zuckte zusammen, kaute aber weiter.

Wie üblich beantwortete Kai die Frage, noch bevor sie sich in meinem Kopf vollständig gebildet hatte. „Unser Stoffwechsel wird in der ersten Zeit ziemlich durcheinander sein. Die geisterhaften Energien vermischen sich mit den Systemen eines lebenden Körpers … Die Umstellung erfordert einen gewissen Energieaufwand … Wir sollten uns auf unvorhersehbare Schwankungen der Körperfunktionen einstellen.“

„Fantastisch“, brummte Jett und schob sich den Rest des Fleischstückes in den Mund.

Nox ging auf dem Parkplatz, auf dem Lilys Auto gestanden hatte, auf und ab. „Wie lange wird dieser Effekt anhalten?“

Kai zuckte mit den Schultern. „Ich weiß es nicht. Es ist ja nicht so, als hätte das schon mal *jemand* gemacht und einen Bericht darüber geschrieben. Ich stelle nur Spekulationen an. Unsere körperliche Manifestation könnte mit der Zeit konstanter werden, während wir uns an die neue Situation gewöhnen, oder wir könnten für den Rest unseres Lebens kleinere Missbildungen aufweisen.“ Ein dünnes Lächeln umspielte seine Lippen.

Nox grunzte. Sein Blick glitt über den Parkplatz und verweilte gelegentlich sehnsüchtig auf dem Motorrad, das ihm aufgefallen war. Ich wurde das Gefühl nicht los, dass der Eigentümer es nicht mehr lange besitzen würde, falls er hier auftauchte. Nox war sehr gut darin, sich Dinge unter den Nagel zu reißen.

Wenn er glaubte, dass wir zu Lily durchdringen konnten, dann nahm ich an, dass er recht hatte. Er hatte uns bisher immer gut geführt. Wir würden sie nicht noch einmal im Stich lassen.

Der Gedanke, dass wir sie bereits einmal enttäuscht hatten, indem wir aus ihrem Leben verschwunden waren und zu lange gebraucht hatten, um wieder zu ihr zurückzukehren, verstärkte das flaue Gefühl in meinem Magen. Ich knabberte an einem weiteren Stück Dörrfleisch.

Kai drehte den Kopf. „Sieht aus, als hätten wir Besuch. Das sind ein paar von den Idioten, die mit deinem Kerl zusammen waren, oder Ruin?"

Ich folgte seinem Blick, und meine Laune stieg bei dem Gedanken an mehr Gesellschaft. Eine Menschenmenge verfügte über eine gewisse Energie, die ich nicht mehr in vollem Ausmaß erlebt hatte, seit ich das letzte Mal eine anständige Mahlzeit zu mir genommen hatte. Selbst wenn diese Leute größtenteils Idioten waren, war ich Feuer und Flamme.

Drei Jungs und ein paar Mädchen schritten auf uns zu. Sie kamen mir bekannt vor, obwohl ich in der letzten Woche so viele neue Gesichter gesehen hatte – und ich hatte mich auf keines von ihnen wirklich konzentriert, außer auf das von Lily und die der größten Idioten –, dass ich nicht mit Sicherheit sagen konnte, wer diese Leute waren. Sie schienen *mich* jedoch zu kennen, oder zumindest den Kerl, dem dieser Körper gehört hatte. Verwirrt blickten sie von mir zu der Gesellschaft, in der ich mich befand, und einer der Jungs winkte mich zu sich herüber.

„Hey, Ansel", rief ein anderer.

Richtig, das war der Kerl, den sie sahen. Was wollten sie wohl?

Ich ging auf sie zu, um es herauszufinden. Ansels Freunde beäugten die Jungs hinter mir, als wollten sie etwas auf ihrer Stirn lesen, das sie nicht ganz erkennen konnten. Was war so faszinierend an ihnen?

„Hey", sagte ich und lächelte sie an, so wie es unter Freunden üblich wäre. Ansels Freunde waren nicht alle schlecht. Er war ein furchtbar schlechtes Beispiel, was nicht ihre Schuld war.

„Ansel", säuselte eines der Mädchen und neigte den Kopf schüchtern zur Seite, sodass ihr dichtes braunes Haar über ihre Schulter fiel. „Wir haben dich schon überall gesucht."

„Warum hängst du mit *denen* rum?", fragte einer der Jungs und warf einen Blick auf meine Brüder, als wären sie grüne Marsmenschen.

„Es spricht doch nichts dagegen, neue Freundschaften zu schließen, oder?", erwiderte ich und grinste noch breiter, während ich innerlich lachte. Mit den Jungs hinter mir war ich schon befreundet, bevor dieser Haufen überhaupt geboren war.

„Nein …", meinte ein anderer Kerl skeptisch. „Ich habe dir mehrmals geschrieben. Peyton auch." Er deutete auf das Mädchen mit dem gewellten, braunen Haar.

Oh! Ich berührte meine Tasche und spürte ein dünnes Rechteck, bei dem es sich wohl um Ansels Handy handelte. Es sah überhaupt nicht so aus wie die klobigen Plastikgeräte, mit denen wir uns in unserem früheren Leben SMS geschickt hatten. Ich hatte ein wenig darauf herumgetippt und es dann vergessen.

„Tut mir leid", sagte ich. „Habe ich nicht mitbekommen. Was wolltet ihr denn?"

„Wir wollten einen Burger im Philmore's essen. Du hast doch heute Morgen gesagt, dass du sterben würdest, wenn du nichts Richtiges zwischen die Zähne bekommst."

Das war ein anderer Mann gewesen, der nicht ich war,

doch ich nahm an, dass es nicht gut ankommen würde, ihnen das zu sagen. Ich musste mich unauffällig verhalten und meine neue Identität zu meinem – und Lilys – Vorteil nutzen. Ich nickte, als ob ich mich daran erinnerte, während mir das Wasser im Mund zusammenlief und mein Magen bei dem Gedanken an einen dicken, saftigen Burger knurrte.

Ich würde nicht *sterben* – das habe ich schon hinter mir und bin nicht scharf darauf, es zu wiederholen –, aber ich hatte definitiv nichts gegen eine ordentliche Mahlzeit einzuwenden.

Natürlich hatte ich andere Verpflichtungen. Aber wir könnten doch einen Gruppenausflug daraus machen, oder? Vielleicht konnte Kai etwas über diese Studenten herausfinden, das uns weiterhalf.

„Genau", sagte ich. „Auf jeden Fall. Ich frage die anderen, ob sie mitkommen möchten …"

Ich machte eine Geste zu meinen Kumpels, und die Gesichter vor mir erstarrten. „Wovon redest du?", fragte der dritte Typ. „Zach ist zwar ganz in Ordnung für einen Erstsemester, aber dieser andere Trottel? Und warum zum Teufel willst du einen Professor fragen, ob er mitkommt? Bist du verrückt geworden?"

„Ich denke schon", meldete sich das zweite Mädchen zu Wort. „Ich habe ihn bei der Rekrutierungsveranstaltung mit dem Psycho-Mädchen reden sehen. Es sah so aus, als wollte er sich mit ihr anfreunden."

Die Brünette – Peyton – versteifte sich noch mehr. Der erste Kerl stieß ein Lachen aus. „Hey, vergnüg dich nicht allein mit ihr. Ich wette, sie ist ziemlich wild, wenn du verstehst, was ich meine."

„Oh ja", sagte der zweite Typ mit einem anzüglichen Grinsen und machte eine eindeutige Bewegung mit seinen Armen und Hüften. „Ich denke nicht, dass es eine gute Idee ist, seinen Schwanz in Verrückte zu stecken, aber ich wette, es ist ein echter Nervenkitzel. Halte dich nur nicht zu lange mit ihr auf. So einen Abschaum muss man ausnutzen für das Bisschen, das sie wert ist …“

Ich sah rot. Jedes Fünkchen Fröhlichkeit, das ich empfunden hatte, wurde von einer Woge der Wut verschluckt.

Wie konnten sie es wagen, so über Lily zu sprechen?! Unsere Lily – *meine* Lily.

Ich dachte nicht nach, das war ohnehin nicht meine Stärke. Ich handelte einfach. Meine Hand schoss hervor, wie neulich, als der Typ auf der Kundgebung sie beschimpft hatte. Nur diesmal schloss sie sich zu einer Faust und traf die Nase des letzten Kerls, der gesprochen hatte. Knochen knirschten, Blut rann über sein Kinn und sein Shirt sah aus wie eines von Jetts Gemälden.

Mit einem Aufschrei taumelte der Kerl ein paar Schritte rückwärts, doch ich ließ nicht von ihm ab. Nach einem weiteren Faustschlag fiel sein Kopf zur Seite. Dann trat ich auf seinen Fuß und kickte das andere Bein unter ihm weg, als er ins Wanken geriet und zu Boden stürzte. Mit voller Wucht trat ich auf einen seiner Arme, mit denen er vorhin demonstriert hatte, was er mit meiner Frau machen würde. Ein weiterer Knochen brach.

Er würde für eine Weile niemanden mehr vögeln.

Mit einem bösartigen Grinsen stand ich über ihm, während er stöhnte und den Bürgersteig vollblutete.

„Was zum *Teufel?*“, stotterte der andere Kerl, der ebenfalls abfällige Bemerkungen über Lily gemacht hatte.

Ich drehte mich zu ihm um, und der Rausch, der mit diesem neuen Körper einherging, durchströmte mich wie eine Droge. Oh, wie ich das vermisst hatte! Meine Muskeln – und die anderer – bis an ihre Grenzen zu strapazieren. Jeden zu vernichten, der verdammt noch mal nicht wusste, wo seine Grenzen waren.

„Willst du auch eine Kostprobe?", spottete ich, und mein Grinsen wurde noch breiter.

Der Typ wurde blass. Seine Freunde und er starrten mich an, als wäre *ich* der Außerirdische. Dann halfen sie dem blutenden Kerl auf die Beine und verzogen sich, wobei sie nervös miteinander tuschelten.

Ich fuhr mir mit dem Handrücken über den Mund und Triumph pulsierte durch meine Adern. Ich war einen Schritt näher dran, jeden einzelnen von Lilys Feinden zu vernichten.

Als ich zu den anderen zurückkehrte, nickte Nox mir anerkennend zu. „Sie werden bekommen, was sie verdient haben. Aber zuerst müssen wir die Sache mit Lily klären."

Ja, es nützte Lily nicht viel, wenn wir für sie kämpften, wenn sie uns immer noch für die Bösen hielt. Ich schüttelte meine Glieder aus und Adrenalin durchströmte meinen Körper, gefolgt von einem Brüllen des Hungers. „Ich bin schon wieder am Verhungern."

„Ich könnte einen verdammten Elch verspeisen", stimmte Nox zu. „Okay. Ihr habt doch alle ein bisschen Geld dabei, oder? Lasst uns in die Stadt fahren, ein paar Besorgungen erledigen, um uns wieder wie wir selbst zu fühlen, und etwas essen. Wir treffen uns um acht vor dem Baumarkt." Er zog sein Handy aus der Gesäßtasche, das wie eine etwas ältere Version von meinem aussah und drehte es in seiner Hand. „Diese Dinger zeigen neben den Millionen anderer Funktionen doch auch noch die Zeit an, oder?"

„Ich glaube, man kann damit auch Nachrichten schreiben", sagte Jett. „Wenn man es einschalten kann." Er schüttelte sein Telefon, tippte auf dem Bildschirm herum und musterte ihn finster.

Ich drehte meins um und schwenkte es dann hin und her. Es fühlte sich viel zu leicht an, um über die Hälfte der Funktionen zu verfügen, für die es die Leute angeblich benutzten. Ich tippte mit meinem linken Daumen auf das runde Symbol. Der Bildschirm flimmerte nur.

Kai stieß einen Siegesschrei aus. „Versuch es mit deinem anderen Daumen."

Ansel musste Rechtshänder gewesen sein, denn als ich mit meinem anderen Daumen auf die Taste drückte, klappte es. Ich starrte auf einen Bildschirm mit unzähligen kleinen Symbolen. Dahinter war ein Mädchen in einem Bikini zu sehen, das ihre Titten in die Kamera hielt. Wenn das die Art von Mädchen war, auf die Ansel stand, war es kein Wunder, dass er Lily nicht zu schätzen wusste.

„Lasst uns Telefonnummern austauschen", schlug Nox vor. „Wir brauchen eine Kontaktmöglichkeit. Sofern ihr eure Nummer herausfinden könnt. Wer zum Teufel dachte, dass das eine Verbesserung gegenüber unseren alten Telefonen wäre? Und alle halten Lily für die Verrückte."

Er stieß einen schweren Seufzer aus. „Wir werden die Dinger zum Laufen bringen und Lily erklären, wer wir sind. Das ist alles, was wir tun müssen."

acht

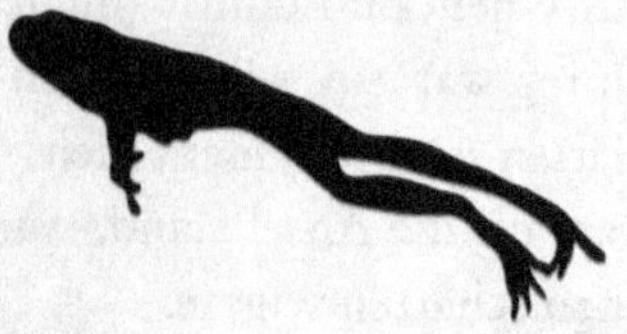

Lily

Mein Auto war zwar eine Schrottkiste, aber wenigstens passte es zum Rest meines Lebens. Wenn es so etwas wie Schrottwohnungen gäbe, dann wäre meine definitiv ein Beispiel dafür.

Sie befand sich so tief unter der Erde, dass die wenigen Fenster eher wie Gucklöcher wirkten. So kühl wie es im September dort unten bereits war, konnte ich mir vorstellen, wie viele Decken ich im Winter brauchen würde.

In der „Küche" gab es einen Kühlschrank, der wahrscheinlich in den achtziger Jahren gut funktioniert hatte, ein Spülbecken mit einem dicken Rostring um den Abfluss und eine Kochplatte. Vor einiger Zeit hatte ich mir eine Mikrowelle zugelegt, doch jedes Mal, wenn sie länger als fünf Sekunden lief, war die Sicherung herausgeflogen. Jetzt hatte ich auch noch einen viel zu teuren Briefbeschwerer, der neben dem Kühlschrank auf dem Boden stand.

Da mein Budget für Mobiliar aktuell sehr begrenzt war, befanden sich in dem kastenförmigen Wohn- und Essbereich nur ein wackeliger gläserner Esstisch mit einem Sprung in der Mitte, ein paar angeschlagene Kisten, die ich als Beistelltische benutzte, und eine Futon-Couch, die so durchhing, dass man die Unebenheiten des Zementbodens durch das Polster spüren konnte.

Tatsächlich hatte ich ein separates Schlafzimmer, obwohl es gerade groß genug für ein Einzelbett und die schmalste und höchste Kommode war, die ich finden konnte und bei der ich mir sicher war, dass sie eines Tages umkippen und mich im Schlaf erschlagen würde.

Doch es war *meine*. Noch nie zuvor hatte ich einen Rückzugsort gehabt, der nur mir gehörte, und deswegen war die Wohnung etwas ganz Besonderes, egal wie schrecklich sie war. Für mich war es ausreichend, und ich hatte nicht vor, Besuch einzuladen.

Leider beschloss der Besuch, sich selbst einzuladen.

Ich hatte gerade mein Gourmet-Abendessen in Form eines Doseneintopfs auf der Herdplatte erhitzt und direkt aus der Dose gegessen, als es an der Tür klopfte. Obwohl es nur mein Vermieter sein könnte, lagen meine Nerven sofort blank. Ich ging zur Tür und wünschte, sie hätte ein richtiges Guckloch.

„Wer ist da?", fragte ich und fühlte mich wie in einem Klopf-Klopf-Witz, von dem ich hoffte, dass er tatsächlich lustig war.

„Das würden wir dir gerne erklären", sagte eine Stimme, die mir nicht bekannt vorkam. „Ich verspreche dir, dass wir nur hier sind, um zu helfen."

Die Worte erinnerten mich auf unangenehme Weise an das, was die vier Typen vor ein paar Stunden gesagt hatten, mit denen ich definitiv nicht mehr reden wollte. „Wenn ihr die seid, die mich auf dem Parkplatz abgefangen haben, dann habt ihr schon genug gesagt.“

„Nein, haben wir nicht“, antwortete eine festere Stimme. „Du musst uns zuhören, Lily. Es geht um Leben und Tod.“

Selbst diese Behauptung konnte mich nicht beeindrucken, bis eine dritte Stimme hinzufügte: „Es ist ein ziemlich armseliges Schloss. Ich könnte es in ein paar Sekunden knacken.“

„Ist das euer Ernst?“, fragte ich.

„Gib uns eine Chance, es dir zu erklären, dann wird alles viel mehr Sinn ergeben“, sagte der zweite Mann, bei dem es sich meiner Vermutung nach um Mr. Grimes handelte.

Wie hatten sie überhaupt meine Adresse herausgefunden? Ich nahm an, dass es in einer so kleinen Stadt nicht allzu schwer war, jemanden zu finden, der mich auf dem Heimweg beobachtet hatte. Ich biss die Zähne zusammen, doch unter meiner Angst keimte ein leichter Anflug von Neugierde auf.

Was zum Teufel war mit *ihnen* los? Sie hatten seit ihrer Veränderung bisher nicht versucht, mir etwas anzutun. Sie hatten mich nicht einmal beleidigt. Was konnte schlimmstenfalls passieren, wenn ich sie noch ein wenig reden ließ? Es könnte interessanter sein als das Fernsehprogramm.

„Okay, aber ihr solltet euch besser beeilen mit eurer Erklärung.“ Ich öffnete die Tür und hatte vor, sie an der Schwelle stehen zu lassen, während sie ihre Geschichte erzählten.

Allerdings hatte ich nicht mit der Kraft von vier eifrigen männlichen Körpern gerechnet. Kaum war die Tür aufgeschwungen, stürmten Mr. Grimes, Ansel, Vincent und Zach an mir vorbei in die Wohnung.

Ich war zu sehr damit beschäftigt, sie anzustarren, um zu protestieren.

Es waren dieselben vier wie heute Nachmittag auf dem

Parkplatz, nur dass sie sich mittlerweile umgezogen hatten. Mr. Grimes' kurzes Haar war stachelig nach oben gestylt und schwarz mit karmesinroten Spitzen gefärbt. Irgendwie wirkte er größer und massiger als noch vor ein paar Stunden.

Auch die anderen hatten sich die Haare gefärbt. Ansel hatte sich für ein grelles Rot entschieden. Vincents blonde Locken waren pflaumenfarben und etwas kürzer, sodass sie ihm über die dunklen Augen fielen. Zach hatte sein braunes Haar dunkler gefärbt und trug eine rechteckige Brille, die unerwartet natürlich bei ihm aussah. Vielleicht, weil sein Gesicht schlanker wirkte als zuvor, während das von Mr. Grimes breiter geworden zu sein schien.

Mr. Grimes lief durch die Wohnung und seine Miene verfinsterte sich mit jedem Schritt „*So* lebst du? Zum Teufel, nein.“

Ich hätte ihm gesagt, dass er mir gerne eine bessere Wohnung besorgen konnte, hätte ich nicht befürchtet, dass er tatsächlich auf diesen Vorschlag eingehen würde. Vorhin hatten sie schließlich schon darüber gesprochen, sich um ein neues Auto und einen neuen Job für mich zu kümmern.

„Das ist das Beste, was ich mir leisten konnte“, antwortete ich steif. „Ich konnte nicht nach Hause.“

„Natürlich nicht. Dieses verdammte Arschloch.“

Nach seiner Bemerkung über meinen Stiefvater vorhin nahm ich an, dass er Wade meinte.

Meine Aufmerksamkeit wurde von Vincent in seiner neuen, seltsamen Kombination aus Streber und Grufti abgelenkt. Er trank einen Schluck aus seiner Coladose, während er mit der anderen Hand das wahllose Sammelsurium von Gegenständen auf meinem winzigen Küchentisch neu anordnete: Salzstreuer, Kugelschreiber, Gummiband, Zettel, eine ungeöffnete Rechnung. Als er das Gummiband um den Salzstreuer gewickelt hatte und die Zettel in einem Dreieck um den Stift angeordnet waren, trat er mit einem zufriedenen Brummen zurück, als hätte er ein Kunstwerk geschaffen.

Na gut.

„Ich finde es gemütlich", erklärte Ansel mit seinem neuen Optimismus. Es würde mich nicht wundern, wenn er ein Glas mit nur einem Tröpfchen Wasser als halb voll bezeichnen würde. „Und es ist toll, dass du dein eigenes Reich hast."

Das stimmte zwar, aber darüber wollte ich mit diesen Kerlen nicht reden. Gerade als ich den Mund öffnen wollte, meldete sich Zach zu Wort. Es beunruhigte mich, dass er wieder genau zu wissen schien, was mir durch den Kopf ging.

„Du willst, dass wir mit der Erklärung fortfahren", sagte er.

Das war wohl nicht sonderlich schwer zu erraten. „Ja", antwortete ich. „Aber nicht hier. Ich habe euch nicht hereingebeten, falls ihr das nicht bemerkt habt. Wie wäre es, wenn ihr meine Wohnung erst einmal verlasst."

Mr. Grimes starrte mich mit einem fassungslosen Blick an, den ich automatisch erwiderte, weil es so seltsam war, meinen Professor mit dieser neuen Punkfrisur zu sehen. „Wir werden nirgendwo hingehen. Was wir dir sagen werden, ist nicht für fremde Ohren bestimmt."

Mutig zückte ich mein Handy und wedelte damit. „Wenn ihr nicht *sofort* geht, rufe ich die Polizei. Unbefugtes Betreten ist gegen das Gesetz."

Ich war mir nicht sicher, ob ich diese Drohung wirklich wahr gemacht hätte. Ich hatte keine Ahnung, ob die Polizei diese Typen festnehmen oder annehmen würde, dass ich unter Wahnvorstellungen litt. Bestimmt wussten die örtlichen Polizisten, wer ich war. Offenbar hatten einige der Beamten den schrecklichen Vorfall mitbekommen, an den ich mich nicht erinnerte. Doch ich wollte, dass die Männer wussten, dass ich nicht einfach dasitzen und es hinnehmen würde, dass sie meine Grenzen mit Füßen traten.

Theoretisch. In der Praxis riss mir Mr. Grimes wortlos das Telefon aus der Hand und steckte es in seine Tasche. „Du brauchst niemanden anzurufen, schon gar nicht diese Idioten. Warum setzt du dich nicht?"

Ich stemmte meine Hände in die Hüften. „Jetzt beklaust du mich auch noch?"

Er verschränkte die Arme vor der Brust. „Ich gebe es dir zurück, sobald wir hier fertig sind. Du *musst* das hören. Zu deinem eigenen Besten. Also, setzt du dich jetzt hin? Oder muss ich dich hochheben und dich dazu zwingen?"

„Nox!" Ein tadelnder Unterton schwang in Ansels Stimme mit und er legte eilig seinen Arm um mich. Ich wand mich aus seinem Griff, ließ mich aber das Futon-Sofa sinken.

Mr. Grimes' Tonfall nach zu urteilen, meinte er seine Drohung ernst. Ich wollte ihn lieber nicht auf die Probe stellen.

„Also, legt los", sagte ich.

Die Jungs stellten sich in einem Halbkreis vor mir auf. „Lass uns eines von Anfang an klarstellen", begann Mr. Grimes. „Wir sind nicht die Typen, die dich wie Scheiße behandelt haben. Die gibt es nicht mehr. Wir haben sie ins Jenseits befördert und Besitz von ihren Körpern ergriffen, um sie für sinnvollere Zwecke einzusetzen." Er grinste.

Das klang nicht wirklich vernünftiger als das, was sie vorher gesagt hatten. „Was soll das bedeuten? Das ergibt doch keinen Sinn."

Zach stieß einen genervten Atemzug aus und schob sich seine neue Brille auf die Nase. „Wir sollten ganz am Anfang beginnen. Erinnerst du dich, dass du als kleines Mädchen in den Sumpf gefallen bist und beinahe ertrunken wärst?"

Ich funkelte ihn an und unterdrückte ein Schaudern, als

die Erinnerung mich überrollte, wie das Wasser damals, und das Licht und die Wärme verdrängte. „Als könnte ich das jemals vergessen. Aber woher wisst *ihr* davon?"

Ich hatte es niemandem erzählt, nicht einmal meiner Mom, als ich später an diesem Tag nach Hause kam. Ich hatte angenommen, dass es sie nicht interessieren würde. Marisol war erst zwei Jahre alt und hätte nicht verstanden, warum ich so erschüttert war.

Nein, Moment, es stimmte nicht ganz, dass ich es niemandem erzählt hatte. Der Vorfall war ein paar Mal in der Therapie in der St. Elspeth Klinik zur Sprache gekommen.

Während ich darüber nachdachte, nickte Zach. „Wir wissen es, weil wir dabei waren. Du wärst *beinahe* ertrunken. Du bist an jenem Tag nur deswegen nicht gestorben, weil du einen Schubs in Richtung Ufer bekommen hast. Wir haben dich ermutigt und dir gesagt, dass du das Wasser aushusten sollst. Und danach haben wir dich beruhigt."

Ansel ließ sich auf das andere Ende des Futons fallen und sein Gesicht leuchtete hoffnungsvoll. „*Daran* erinnerst du dich doch, oder?"

Daran erinnerte ich mich tatsächlich. Allerdings nicht so, wie sie es erzählten. Ich musterte einen nach dem anderen. „Ich habe mich selbst aus dem Sumpf gezogen. Ich habe mir Stimmen eingebildet, die mich ermutigt haben." Ich zögerte, und meine Wangen erröteten, doch offensichtlich wussten sie bereits über meine rege Fantasie als kleines Mädchen Bescheid. „Ich habe mir imaginäre Freunde ausgedacht, die mich beschützt haben. Das ist für eine Sechsjährige nicht so ungewöhnlich."

Es war ungewöhnlicher, dass ich mit dreizehn immer noch mit diesen imaginären Freunden gesprochen hatte, aber meine Lebensumstände waren nicht gerade normal.

Ansel lachte. „Du hast dir das nicht eingebildet. Wir

waren *da*. Wir haben gehört, wie du ins Wasser gefallen bist. Das hat uns geweckt, und nachdem wir dir geholfen hatten, wollten wir bei dir bleiben. Weil du etwas Besonderes bist." Er schenkte mir ein strahlendes Lächeln, bei dem mir unerwartet flau im Magen wurde.

Ich rieb mir die Stirn. „Das ergibt doch keinen Sinn. Da war niemand. Niemand sonst hat diese ‚Freunde' je gesehen."

„Weil wir nicht sichtbar waren. Deshalb brauchten wir Körper." Mr. Grimes deutete auf sich. „Woher sollten wir das alles sonst wissen?"

Ich starrte ihn an. „Vielleicht seid ihr irgendwie an meine Krankenhausakte gekommen? Oder jemand hat gehört, wie ich als Kind mit meinen Fantasiefreunden gesprochen habe, und hat diese Information weitergegeben, weil ich wieder in der Stadt bin? Es gibt viele Möglichkeiten. Und sie ergeben weitaus mehr Sinn, als die Erklärung, dass ihr unsichtbare Wesen wart."

„Wir waren Geister", meinte Zach sachlich. „In gewisser Weise sind wir das immer noch, nur dass wir neue Körper haben."

„Geister", wiederholte ich. Mein Kopf begann wieder zu schmerzen.

„Wir waren tot", erklärte Vincent knapp. „Ein paar Arschlöcher haben uns niedergeschossen."

„Und im Sumpf versenkt", ergänzte Mr. Grimes. „Ein paar Jahre bevor du in den Sumpf gefallen bist. Ich schätze, wir wären irgendwann verschwunden, wenn das nicht passiert wäre. Wir hatten keine Aussicht auf die Rache, nach der wir uns sehnten. Kai hat sich diese fantastische Strategie erst vor Kurzem ausgedacht." Er klopfte sich auf die Brust.

Ich lehnte mich auf dem Futon zurück. „Damit ich das richtig verstehe. Ihr wollt mir weismachen, dass ihr Geister seid. Ihr wurdet ermordet und habt mich dann meine ganze Kindheit über begleitet. Und jetzt habt ihr beschlossen, euch neue Körper anzueignen, damit ihr … wieder bei mir sein könnt?" Erwarteten sie etwa ernsthaft, dass ich diesen Schwachsinn glaubte?

Offensichtlich. „Genau!", stimmte Ansel zu, ohne die Skepsis in meinem Tonfall zu bemerken. Er strahlte mich an. „Jetzt hast du verstanden."

„Bis auf die Tatsache, dass wir nicht zurückgekommen sind, um nur ‚bei dir zu sein'", warf Mr. Grimes ein. „Du hast uns *gebraucht*. Die Scheißkerle hier haben es auf dich abgesehen. Wir konnten nicht tatenlos zusehen."

Zach – der auch Kai war – schlug die Hände zusammen. „Ganz genau. Wir werden dich von nun an beschützen und dir zur Seite stehen."

Sie klangen aufrichtig. Das konnte ich nicht leugnen. Was auch immer hier vor sich ging, ich wurde das Gefühl nicht los, dass *sie* an diese gemeinsame Wahnvorstellung glaubten. Aber das war unmöglich, oder?

Egal, was wirklich mit diesen Typen los war, ihre „Hilfe", hatte mich schon mindestens einmal in Schwierigkeiten gebracht. Das Letzte, was ich brauchte, um zu beweisen, dass ich auf dem rechten Weg war, waren vier Verrückte, die mich verfolgten und ihre eigene brutale Art der Gerechtigkeit ausübten.

„Leute anzugreifen, die sich wie Arschlöcher verhalten, wird mir nicht helfen", sagte ich mit der eisernsten Stimme, die ich aufbringen konnte. „Ich bin zurückgekommen, weil meine Schwester *mich* braucht. Meine Mom und mein Stiefvater lassen mich nicht zu ihr. Ich muss beweisen, dass ich mich gebessert habe. Was auch immer passiert ist … Das bedeutet, dass ich nicht in Schwierigkeiten geraten darf. Was glaubt ihr, warum ich mir den Scheiß gefallen lasse, den alle mit mir machen, anstatt zurückzuschlagen?"

Ein verwirrtes Schweigen senkte sich über die Gruppe.

Ansel legte den Kopf schief. „Aber sie sollten nicht damit durchkommen.“

„Das ist mir egal! Ich will einfach nur meine Schwester wiederhaben. Und das wird nicht passieren, wenn ihr mich in Schwierigkeiten bringt, weil alle denken, dass ich euch auftrage, Leute für mich zu verprügeln. Das Beste, was ihr tun könnt, ist, euch zurückzuziehen und mich das auf meine Weise regeln zu lassen.“

Mr. Grimes musterte mich mit zusammengekniffenen Augen. „Was ist denn *passiert*? Wo warst du? Warum haben sie dich weggeschickt?“

Mein Puls stotterte. Ich war seltsamerweise dankbar und enttäuscht zugleich, dass sie es nicht wussten. Zuzugeben, dass ich keine Ahnung hatte, erschien mir riskant. Allein bei dem Gedanken daran wurde mir mulmig zumute.

„Das spielt keine Rolle“, sagte ich und stand auf. „Die Scheiße ist passiert, und jetzt muss ich damit fertig werden. Jetzt gib mir mein Handy zurück. Und dann verschwindet! Ich habe euch zugehört. Ich habe eure Geschichte gehört. Doch das ändert nichts. Ihr müsst mich in Ruhe lassen.“

„Lily“, flehte Ansel.

Ich deutete auf die Tür. „Raus. Und zwar sofort. Ich bin müde, und das war der verrückteste Tag meines ganzen Lebens. Und ihr habt immer noch verdammte Ähnlichkeit mit den vier Idioten, die ziemlich furchtbar zu mir waren, wer auch immer ihr wirklich seid. Ihr wolltet helfen. Und ich habe euch gesagt, wie. Gebt mir die Chance, zu beweisen, dass Ich kein verrücktes, gefährliches Mädchen bin, das mit verrückten, gefährlichen Leuten verkehrt.“

Die vier tauschten einen Blick aus. Vincent kippte den Rest seiner Cola hinunter und zerdrückte die Dose in seiner Faust. Mr. Grimes verzog das Gesicht, nickte mir aber zu.

„Wir werden tun, was das Richtige für dich ist“, sagte er. „Wenn es das ist, was du im Moment willst, werden wir deinen Wunsch respektieren. Aber wir *sind* hier, falls du etwas brauchst. Und ich glaube nicht, dass es lange dauern wird, bis das der Fall sein wird."

Er reichte mir mein Handy und gab den anderen ein Zeichen, woraufhin sie so schnell aus meiner Wohnung verschwanden, wie sie hereingestürmt waren.

Ich schloss die Tür hinter ihnen, schob den Riegel vor und stieß einen Seufzer aus. Sie waren weg und hatten ihre Wahnvorstellungen mitgenommen. Ich konnte so tun, als wäre alles wieder normal.

Als würde sich die Wohnung nicht plötzlich doppelt so leer anfühlen wie vorher.

neun

Jett

Es dauerte eine Weile, bis ich das Zimmer fand, zu dem der Schlüssel aus der Tasche des Strebers passte. Die beiden kleinen Wohngebäude sahen aus wie identische, triste Backsteinklötze, und jedes Stockwerk wies die gleichen kotzgrünen Wände mit einer Reihe von smoggrauen Türen auf. Der einzige Unterschied war die Anzahl der Stufen, die ich hinaufsteigen musste.

Ich vermutete, dass derjenige, der diese Gebäude gebaut hatte, weder etwas von Design noch von Mathematik verstand.

Das Zimmer war sogar deprimierender als Lilys Wohnung, was einiges heißen wollte. Die Innenwände waren grau, als wäre ich in ein Abgasrohr getreten, und ein schwacher Hauch von Körpergeruch hing in der Luft. In der Mitte des Raums standen zwei schmale Betten und auf jeder Seite jeweils ein kleiner Schreibtisch. Hinter den Kopfteilen befand sich ein Schrank mit Schiebetür. Die beiden Betten standen nur etwa eineinhalb Meter auseinander. Man hätte auf dem einen Bett liegen und der Person auf dem anderen ein High Five geben können, ohne aufzustehen.

Es war mir recht, dass ich im Moment *allein* im Zimmer war. Ich schob die fein säuberlich gestapelten Ordner und Lehrbücher vom Schreibtisch des Strebers. Sie landeten auf dem Bett. Dann griff ich nach einem der leeren Blätter, die er in einer Ablage im hinteren Teil des Zimmers aufbewahrte. Es gab jeweils ein Fach für liniertes Papier, eins für unliniertes und ein weiteres für verschiedene Schreibgeräte.

Ich hätte ihn ausgelacht, weil er so ein Trottel ist, wenn ich sein Organisationstalent nicht zu schätzen gewusst hätte. Auf liniertem Papier zu zeichnen, war wie Käse mit einer Kettensäge zu schneiden.

Natürlich hatte der Trottel keine Farben – oder Pastellstifte oder andere Stifte, die keine Textmarker waren, oder irgendetwas, das auch nur annähernd geeignet war, Farbe und Struktur auf das Blatt zu bringen. Mit grimmiger Miene betrachtete ich die Auswahl und wünschte mir, ich wäre in einen Kunstladen gegangen, nachdem ich meine Haare so gut wie möglich frisiert und ein Shirt angezogen hatte, in dem ich mich nicht wie ein totaler Trottel fühlte. Das Verlangen, etwas zu schaffen, war zu stark, als dass ich es aufschieben könnte.

Formen zu Papier zu bringen, war schon immer meine Art gewesen, das Durcheinander von Ideen und Gefühlen zu verarbeiten, das oft in meinem Kopf herrschte. Und nach unserem Gespräch mit Lily herrschte im Moment ein ziemlich großes Durcheinander.

Reden war nicht so mein Ding, aber Nox konnte normalerweise jeden Befehl, den er gab, durchsetzen, egal bei wem. Kai konnte jeden, der mit ihm diskutierte, in Grund und Boden reden, und Ruins immerwährende gute Laune war zwar manchmal nervig, hatte aber auch die Tendenz, Leute zu entwaffnen … manchmal im perfekten Moment, um sie dort zu treffen, wo es wehtat. Trotzdem war keiner von ihnen in der Lage gewesen, zu ihr durchzudringen und sie dazu zu bringen, uns bei sich haben zu wollen, wie sie es früher gewollt hatte.

Vielleicht gab es andere Antworten. Vielleicht gab es etwas, das ich einfach nicht gesehen hatte. Der beste Weg, das herauszufinden, war, mein Inneres und mein Gehirn auf dem Papier auszuschütten und zu sehen, was dabei herauskam.

Ich öffnete eine weitere Dose Cola und nahm einen großen Schluck, wobei ich mir wünschte, ich könnte dazu eine Line Koks ziehen. Die Kombination aus Zucker und Koffein brachte meine Nerven zum Brummen, doch ich sehnte mich nach einem stärkeren Rausch. Nach so langer Zeit ohne wirkliche körperliche Empfindungen wollte ich jedes Gefühl, das ich bekommen konnte, in mich aufsaugen. Sogar der Hunger, der meinen Magen immer wieder zum Knurren brachte, egal wie viel ich aß, war ein verdammtes Wunder.

Dann machte ich mich an die Arbeit.

Ich brach die Spitzen von drei Stiften des Strebers ab, die jetzt mir gehörten: eine blaue, eine schwarze und eine rote. Ich würde mich nie wieder über die Gründlichkeit eines Arschkriechers lustig machen. Es gab ohnehin genug andere Dinge, über die man sich lustig machen konnte.

Ich träufelte die Tinte aus den Stiften auf das Papier und verschmierte sie mit der anderen Hand. Meine Finger wurden von meinem Instinkt und dem Gefühl geleitet, das mich durchströmte. Ich *dachte* nie darüber *nach*, was ich machte oder was andere davon hielten. Kunst war pures Gefühl, und wer das nicht verstand, konnte mich am Arsch lecken.

Gerade als ich anfing, etwas von der blauen und der roten Farbe zu einem violetten Schleier zu vermischen, klickte ein Schlüssel in der Tür des Schlafsaals. Ich nahm an, dass der Typ, der hereinkam, mein verdammter Mitbewohner war. Aus den Augenwinkeln nahm ich wahr, wie er mich, mein Kunstwerk und den Stapel Bücher auf dem Bett verwirrt musterte.

„Vince?", fragte er völlig perplex. „Was zum Teufel *machst* du da? Was ist hier los?"

Ich überlegte, ob ich nicht antworten sollte, da mein Name nicht mehr Vince war, doch es würde schwer werden, das aufrechtzuerhalten, wenn dieser Idiot einen halben Meter von mir entfernt stand und mir seinen Erdnussatem ins Gesicht blies. Ich wusste nicht, was er gegessen hatte, aber hätte ich eine Erdnussallergie, wäre ich wohl im Krankenhaus gelandet.

Ich vollendete die letzte Farblinie, die mich gerufen hatte, bevor ich zu dem Kerl aufblickte. Er war ein Durcheinander von Formen und Farben: ein brauner Kreis mit zimtbraunem Haar, ein dünner blauer Körper – wegen seines Shirts und seiner Jeans, nicht seiner Haut – mit braunen Klumpen von Halbschuhen an den Füßen.

Ich hatte schon immer die Angewohnheit, Menschen in eine impressionistische Version ihrer selbst zu zerlegen, als wären sie wandelnde Monet-Gemälde. Seit meinem Tod war ich allerdings vom Impressionismus zum Abstrakten übergegangen. Mein Mitbewohner hier sah eher wie ein Picasso aus. Wenn meine Gedanken weiterhin in diese Richtung gingen, war es nur eine Frage der Zeit, bis die ganze Welt aus verschwommenen Rothko-Rechtecken bestehen würde.

Außer meinen Männern und Lily. Trotz ihrer neuen Körper sah ich die Jungs und sie genauso wie sie waren. Sie waren die Einzigen, die zählten.

„Ich male", teilte ich dem Schwachkopf mit, der offenbar nicht in der Lage war, das selbst zu begreifen.

Die Augen des Kerls wurden noch größer. Man sollte meinen, er hätte den Begriff schon im Kindergarten gelernt. „Du malst?", fragte er fassungslos und schüttelte den Kopf. „Und du hast dir die Haare gefärbt? Was ist in dich gefahren, Mann? Erzähl mir nicht, dass du vor Stress durchdrehst."

„Nein", antwortete ich. Abgesehen von der Anstrengung, die es mich kostete, ihm nicht einen dieser kaputten Stifte ins Auge zu rammen, damit er die Klappe hielt. Wahrscheinlich würde er dann noch lauter werden, es sei denn, ich schob ihn so weit hinein, dass ich mir überlegen müsste, wie ich eine Leiche verstecken könnte. Dafür hatte ich im Moment keine Zeit. „Ich wollte einfach etwas Neues ausprobieren."

Mein Zimmergenosse ließ sich auf sein Bett fallen, ohne den Blick von mir abzuwenden. „Na ja, egal. Hör auf mit dem Malen, damit wir mit dem Konzept weitermachen können. Wir müssen es bis morgen einreichen."

„Konzept?", fragte ich, auch wenn es mich nicht interessierte. Dieser Arsch dämpfte meine Begeisterung. Ich setzte die Coladose an die Lippen, aber es waren nur noch ein paar Tropfen drin. Vielleicht würde er die Klappe halten, wenn ich sie ihm in den Rachen schob?

Wenn er so weitermachte, würden ihm bald die Augen aus den Höhlen springen. „Das Konzept!", rief er. „Für Thrivewell. Verarsch mich nicht! Ich weiß, dass du den Job genauso sehr willst wie ich. Wenn wir es richtig anstellen, sehen es sich womöglich sogar die Gauntts an. Sie leiten den Konzern. Wenn wir sie beeindrucken, haben wir es geschafft."

Sein aufgeregtes Geplapper ging bei mir in ein Ohr hinein und aus dem anderen wieder heraus. Ich zuckte mit den Schultern und wandte mich wieder meinem Gemälde zu. „Das interessiert mich nicht mehr. Mach, was du willst."

„Was?" Ein paar Sekunden stotterte der Kerl nur unverständlich vor sich hin. „Wir wollten das doch zusammen durchziehen. Ich brauche deine buchhalterischen Kenntnisse für die Zahlen. Du machst Witze, oder?"

„Nö."

Ich betrachtete das Bild mit zusammengekniffenen Augen. Es sprach noch nicht zu mir. Die Flecken und Kleckse brauchten eine Verbindung.

Oder vielleicht war das Chaos in mir einfach zu groß, um jemals etwas richtigzumachen.

Ich verdrängte den Anflug von Panik und griff nach einem der kaputten Stifte. Es gab einen todsicheren Weg, das Bild zum Leben zu erwecken, und der bestand darin, buchstäblich etwas von meinem Leben darauf tropfen zu lassen. Oder von dem, was Vince' Leben gewesen war. Er war ohnehin nicht mehr da, um sich darum zu kümmern.

Ein stechender Schmerz durchzuckte mich, als ich mit der gebrochenen Plastikkante in meine Haut schnitt. Ich schloss die Augen und genoss das Gefühl und das Aufflackern von Rot und Violett, das damit durch meine Nerven schoss.

Ein verdammtes Wunder, ganz recht.

Dann näherte ich meinen blutenden Daumen dem Papier. Eine Schliere hier, ein Tupfer dort …

Das dunkle Scharlachrot ließ die anderen Farben schärfer hervortreten und ich war so auf mein Werk fixiert, dass ich die Reaktion meines Mitbewohners nicht bemerkte. Ehe ich mich versah, war er vom Bett aufgesprungen und packte mich an der Schulter.

„Was zum Teufel ist los mit dir? Bist du vollkommen verrückt geworden? Hör auf damit, Mann!"

Zähneknirschend schubste ich ihn weg. „Wer zum Teufel hat dich gefragt?"

„Wir haben die ganze Woche an diesem Konzept gearbeitet! Und jetzt zerschneidest du dir die Hand und malst verrückte Bilder. Du hast eindeutig einen Zusammenbruch. Das kannst du mir nicht antun!“

„Mach dein Konzept verdammt noch mal allein fertig“, schnauzte ich und fuhr mit dem Daumen wieder über das Bild.

„Du hast versprochen, dass wir das zusammen machen. Als Team. Ich habe alle Nachrichten. Du kannst es nicht abstreiten. Es ist eine schriftliche Vereinbarung – das ist praktisch ein Vertrag.“

Er fischte sein Handy heraus und tippte auf den Bildschirm, wodurch die Schaltkreise in diesen bizarren Geräten aktiviert wurden. Was ist eigentlich aus den Knöpfen geworden?

Dann hielt er mir das glänzende Ding hin, auf dessen Bildschirm ein Haufen blauer und grauer Kleckse zu sehen war, als ob mir das etwas sagen würde. „Schau. Genau hier. Das sind deine Worte. Du kannst nicht …“

Ich würde ihm zeigen, was ich verdammt noch mal konnte oder nicht. Meine blutverschmierte Hand schoss hervor. Ich riss ihm das Telefon aus seiner fuchtelnden Hand und knallte es gegen die Schreibtischkante. Einmal, zweimal, dreimal.

Der Bildschirm wurde schwarz. Das Glas war in ein Spinnennetz aus Scherben zersplittert. Ich betrachtete das unregelmäßige Muster einen Moment lang, bevor ich es dem Idioten zuwarf. „Jetzt zeigt es nichts mehr an.“

„Was zum Teufel!? Vince, du hast es kaputtgemacht. Ich kann nicht glauben …“

„Glaube es“, unterbrach ich ihn und verlor das letzte bisschen Geduld. „Und glaub mir, wenn du nicht die Klappe hältst und mich in Ruhe lässt, ist das nicht das Einzige, was kaputtgehen wird.“

Ich warf einen Blick über die Schulter und fixierte die hellen Augen des Schwachkopfes. Sein Kiefer bewegte sich ein paar Mal auf und ab, ohne dass ein Ton herauskam. Die Farbe wich aus seinem Gesicht, das von hellbraun zu aschfahl-beige wurde. Mit einem erstickten Stöhnen stürmte er schließlich aus dem Zimmer.

Mission erfüllt. Vielleicht würde er das nächste Mal schneller begreifen. Ich leckte über meinen Daumen, damit das Blut wieder zu fließen begann, und fügte dem Bild vor mir ein paar weitere Schlieren hinzu.

Zufrieden verschränkte ich die Arme auf dem Schreibtisch, stützte mich auf die Ellbogen und betrachtete das verworrene Durcheinander der Farben.

Ja, jetzt konnte ich es sehen. Die zierliche Gestalt inmitten des Wirbelsturms war Lily. Sie hatte gesagt, dass sie sich von Ärger fernhalten wollte, doch er toste um sie herum und versuchte, sie hineinzuziehen. Wie konnte sie verhindern, in den Strudel gezogen zu werden?

Sie wollte uns nicht bei sich haben? Nun gut. Wir konnten auf Abstand gehen *und* dafür sorgen, dass alle anderen dasselbe taten. Wenn sie erst einmal die Ruhe gefunden hatte, die sie brauchte, würde sie uns vielleicht wieder mit offenen Armen empfangen.

Die Frage war nur, welche Arschlöcher wir zuerst beseitigen sollten.

zehn

Lily

„Warum lassen sie das Psycho-Mädchen überhaupt an diesem Kurs teilnehmen?", flüsterte ein Mädchen hinter mir ihrer Freundin zu. „‚Devianz in der modernen Welt'? Was ist, wenn sie dadurch wieder durchdreht oder so?"

„Vielleicht sollten wir nächstes Mal nicht in ihrer Nähe sitzen", raunte ihre Freundin. „Ich habe gehört, sie hat ihre halbe Familie ermordet."

„*Ich* habe gehört, sie hat das Gehirn von jemandem zum Frühstück gegessen."

Mit grimmiger Miene blendete ich ihre Stimmen aus, so gut es ging. Auch wenn ich keine Ahnung hatte, was ich getan hatte, um in der St. Elspeth Psychiatrie zu landen, war ich mir hundertprozentig sicher, dass es nichts dergleichen war. Zum einen hatte ich die visuelle Bestätigung, dass alle meine bisherigen Familienmitglieder in der Welt der Lebenden waren. Und ich hatte noch nie den geringsten Drang verspürt, jemandes Gehirn zu verspeisen.

Doch je blutiger die Geschichten, desto mehr brodelte die Gerüchteküche. Es war also kein Wunder, dass solche Dinge erzählt wurden. Ich bezweifelte, dass meine Kommilitonen diesen Mist glaubten, sonst würden sie nicht nahe genug bei mir sitzen, um Gefahr zu laufen, erstochen zu werden.

Die Tatsache, dass ich sie nicht sehen konnte, hielt mich nicht davon ab, mir ein Opossum vorzustellen, das vom Kopf der einen zum Kopf der anderen hüpfte und dabei ihr Haar immer mehr zerzauste. Ein weiterer beschissener Tag, ein paar weitere idiotische Kommentare. Irgendwann musste ihnen langweilig werden, wenn ich keinen psychotischen Wutanfall bekam. Und dann würden sie etwas anderes finden, worüber sie lästern konnten, oder?

Leider begnügten sich einige meiner Kommilitonen nicht damit, nur zu reden. Wie es aussah, hatte ich eine kleine, aber hartnäckige Gruppe von „Fans" um mich geschart, die mich auf jede erdenkliche Weise zum Ausrasten bringen wollten … Entweder, weil sie davon überzeugt waren, dass ich ohnehin irgendwann ausrasten würde und es ihnen lieber war, wenn es nach ihren Vorstellungen geschah, oder weil sie es unterhaltsam fanden. Vielleicht war es ein wenig von beidem. Es war schwer zu sagen.

Das war wohl auch der Grund, warum nach der Vorlesung eine Sintflut über mich hereinbrach, als ich den Hörsaal verließ. Ein Fast-Food-Plastikbecher traf mich am Kopf und eine kühle, mit Eiswürfeln versetzte Flüssigkeit spritzte mir ins Gesicht und über meine Bluse. Ich hörte das Kichern der Übeltäter links von mir.

Ich fuhr mir mit der Hand über die Augen und den Mund, wobei ich eine unfreiwillige Kostprobe bekam –

Mountain Dew, *igitt!* Doch ich gab ihnen nicht die Genugtuung, mich umzuschauen.

Immerhin hast du dieses Getränk von seinem Elend befreit, höhnte meine innere Stimme, als ich weiterging. Da dies mein letzter Kurs für heute gewesen war, konnte ich nach Hause fahren und mich umziehen. Also egal.

Ich war gerade um eine Ecke gebogen, um das Verwaltungsgebäude zu umrunden, als ein ferner Schrei an meine Ohren drang. Es sollte nichts Besonderes sein. Auf dem Campus wurde ständig gebrüllt, gegackert oder gejohlt. Doch nach den Ereignissen der letzten Tage versetzte mich jedes noch so leise Geräusch sofort in Alarmbereitschaft.

Widerwillig drehte ich mich auf dem Absatz um und ging den Weg zurück, den ich gekommen war. In der Nähe der Tür fiel mir nichts Ungewöhnliches auf, doch von der Seite des Gebäudes ertönte ein weiterer Laut des Protests. Ich verschränkte die Arme über meiner durchnässten Bluse und schlich um das Gebäude herum, wo Vincent und Zach gerade mit einem mir unbekannten Kerl zugange waren.

Zach hielt den Typen an den Knöcheln fest, während Vincent mit einem großen Stock auf ihn einschlug, als wäre der Kerl eine lebendige Piñata. Bei der Wucht seiner Schläge hätte es mich nicht gewundert, wenn seine Eingeweide herausgepurzelt wären.

Das Geräusch der Schläge und das Stöhnen des Kerls verschmolzen zu einer bizarren Melodie, zu er ich unwillkürlich ein wenig schunkelte. Dann fing ich mich und versteifte mich, denn ich war *keine* Verrückte.

Wegen des Fast-Food-Papiers, das in seinem Mund steckte, waren die Schreie des Mannes gedämpft. Ich erkannte, dass das Papier mit demselben Logo bedruckt war wie der Becher, der mir an den Kopf geschleudert worden war. Plötzlich brauchte ich keine Erklärung mehr.

Zach kicherte und sagte: „Komm schon, du solltest in

der Lage sein, ihm ein oder zwei Rippen zu brechen. Dann können wir uns um seinen Schädel kümmern."

Vincent gab ein Brummen von sich. „Kann ich ihn nicht einfach erstechen?"

Ich hatte einen Kloß im Hals, räusperte mich aber schnell. „Lasst ihn los."

Die beiden Jungs drehten ihre Köpfe mit leicht schuldbewussten Mienen. Allerdings nicht schuldbewusst genug, als würden sie denken, dass sie etwas Falsches taten. Eher so, als würden sie es bereuen, dabei erwischt worden zu sein.

Zach zog die Augenbrauen hoch. Durch die Schläge war ihm seine Brille auf die Nase gerutscht. „Wir sorgen nur für Gerechtigkeit. Du hast uns gebeten, uns von dir fernzuhalten, also haben wir genau das getan."

Sie hielten sich an den verdammten Wortlaut des Gesetzes, aber mehr auch nicht. Und dabei verstießen sie gegen alle möglichen anderen Gesetze.

Ich fuchtelte mit der Hand durch die Luft. „Das will ich auch nicht. Keine Gerechtigkeit in meinem Namen. Überhaupt nichts in meinem Namen. Ich dachte, ich hätte mich klar ausgedrückt."

Vincent zuckte mit den Schultern und schaute auf seinen Stock hinunter. „Und wenn wir es einfach nur zum Vergnügen machen?"

Ich funkelte ihn an. „Dann sucht euch jemanden, der nichts mit mir zu tun hat, bitte."

„Na schön", murmelte Zach und schleuderte sein Opfer kopfüber gegen die Wand. Als der Typ stöhnte, schob der ehemalige Sportler seine Brille wieder hoch. „Es ist auch für uns ein gutes Ventil", teilte er mir in sachlichem Tonfall mit. „Nach der Inanspruchnahme der Körper sind unsere Energien sehr sprunghaft."

Oh, richtig, nachdem sie angeblich gestorben und ohne

zu fragen in fremde Körper geschlüpft waren. Ich warf ihm einen skeptischen Blick zu und ließ meiner inneren Stimme freien Lauf. „Sagt mir, dass ihr nicht gerade versucht habt, einen Mordversuch mit übermäßigem Bewegungsdrang zu rechtfertigen."

Vincent war normalerweise meist mürrisch, doch jetzt umspielte der Hauch eines Lächelns seine Lippen. „Wenn das stimmt …"

Ich stieß schnaubend die Luft aus. Von meinem Haar tropfte immer noch Mountain Dew, und meine Bluse klebte an meiner Haut. Ich hatte keine Zeit für zusätzliche Verrücktheiten.

„Wie auch immer", sagte ich. „Sucht euch einfach ein neues Hobby, das nichts mit mir zu tun hat."

Ich eilte zurück zum Parkplatz, bevor ich noch mehr von ihrem Irrsinn hören musste. Und bevor jemand vorbeikam und womöglich dachte, ich hätte etwas damit zu tun, obwohl ich mein Bestes tat, um die Situation zu schlichten.

Als ich mein Auto erreichte, ließ ich mich auf den Fahrersitz fallen und lehnte meine Stirn an das Lenkrad. Meine Eingeweide fühlten sich an, als hätten sie sich zu einem großen Klumpen zusammengeballt.

Das war alles so lächerlich: Die Story, die mir diese Typen aufgetischt hatten, die Tatsache, dass ich von der Hälfte der Studenten belästigt wurde, während mich die andere Hälfte mied, als hätte ich wirklich Hirn zum Frühstück gegessen. Ich bemühte mich, angesichts all dessen eine ruhige Fassade zu bewahren …

War es das überhaupt wert? Warum habe ich diesem Ort nicht einfach den Rücken gekehrt und irgendwo ein neues Leben begonnen, wo ich noch nie gewesen bin? Vielleicht in Timbuktu oder Finnland?

Doch noch während ich über diese Frage nachdachte, hallte die Antwort durch meinen Körper: Marisol. Meine kleine Schwester war der Grund, warum ich zurückgekommen war. Bisher hatte ich nicht einmal einen Blick auf sie erhaschen können, nur einmal kurz aus der Ferne, als sie in Wades Auto gestiegen war. Selbst dieser kurze Blick war riskant gewesen, doch ich hatte mich vergewissern müssen, dass sie tatsächlich noch hier war und es ihr *gut* ging.

Ich hatte mich an Wades Regeln gehalten und war kein Risiko eingegangen, obwohl er für Marisol und mich nie mehr als der Idiot gewesen war, den Mom geheiratet hatte. Doch aus Angst vor meiner Tat, an die ich mich nicht erinnerte, hatte ich es nicht gewagt, sie direkt anzusprechen.

Ich hatte mich seit ihrer Geburt um Marisol gekümmert. Bis sie neun war. Was für eine Schwester war ich, wenn ich ihr nicht ins Gesicht sehen und sie fragen konnte, was ich falsch gemacht hatte … und wie ich es wiedergutmachen konnte?

Entschlossenheit stieg in mir auf. Es war an der Zeit, es zu versuchen, und sei es nur, weil ich mir nicht sicher war, wie lange ich noch so weitermachen konnte, ohne sie wenigstens wissen zu lassen, dass ich um sie kämpfte.

Da es keinen guten Eindruck machen würde, in einer Bluse aufzutauchen, die mit klebriger Limonade durchtränkt war, machte ich einen Umweg, um schnell zu duschen und mich umzuziehen. Anschließend fuhr ich zur Highschool, wo die Jugendlichen von Lovell Rise und einiger benachbarter Kleinstädte zur Schule gingen.

Da ich noch eine halbe Stunde Zeit hatte, bevor der Unterricht begann, parkte ich Fred mehrere Blocks entfernt und probte in meinem Kopf, was ich sagen wollte. Das Üben brachte nicht viel, denn ich hatte keine Ahnung, wie Marisol reagieren würde, wenn sie mich sah. Vielleicht würde sie sich mit einer epischen Umarmung auf mich stürzen, so wie früher. Sie könnte auch schreiend davonrennen. Und zwischen diesen Extremen gab es noch eine ganze Reihe anderer Möglichkeiten.

Als der letzte Glockenschlag ertönte, waren meine Handflächen bereits schweißnass. Ich stieg aus meinem Auto und stolperte fast über einen Frosch, der langsam auf dem Bürgersteig in die entgegengesetzte Richtung hüpfte.

„Wohin willst du denn?", fragte ich ihn. „Hast du ein heißes Date?"

Ich könnte schwören, dass er als Antwort ein leises Quaken von sich gab, bevor er weiterhüpfte.

Ich näherte mich der Highschool auf der gegenüberliegenden Straßenseite. Einerseits um nicht gleich gesehen zu werden, und andererseits, um die Schüler besser beobachten zu können, die durch die breiten Eingangstüren kamen. Obwohl ich meine Schwester in den letzten sieben Jahren kaum gesehen hatte, erkannte ich sie sofort, als sie nach draußen trat.

Die Sonne schien auf ihr gewelltes blondes Haar, das schon immer goldfarbener gewesen war als mein helleres, flachsfarbenes. Sie hatte mehrere dünne Zöpfe hineingeflochten. Mit gesenktem Kopf und die Riemen ihres Rucksacks umklammert, eilte sie zusammen mit ihren Mitschülern den Gehweg entlang, ohne mit jemandem Augenkontakt aufzunehmen. Sie winkte ihren Freunden nicht zum Abschied und warf keinem Jungen kokette Blicke zu.

Mir wurde flau im Magen. Richtig glücklich sah sie nicht aus. Sie erinnerte mich an mich selbst damals in der Mittelschule. Nur dass ich wenigstens ein paar flüchtige Bekannte gehabt hatte, denen ich auf dem Weg nach draußen zugenickt hatte.

Marisol war schon immer sanftmütiger und umgänglicher gewesen als ich, sogar als sie noch ein kleines Mädchen gewesen war. Was hatte sich geändert?

War es *meine* Schuld?

Während ich über diese Frage nachdachte, verlor ich sie beinahe aus den Augen. Anstatt in meine Richtung zu gehen und den drei Kilometer langen Heimweg anzutreten, bog sie nach links ab und verschwand um die Ecke. Schnell eilte ich ihr hinterher.

Ich hatte damit gerechnet, sie in einer der ruhigen Wohnstraßen zwischen der Schule und unserem Haus anzusprechen. Stattdessen ging sie in Richtung der kleinen Einkaufsstraße ein paar Blocks weiter. Ich folgte ihr mit etwas Abstand auf der gegenüberliegenden Straßenseite, während ich überlegte, wie ich am besten vorgehen sollte.

Vielleicht wäre ein öffentlicherer Ort besser? Möglicherweise fühlte sie sich sicherer, wenn sie wusste, dass Leute in der Nähe waren, falls sie um Hilfe rufen musste … damit sie jemand vor mir rettete.

Obwohl mich der Gedanke innerlich zusammenzucken ließ, beschleunigte ich mein Tempo, um meine Schwester einzuholen. Dann überquerte ich die Straße und verlangsamte meine Schritte ein wenig, um nicht mit ihr zusammenzustoßen.

Marisol hatte ihren Kopf immer noch gesenkt, was jedoch nicht bedeutete, dass sie ihre Umgebung nicht wahrnahm. Als sie ein paar Schaufensterfronten von mir entfernt war, hob sie ihr Kinn und unsere Blicke begegneten sich. Sie erstarrte auf der Stelle und ihre Augen weiteten sich.

„Mare", krächzte ich, als hätte sich einer dieser verdammten Frösche in meiner Kehle eingenistet. Ich räusperte mich und versuchte es erneut. „Hey. Ich wollte dich nur sehen. Ich wusste nicht, ob Mom und Wade dir überhaupt gesagt haben, dass ich wieder in der Stadt bin."

Ich achtete darauf, eine Haltung einzunehmen, die so wenig bedrohlich wie möglich wirkte. Leider wusste ich nicht, wie ich das anstellen sollte, denn ich hatte mich nie besonders bedrohlich gefühlt. Marisol bewegte sich keinen Zentimeter. Ich konnte nicht sagen, ob sie überhaupt atmete.

„Lily?", flüsterte sie.

Ich schätzte, dass ich zumindest ein bisschen anders aussah als das letzte Mal, als sie mich gesehen hatte. Seitdem war viel Zeit vergangen.

Ich nickte langsam und ein zaghaftes Lächeln umspielte meine Lippen. „Ich bin zu Hause. Sozusagen. Mom lässt mich nicht ins Haus." *Nicht, dass ich noch einmal mit ihr und dem Trottel zusammenziehen würde,* fügte meine innere Stimme hinzu. „Wade und sie wollten mich nicht zu dir lassen, aber … du bist meine Schwester. Du bist der einzige Grund, warum ich hier bin. Ich bin sofort hergekommen, als ich aus der Klinik entlassen wurde."

Bei der Erwähnung des Ortes, an dem ich die letzten sieben Jahre verbracht hatte, verkrampfte sich meine Brust. Ich fügte schnell hinzu: „Ich kann mich nicht erinnern, was passiert ist, bevor sie mich weggebracht haben. Die Leute meinten, du wärst dabei gewesen. Vielleicht habe ich etwas getan, das dich verletzt hat. Ich weiß, dass ich das nie absichtlich getan hätte. Ich hoffe, du weißt das auch. Was auch immer passiert ist, du kannst es mir sagen, und ich werde alles tun, was ich kann, um zu beweisen, dass es nie wieder passieren wird."

Auf Marisols Stirn hatte sich eine Falte gebildet, die eher verwirrt als nervös wirkte. Dann huschte ihr Blick von einer Seite zur anderen und ihre Schultern spannten sich an, als sie die vorbeischlendernden Fußgänger und die Gestalten hinter den Schaufenstern betrachtete. Sie trat einen Schritt zurück, den Blick weiterhin auf die Personen gerichtet statt mich.

Ich runzelte die Stirn. Sie schien Angst zu haben … Allerdings nicht vor mir, sondern eher davor, wer sie sehen könnte. Oder vielleicht uns?

Hatten Mom oder Wade ihr gedroht, weil sie mich sehen

wollte und sie nicht einverstanden waren? Meine Hände ballten sich zu Fäusten und ich zwang mich, sie zu entspannen, bevor sie es merkte. Der Muttermal-ähnliche Fleck auf meinem Arm begann zu jucken, als wollte er mich auf etwas hinweisen. Zu schade, dass er nicht sprechen konnte.

„Bitte, sprich mit mir, Mare“, sagte ich leise. „Du weißt doch, dass du dich immer auf mich verlassen kannst.“

Meine Schwester holte zittrig Luft und richtete ihren Blick wieder auf mich. „Ist alles in Ordnung mit dir? Du bist doch nicht krank, oder?“

War es das, was sie ihr erzählt hatten? Ich runzelte die Stirn. „Nein, ich war nie krank. Die Ärzte haben nur lange gebraucht, um zu entscheiden, dass mit meinem Kopf alles in Ordnung ist. Ich wurde auf Herz und Nieren geprüft und bin hundertprozentig zurechnungsfähig.“ Obwohl sie diese Entscheidung vielleicht revidiert hätten, wenn sie von der seltsamen Gesellschaft gehört hätten, in der ich mich in letzter Zeit unfreiwillig befand.

„Oh.“ Marisol ließ ihren Blick erneut über die Straße schweifen.

„Wen suchst du?“, fragte ich.

Sie zuckte ein wenig zusammen. „Ich … Niemanden. Ich … Ich sollte gehen.“ Sie begann sich umzudrehen.

Panik stieg in mir auf. „Nein!“ Ich bemühte mich um einen ruhigen Tonfall. „Marisol, ich muss wissen, was passiert ist, damit ich es wiedergutmachen kann. *Warst* du dabei? Was habe ich getan?“

Sie hielt gerade lange genug inne, um meinen Blick noch einmal zu erwidern. Die Worte purzelten so schnell heraus, dass sie ineinander übergingen. „Du hast mir nicht wehgetan. Du hast nicht … Es tut mir leid.“

Sie rannte über die Straße und um eine weitere Kurve. Es juckte mir in den Beinen, ihr hinterherzulaufen, doch in diesem Moment fuhr ein Polizeiauto auf der Straße vorbei. Ich erstarrte, bis es außer Sichtweite war.

Marisol hatte gesagt, ich hätte ihr nicht wehgetan. Doch irgendetwas hatte ich damals getan. Etwas so Schreckliches, dass ich weggesperrt werden musste. Wenn ich sie verfolgte und versuchte, sie zu zwingen, mit mir zu reden, wäre das meinem neuen stabilen Image nicht förderlich.

Ich hatte ihr nicht wehgetan. Aber nachdem ich ihre Reaktion gesehen hatte, konnte ich nicht umhin zu denken, dass es ganz sicher jemand anderes getan hatte. Warum taten alle so, als hätte ich sie traumatisiert?

Plötzlich war ich mir in Bezug auf zwei Dinge sicher: Die Geschichten, die man mir erzählt hatte, stimmten nicht ganz … Und meine Schwester brauchte mich mehr, als ich gedacht hatte. Sie brauchte meine Hilfe.

Leider hatte ich keine Ahnung, wie ich ihr helfen konnte.

Lily

Letztendlich hatte das Gespräch mit Marisol nichts an meinem Vorhaben geändert. Es hatte meine Entschlossenheit lediglich um das Zehnfache gesteigert.

Ich musste die stabilste, vernünftigste, aufrichtigste Bürgerin sein, die Lovell Rise je gesehen hatte. Sobald die Leute mich nicht mehr für eine Psycho hielten, konnte ich mich auf die Suche nach Antworten machen. Ich konnte Mom und Wade dazu zwingen, mich mit meiner Schwester reden zu lassen.

Ich durfte ihnen nur keinen Grund geben, die Polizei oder die Irrenärzte zu rufen, um mich wieder wegzusperren.

Ich hatte gehofft, ich könnte mich bei der Arbeit von dem Wahnsinn erholen, der mich verfolgte. Mart's Supermarket war das einzige große Lebensmittelgeschäft am Stadtrand von Lovell Rise, wo die Leute hingingen, wenn die

Tante-Emma-Läden an der Ecke nicht ausreichten. Der Laden war so groß wie ein Fußballstadion und so steril wie eine Arztpraxis. Die Wände waren strahlend weiß und Stahlregale auf Hochglanz poliert. Die Luft war immer ein wenig zu kühl und die Leute sprachen mit gedämpften Stimmen, weil es wegen der hohen Decke hallte. Außerdem passierte dort nie etwas Außergewöhnliches.

Zumindest war das früher so gewesen. Als ich eine Stunde nach meiner Begegnung mit Marisol zu meiner Schicht am späten Nachmittag kam, wartete der Manager Burt Bower in der Nähe der Kassenreihe.

Er winkte mir mit einem seiner dicken Finger zu. „Lily, auf ein Wort?"

Selbst als ich ihm zu dem beengten Büro neben den Lagerräumen im hinteren Teil folgte, nahm ich an, dass er über eine normale berufliche Angelegenheit sprechen wollte. Vielleicht wollte er, dass ich nächste Woche eine Extraschicht einlegte oder meine Stunden reduzierte. Womöglich hatte ich die Müslischachteln zu eng ins Regal geschlichtet oder die Dosen zu hoch gestapelt. So etwas in der Art.

Doch als wir das Büro betraten, drehte er sich zu mir um und sagte: „Ich habe gehört, dass du Ärger mit der Polizei hattest."

Mir lief es eiskalt den Rücken hinunter. Von *wem* hatte er das gehört? Ich nahm an, dass es keinen guten Eindruck machen würde, wenn ich das fragte, anstatt ihm zu antworten.

„Das ist lange her", sagte ich schnell und beschloss, dass es besser war, nicht zu erwähnen, dass ich mich nicht daran erinnerte. „Ich war noch ein Kind … Ich hatte einen kleinen Zusammenbruch. Es gab keinen Gerichtsprozess. Ich bin nicht vorbestraft." In der Bewerbung war nicht nach psychiatrischen Behandlungen oder Krankenhausaufenthalten gefragt worden. Ich hatte den

Online-Highschool-Abschluss angegeben, den ich während meines Aufenthalts in der Klinik gemacht hatte, sowie mein Jahr an der Volkshochschule und mein Sommerpraktikum. Daher hatte ich angenommen, dass mein Lebenslauf ziemlich normal wirkte.

Den Leuten in der Klinik hatte daran gelegen, mir die Rückkehr in ein normales Leben zu *erleichtern*. Der einzige Grund, warum ich in der Schule Probleme bekommen hatte, war, dass ehemalige Klassenkameraden wie Ansel Gerüchte verbreiteten. Niemanden in der Stadt schien es zu interessieren, was vor sieben Jahren mit einem Teenager-Mädchen passiert war, mit dem kaum einer von ihnen etwas zu tun hatte. Sofern sie sich überhaupt daran erinnerten.

Ich weiß nicht, ob Burt damals schon hier gewohnt hat. Womöglich war ich als Teenager zu sehr auf mich selbst konzentriert gewesen, um ihn zur Kenntnis zu nehmen. Oder er war erst vor Kurzem in die Gegend gezogen und erinnerte sich ohnehin nicht.

Er runzelte die Stirn und ein mürrischer Ausdruck trat in sein teigiges Gesicht. „Ich weiß, dass es keinen Eintrag gibt. Ich habe bei der Polizei angerufen, um mir das bestätigen zu lassen. Dennoch beunruhigt es mich ein wenig. Ich hoffe, ich muss mir keine Sorgen machen, dass du noch einmal in eine problematische Situation gerätst."

Das könnte ich leichter garantieren, wenn ich auch nur eine verdammte Ahnung hätte, was die erste „problematische Situation" war, murmelte ich innerlich. Ich schenkte ihm mein bestes beschwichtigendes Lächeln. „Ich bin sicher, dass es keine Probleme geben wird. Sag mir einfach, wenn ich meine Arbeit irgendwie besser machen kann."

Burt sah immer noch etwas beunruhigt aus, aber er musste zugeben: „Bis jetzt hast du deine Sache gut gemacht. Du kannst jetzt zurück zur Arbeit. Deine Schicht hat vor fünf Minuten begonnen."

Als wäre es meine Schuld, dass er mich in sein Büro beordert hatte, bevor ich überhaupt anfangen konnte. Ich widerstand dem Drang, die Augen zu verdrehen, und versuchte, meine Laune zu verbessern, indem ich mir eine Katze vorstellte, die sich auf seinem Kopf den Hintern leckte. Mit einem flauen Gefühl im Magen machte ich mich auf den Weg in den Lagerraum.

Wer würde sich die Mühe machen, dem Geschäftsführer des Lebensmittelladens von meiner Vergangenheit zu berichten? Ich vermutete, dass es jeder vom College gewesen sein könnte, der es herausgefunden hatte und wusste, dass ich hier arbeitete. Der Versuch, mich an meinem Arbeitsplatz in Schwierigkeiten zu bringen, ging allerdings weit über Mobbing hinaus. Wer hatte es so sehr auf mich abgesehen, dass er mich auf diese Weise fertigmachen wollte?

Ich hätte Ansel verdächtigt, aber er war seit seiner plötzlichen Persönlichkeitstransplantation das Gegenteil von feindselig. Es sei denn, diese Transplantation hatte eine multiple Persönlichkeitsstörung beinhaltet? Woher sollte ich wissen, was ich denken sollte, wenn seine Kumpels und er behaupteten, sie seien Geister, die von einigen der größten Idioten der Schule Besitz ergriffen hatten?

Das spielte keine Rolle. Solange ich meinen Job machte und meine Spielfläche sauber hielt, konnten Burt und die anderen nicht wirklich meckern.

„Das stimmt", murmelte ich den Gurkengläsern zu, die ich in das Regal stellte. „Alle in einer schönen Reihe, hübsch und glänzend." Dann hielt ich mir den Mund zu. Wenn ich dabei erwischt wurde, wie ich mit der Ware sprach, würde mir das keine Pluspunkte für mein Image als normales Mädchen einbringen. Auch wenn es eine befriedigende Art war, die Langeweile zu vertreiben.

Ich konzentrierte mich auf das Klirren und Klopfen der Flaschen, Dosen und Schachteln, die an ihren Platz rutschten. Als ich einen Rhythmus gefunden hatte, entstand ein Takt, der gut zu einem Country-Lied gepasst hätte. Diese Texte hatten bereits in meinem Hinterkopf Gestalt angenommen, als die letzte Stimme, die ich hören wollte, egal wie fröhlich sie war, vom anderen Ende des Ganges ertönte.

„Lily! Du kannst mir beim Einkaufen helfen."

Ich hob ruckartig den Kopf, und mir rutschte das Herz in die Hose. Ansel stand bei den Gemüsekonserven – sofern immer noch Ansel hinter dem hübschen Jungengesicht mit dem rot gefärbten Haar steckte. Jedes Mal, wenn ich ihn sah, wirkten seine Gesichtszüge weicher.

Hier konnte ich nicht vor ihm weglaufen, ohne Ärger von Burt zu bekommen. Zähneknirschend ging ich auf ihn zu und räumte Dosen mit Tomatenwürfeln in das Regal neben ihm.

„Was machst du denn hier?", murmelte ich. „Ich habe euch doch gesagt, dass ihr euch von mir fernhalten sollt."

Wie immer schien der neue Ansel meine Beklemmung nicht zu bemerken. „Ich hatte keine Ahnung, dass du hier sein würdest", antwortete er, als wäre meine Anwesenheit die schönste Überraschung, die er je erlebt hatte. „Ich wollte nur einkaufen. Ich habe zurzeit einen unglaublichen Appetit. Gibt es hier etwas wirklich Scharfes? Oder Saures? Das könnte auch gehen. Mmm." Er leckte sich über die Lippen. Und jetzt, da er meine Aufmerksamkeit darauf gelenkt hatte, musste ich zugeben, dass sie leider ziemlich reizvoll waren.

Es sah nicht so aus, als würde er sich rühren, bevor er nicht bekommen hatte, wonach er suchte, und ich kam zu dem Schluss, dass es das Beste war, seine Forderung so schnell wie möglich zu erfüllen. Ich warf einen Blick auf das Gemüseregal. „Ich glaube nicht, dass du hier viel finden wirst … Es sei denn, du hast Lust auf eingelegte Jalapeños."

Ich hätte nicht gedacht, dass dies tatsächlich infrage

kommen würde, aber Ansel strahlte wie ein Kind, dem man ein Eis versprochen hatte. Sofort nahm er mehrere Gläser aus dem Regal und warf sie in seinen Einkaufskorb. Das letzte Glas öffnete er und nahm direkt im Gang einen Schluck gehackte Paprika und Gurkensaft.

Mir fiel die Kinnlade herunter. Wenn das so weiterging, würde mein Kiefer wegen dieser Spinner irgendwann aus den Gelenken brechen.

Es hätte mich nicht überrascht, wenn Rauch aus Ansels Ohren aufsteigen würde, wie in einem alten Zeichentrickfilm. Doch sein Grinsen wurde nur noch breiter, als er den Deckel wieder auf das Glas schraubte. „Perfekt. Was gibt es denn sonst noch so hier?"

„Dir ist schon klar, dass man Dinge erst *bezahlen* muss, bevor man sie isst", brummte ich mit einer Geste den Gang hinunter.

„Wir legen Wert darauf, so wenig wie möglich zu bezahlen", antwortete er unverändert heiter. „Der Mann hat schon genug Geld."

Ich hielt inne. „Wenn du nicht bezahlst, werde *ich* das ausbaden müssen."

Ansel erstarrte, und seine gute Laune verflog kurz. „Das wird nicht passieren. Ich werde bezahlen. Ich würde dich nie in Schwierigkeiten bringen." Sein strahlendes Lächeln war wieder da. „Du musst dir keine Sorgen machen, wenn wir in der Nähe sind."

Vergangene Erfahrungen sagen etwas anderes, erwiderte meine innere Stimme.

Ich deutete auf die Gläser mit den scharfen Soßen. Er griff nach einem mit der Aufschrift *Extra Scharf*, bevor er sich der Reihe mit den verschiedenen Barbecue-Soßen zuwandte. Er öffnete eine und kippte ein Drittel der Flasche in einem Zug hinunter. Seine Augen weiteten sich kurz, und ich könnte schwören, dass zusammen mit seinem schadenfrohen

Lachen eine zischende Flamme aus seinem Mund loderte. Immerhin schraubte er den Deckel wieder zu und legte die Flasche zu den anderen Einkäufen in seinen Korb.

„Warum brauchst du meine Hilfe, um etwas zu finden?", fragte ich leise, als ich ihn zum Süßigkeitenregal führte. „Wie lange ist es eigentlich her, dass du angeblich gestorben bist? Gab es damals keine Lebensmittel?"

Ansel gluckste. „Nur etwa zwanzig Jahre. Als wir keinen Körper hatten, waren wir uns nicht sicher. Erst jetzt, wo wir das Datum wissen. Viele Marken haben sich verändert und es gibt eine Menge neuer Produkte. Ich dachte, du könntest mir die guten Sachen schneller zeigen, als ich sie selbst finden würde. Und bis jetzt hatte ich recht damit." Er strahlte mich an.

Ich seufzte. „Freut mich, dass ich dir helfen kann."

Er schien meinen Sarkasmus nicht zur Kenntnis zu nehmen. „Dann sind wir beide glücklich", erklärte er und lief mit beschwingten Schritten zur Chipsabteilung.

Auch wenn ich diese Untoten-Sache immer noch nicht glaubte, war es durchaus möglich, dass sich Verpackungen und Geschmacksrichtungen in den letzten zwanzig Jahren verändert hatten. Natürlich hatte ich keine Ahnung, wie das Angebot in meinem Geburtsjahr ausgesehen hatte. Ich deutete auf die würzigen Mais-Chips und die Kartoffel-Chips mit Salz-und-Essig-Geschmack, da er auch sauer erwähnt hatte. Ansel warf mehrere Tüten mit sauren Gummibärchen in seinen Korb, vollkommen unbeeindruckt davon, wie schwer er inzwischen sein musste. Schließlich warf ich einen Blick auf die Gemüseabteilung.

„Da drüben gibt es Zitronen", sagte ich zweifelnd.

„Hervorragend!" Ansel zeigte mir einen Daumen nach oben und eilte hinüber, um ein paar Handvoll in seinen Korb zu werfen.

Wollte er sie einfach so essen, als wären es Orangen? Ich

erschauderte bei dem Gedanken, wobei er sich von mir aus in den Mund stecken konnte, was er wollte.

Mit dem Gefühl, meinen Auftrag erfüllt zu haben, ging ich zurück in den Lagerraum, um einen weiteren Wagen zu holen. Als ich zurückkam, tauchte Ansel so abrupt vor mir auf, dass mir ein Quietschen entwich, bevor ich meine Lippen aufeinanderpresste.

Mein finsterer Blick tat seiner Heiterkeit keinen Abbruch. „Ich wollte nur sagen, dass ich mich wirklich freue, dass wir ein wenig Zeit miteinander verbringen konnten“, sagte er mit seinem unerschütterlichen Lächeln. „Du gewöhnst dich daran, dass wir wieder da sind, das ist fantastisch.“

So hätte ich es nicht ausgedrückt, doch ich konnte mich nicht dazu durchringen, seine Stimmung zu trüben. „Geh zur Kasse“, wies ich ihn an. „Ich muss weiterarbeiten.“

„Natürlich.“ Er winkte mir fröhlich zu und schlenderte davon. Zu meiner Erleichterung sah ich, wie er sich einer der Kassen näherte. Wenigstens lief ich nicht Gefahr, eine Anzeige wegen Beihilfe zum Ladendiebstahl zu kassieren.

Und womöglich war Ansels Besuch hier gar nicht so schlecht gewesen. Er hatte mich von meinem beunruhigenden Gespräch mit Burt abgelenkt. Eigentlich war es sogar tröstlich gewesen, für eine Weile jemanden um mich herum zu haben, der sich über meine Gesellschaft freute, anstatt so zu tun, als wäre ich eine tickende Zeitbombe, die jeden Moment explodieren könnte.

Ich beendete meine Schicht mit etwas besserer Laune, als ich sie begonnen hatte. Mein Auto stand in der hinteren Ecke des Parkplatzes, wo es weniger wahrscheinlich war, von den Idioten bemerkt zu werden, die gerne *Mülltonne* und *Abschleppen!* darauf schrieben. Auf dem Weg zu Fred schwenkte ich die Tiefkühllasagne, die ich zum Abendessen gekauft hatte, und lächelte vielleicht sogar ein wenig.

Dann raste ein Cabrio auf der Straße neben dem Parkplatz vorbei, und der Arsch auf dem Beifahrersitz, den ich kaum sehen konnte, brüllte: „Geh zurück in die Psychiatrie, verrückte Fotze!" Eine größtenteils aufgegessene Packung Pommes frites landete auf meiner Brust. Meine Bluse – die ich wirklich *mochte* – war voller Ketchup und Fett.

In meinem Kopf herrschte plötzlich eisige Leere. Völlig perplex schaute ich an mir hinunter.

Der Karton lag auf dem Boden. Das Cabrio raste davon. Hinter mir polterten Schritte über den Asphalt.

„Dieser Wichser", knurrte Ansel. Jede Spur von Heiterkeit war aus seiner Stimme verschwunden, sodass ich zweimal hinsehen musste, um sicherzugehen, dass ich ihn nicht mit jemandem verwechselt hatte. Sein rotes Haar und der muskulöse Körperbau waren jedoch unverwechselbar.

Mit geballten Fäusten starrte er dem Cabrio hinterher. Für einen Moment sah es so aus, als wollte er hinterherlaufen, doch dann fiel sein Blick auf mich, und seine Haltung wurde noch angespannter. Er musterte mich aufmerksam.

„Hat das Arschloch dir wehgetan?", fragte er. Wut blitzte in seinen hellen Augen auf.

Ein Kichern, das selbst für meine eigenen Ohren hysterisch klang, brach aus mir heraus. „Nein. Eigentlich nicht. Langsam frage ich mich nur, ob ich ein Fast-Food-Magnet geworden bin, denn es scheint kein Tag zu vergehen, an dem ich nicht mit etwas beworfen werde."

Ein Kloß bildete sich in meiner Kehle, und als mein humorloses Lachen erstarb, brannten plötzlich Tränen in meinen Augen. Ich drehte mich um und stützte mich mit den Händen an der Seite des Wagens ab, während ich versuchte, mich zusammenzureißen.

Ich wollte nicht weinen. Es war nur ein weiteres

Arschloch, das mich nicht kannte. Seine Meinung zählte weniger als der Furz eines Flohs. Ich würde mich weder von ihm noch von jemand anderem in dieser blöden Stadt unterkriegen lassen.

Trotzdem fühlte es sich an, als würde sich in diesem Moment ein Abgrund in mir auftun.

„Lily." Noch nie hatte jemand meinen Namen so zärtlich ausgesprochen. Im nächsten Moment war Ansel neben mir. Er schlang seine muskulösen Arme um mich, wie er es seit unserer Begegnung bei der Rekrutierungsveranstaltung immer wieder versucht hatte. Diesmal hatte ich nicht die Kraft, auszuweichen. Er umarmte mich sanft, aber fest, während ich mich nicht von der Stelle rührte.

„Wir werden *nicht* zulassen, dass dir jemand wehtut", flüsterte er nachdrücklich. „In keiner Weise. Wenn ich dieses Arschloch noch einmal sehe …"

„Nein", sagte ich trotz des Kloßes in meinem Hals. „Ich will auch nicht, dass ihr jemandem wehtut."

„Er hat es verdient, verdammt. Erst diese Idioten an der Uni und jetzt hier an deinem Arbeitsplatz. Damit werden sie nicht durchkommen!"

Während ich über seine Worte nachdachte, wurde mir klar, dass genau das das Problem war. Vorher hatte sich das Mobbing auf das College beschränkt. Ansel – der alte Ansel – und ein paar seiner Freunde hatten meine angeblichen psychotischen Tendenzen herumposaunt, doch sobald ich den Campus verließ, hatte ich meine Ruhe gehabt.

Die jüngsten Vorfälle mit dem Cabriofahrer und Burt bedeuteten, dass sich die Seuche ausbreitete. In ganz Lovell Rise fingen die Leute an, über mich zu reden.

Egal wo ich hinging, sie beobachteten und beurteilten mich. Sie bewerteten jedes Wort, das ich sagte, und jede Bewegung, die ich machte, um festzustellen, ob ich wieder in den Wahnsinn abdriftete.

Dabei wussten sie genauso wenig wie ich, was ich tatsächlich getan hatte. Die einzige Person, die es definitiv wusste, wollte nicht mit mir darüber reden. Ich steckte wirklich in der Scheiße.

Eine Welle der Verzweiflung rollte über mich hinweg und drohte, mich in ihren Sog der Hoffnungslosigkeit zu ziehen. Ich klammerte mich an das Einzige, was mir Halt gab: Ansel. Oder wer auch immer er vorgab zu sein. Er war *hier*, hielt mich fest und murmelte mir ermutigende Worte ins Ohr, die ich nicht einmal richtig hörte.

Ich drehte mich zu ihm, drückte mein Gesicht an seine Brust, und seine Arme schlossen sich fester um mich. Er strich mit einer Hand über mein Haar.

„Wir sind für dich da", sagte er. „Wir wären die ganze Zeit für dich da gewesen, wenn wir gewusst hätten, wo du bist. Jetzt, wo wir richtig bei dir sind, werden wir nicht zulassen, dass dich jemand verletzt."

Mein Körper entspannte sich allmählich. Die aufgewühlten Gefühle, die mich zu überwältigen drohten, schwanden in der Wärme seiner Umarmung, und ich wurde mir zunehmend seiner festen Muskeln unter dem dünnen Stoff seines Shirts bewusst. Sein heller, eindringlicher Tenor summte beruhigend durch meine Nerven.

Und hatte Ansel schon immer so gut gerochen? Ich wusste nicht, ob ich ihm jemals nahe genug gekommen war, um das beurteilen zu können. Er roch nach sonnigem Bernstein mit einem Hauch von Moschus.

Etwas rührte sich in mir, mein Puls beschleunigte sich und ein Hitzeschwall schoss durch meinen Bauch. Als Ansel wieder mit seinen Fingern über mein Haar strich, breitete sich ein Kribbeln auf meiner Haut aus. Mein Herz klopfte noch ein wenig heftiger, und eine seltsame Mischung aus Erwartung und Angst stieg in mir auf.

Was dachte ich da? Was *fühlte* ich? Wie konnte ein Teil von mir …?

Ich erkannte sexuelle Anziehung, wenn sie mich überkam. Schließlich hatte ich meine Jugendjahre in einem Krankenhaus verbracht, nicht in einem Nonnenkloster. Ich hatte dort mit ein paar Jungs geknutscht und eine kurze Affäre mit einem Kerl gehabt, der vor ein paar Jahren eine Weile in der St. Elspeth Klinik gewesen war. Außerdem hatte ich eine kurze Beziehung mit einem Klassenkameraden in der Volkshochschule gehabt. Auch wenn das eher eine Freundschaft plus als alles andere gewesen war … wobei sich der Freundschaftsteil in Grenzen gehalten hatte.

Ich hatte nur nicht erwartet, das jetzt zu fühlen – mit diesem Kerl …

Ein erneutes Gefühl von Sehnsucht durchströmte mich. Es war intensiver, als ich es je zuvor verspürt hatte, schon gar nicht bei einer Umarmung. Ein Teil von mir wollte sofort mit Ansels Körper verschmelzen.

Und offenbar ging es nicht nur mir so. Ansel schluckte hörbar und wich ein paar Zentimeter zurück, um mir in die Augen zu schauen. Ein Hauch von Verwirrung vermischte sich mit dem hungrigen Leuchten in seinen haselnussbraunen Augen. Seine Hand glitt über mein Haar zu meiner Wange und verweilte dort, während sein Daumen über meine Haut strich. Mein Herz setzte einen Schlag aus. Dann umspielte ein sanftes Lächeln seine Lippen, das mir einen Stich ins Herz versetzte.

Tief im Inneren wusste ich, dass es nur für mich bestimmt war. Am liebsten wäre ich in seinem Gesichtsausdruck versunken. Ich hatte ihn nie für besonders gut aussehend gehalten, aber auf einmal …

„Das hatte ich völlig vergessen", murmelte er voller ehrfürchtiger Erregung. „Ich habe vergessen, wie es ist, eine

Frau in meinen Armen zu halten. Und du *bist* jetzt eine Frau, oder, Lily? *Das* kann ich nicht vergessen."

Ich wollte nicht, dass er es vergaß, aber gleichzeitig machten mir seine Worte Angst.

Was zum Teufel hatte ich getan? Dieser Verrückte hatte jeden verprügelt, der ein böses Wort zu mir gesagt hatte. Außerdem hatte er behauptet, er sei von den Toten auferstanden, und ich war kurz davor, ihn zu küssen.

Wer war jetzt verrückt?

Eine Flut von Kälte spülte die Hitze weg, die in mir entbrannt war. Ich löste mich ruckartig von Ansel und ein Schauer aus Verlangen und Panik durchfuhr meinen Körper.

„Ich muss … Ich muss nach Hause", stammelte ich und kramte nach meinem Schlüssel.

Ansel versuchte nicht, mich aufzuhalten, als ich schnell auf dem Fahrersitz Platz nahm. Er stand nur da und beobachtete mich. Und zwar so nah, dass ich ausweichen musste, um ihn nicht zu überfahren, als ich aus der Parklücke fuhr. Ich könnte schwören, dass ich seinen Blick noch auf mir spürte, nachdem ich um die Kurve gefahren war und den Parkplatz und ihn hinter mir gelassen hatte.

Ich rutschte auf meinem Sitz herum und versuchte, nicht daran zu denken, wie feucht mein Höschen geworden war. Diese Typen könnten auf eine Art und Weise gefährlich sein, die ich bisher nicht einmal in Betracht gezogen hatte.

zwölf

Nox

Das Schlimmste am Dasein als offizielle Autoritätsperson war, dass die Leute von einem erwarteten, dass man sich tatsächlich um offizielle Angelegenheiten und um andere Menschen kümmerte. Und um Dinge, die mich nicht interessierten, weil ich sowieso nicht derjenige war, für den die anderen mich hielten.

Es war eine schwere Bürde, und es machte mir keinen Spaß, sie zu tragen.

Ich war zu Mr. Grimes' heutiger Vorlesung gegangen, weil eine Sekretärin mich angerufen hatte, um mich daran zu erinnern. Außerdem hatte ich schlechte Laune und hoffte, dass das Herumkommandieren von ein paar Idioten meine Stimmung bessern würde. Ich war gerade von einem Besuch an Omas Grab zurückgekommen.

Bis heute Morgen hatte ich nicht einmal gewusst, dass sie in einem Grab lag.

Oma hatte sich um uns gekümmert, als Mom und Dad uns im Stich gelassen hatten, um sich zuzudröhnen und ihre Sucht mit Kleinkriminalität zu finanzieren. Sie war *immer* für mich dagewesen, obwohl sie kaum genug für sich selbst hatte. Ich hatte mir geschworen, dass ich ihr ein besseres Leben ermöglichen würde, sobald ich mir bei den Schädelbrechern einen Namen gemacht hatte: ein neues, schöneres Haus, ein schickes Auto, wie sie es immer bewundert hatte, jeden Tag Essen vom Lieferservice ...

Doch bevor sich mir die Chance geboten hatte, mein Vorhaben in die Tat umzusetzen, hatten diese Wichser unser Clubhaus gestürmt, mich mit Kugeln durchlöchert und im Sumpf versenkt. Und während meiner Abwesenheit war Gram aus dem Leben geschieden.

Ich war nicht für sie da gewesen, genauso wenig wie ich jetzt für Lily da war. Ich konnte sie nicht einmal dazu bringen, mich auf sie aufpassen zu *lassen*.

Meine Auferstehung von den Toten hat mir nicht annähernd so viele Türen geöffnet, wie ich erwartet hatte. Das nächste Mal, wenn ich Kai sah, würde ich ihm eine Standpauke halten müssen.

Doch jetzt musste ich erst einmal eine Vorlesung für die Trottel halten, die Mr. Grimes' Kurs besuchten. Nun gut. Wenn sie etwas lernen wollten, würde ich ihnen ein oder zehn Dinge beibringen. Ich würde wetten, dass ich eine Milliarde Mal mehr über Jugendkriminalität wusste als der Schwachkopf, dessen Körper ich übernommen hatte.

Nachdem die etwa vierzig Studenten den Raum betreten und ihre Plätze eingenommen hatten, stieg ich auf den Stuhl und dann auf das Pult, von wo aus ich den besten Blick über den Raum hatte. Einige Augenbrauen schossen in die Höhe, doch alle waren völlig still.

Ha. Ich war jetzt schon besser darin, ihre Aufmerksamkeit zu gewinnen, als ihr ehemaliger Professor.

Lily war nicht hier. Ich erinnerte mich vage daran, dass es ein Vormittagskurs gewesen war, als Mr. Grimes ihr das Leben schwer gemacht hatte. Möglicherweise ist es ein anderer Jahrgang? Oder ein anderes Fach? Ich hatte mir den Stundenplan des Professors nicht genau gemerkt. Ich wüsste nicht, warum das eine Rolle spielen sollte.

In der einen Hand hielt ich ein Ingwerbier, in der anderen eine Apfeltasche aus der Campusbäckerei. Wenn ich nicht stündlich aß, fühlte es sich an, als würden in meinem Magen kleine Blitze zucken. Bevor ich das erlebt hatte, hätte ich es vielleicht für cool gehalten, Blitze zu essen, doch jetzt kann ich sagen, dass es das ganz sicher nicht ist.

Ich steckte mir den Rest der Apfeltasche in den Mund, kaute kräftig und spülte ihn mit einem Schluck Ingwerbier hinunter, während ich meinen Blick über die Reihen schweifen ließ. „Also. Jugendkriminalität. Ich würde sagen, wir ändern den Ablauf ein wenig. Ich habe mit allen möglichen Arten von jugendlichen Straftätern verkehrt. Ich war selbst einer. Fragt mich, was ihr wissen wollt. Ich kann euch viel mehr erzählen, als ihr aus einem Lehrbuch lernen könntet.“

In der zweiten Reihe hob ein Mädchen zaghaft die Hand. Sie musste lernen, selbstsicherer zu werden, wenn sie in dieser Welt nicht zertrampelt werden wollte. Ich deutete auf sie, und sie fragte mit leiser Stimme: „Sir … Geht es Ihnen gut?“

Ich sah sie mit zusammengekniffenen Augen an. „Mir geht es bestens. Besser als je zuvor. Hast du ein Problem mit kreativem Unterricht?“

Sie erbleichte. „Ähm, nein, ganz und gar nicht, ich wollte nur sichergehen.“

Ich blickte mich im Raum um. „Hat sonst noch jemand ein Problem mit meinem Unterricht? Ihr müsst es nur sagen, dann werde ich euch Jugendkriminalität am eigenen Leib spüren lassen."

Alle saßen wie erstarrt auf ihren Plätzen. Ein weiterer Punkt für mich.

Ich schritt von einer Seite des Pults zur anderen und verdrängte das Bild von Omas schlichtem Grabstein, das in meinem Hinterkopf auftauchte. „Hat niemand eine Frage zum eigentlichen Thema des Kurses? Das ist eine seltene Gelegenheit für euch, tatsächlich etwas zu lernen. Aber ich schätze, ihr wollt alle lieber die hübsche Version auf dem Papier, was?"

Ein Mann in der ersten Reihe räusperte sich. „Nun … Was meinten Sie, als Sie sagten, Sie *wären* selbst ein jugendlicher Straftäter gewesen?"

Ich kicherte düster. „Ich hätte mich nicht so bezeichnet. Aber die Bullen schon. Jeder kämpft gegen jeden, oder? Und man muss der Platzhirsch sein, wenn man will, dass sich die Dinge zu seinen Gunsten entwickeln. Ich habe mir genommen, was ich wollte, als ich es wollte, habe jeden zerquetscht, der sich mir in den Weg gestellt hat, und Leute um mich versammelt, die mir den Rücken freigehalten haben. Und wir haben es geschafft. So ungefähr."

Meine Laune verschlechterte sich schlagartig. Diese verdammten Arschlöcher, die unser Clubhaus in die Luft gesprengt und all unsere Pläne über den Haufen geworfen hatten … Ich war mir nicht sicher, zu welcher rivalisierenden Gang sie gehörten. Sie hatten sich nicht einmal die Mühe gemacht, sich vorzustellen, bevor sie das Feuer eröffnet hatten.

Ein Mädchen aus der hinteren Reihe hob die Hand und begann zu reden, bevor ich sie überhaupt angesprochen hatte. „Über welche Art von Verbrechen reden wir denn?"

Ich stieß ein Schnauben aus. „Alles Mögliche. Raub,

Erpressung, Glücksspiel, und so weiter und so fort. Wollt ihr eine Liste?"

„Soll das ein Scherz sein?", fragte ein anderer Kerl.

Ich starrte ihn an. „Sehe ich aus, als würde ich scherzen?"

Ich sprang vom Pult und schritt direkt zu ihm hinüber. Dieser Körper hatte sich zuerst klein angefühlt, als ich hineingeschlüpft war, doch mit jeder Stunde, die verstrich, erweiterte mein Geist seine Grenzen. Mr. Grimes hatte definitiv noch nie so viele Muskeln gehabt.

Der Idiot, der sein Maul aufgerissen hatte, kauerte sich in seinem Sitz zusammen. Ich verpasste ihm trotzdem einen Schlag auf den Kopf. „*Fühlt* sich das wie ein Scherz an?"

„N-nein, Sir", murmelte er. Ich hoffte, er hatte eine Hose zum Wechseln dabei, denn er sah aus, als würde er sich gleich einpinkeln.

„Das können Sie nicht machen!", protestierte ein anderer.

Ich drehte mich um, schritt auf den Idioten zu, packte ihn vorne am Hemd und zerrte ihn von seinem Platz. Oh ja, ein paar Trainingseinheiten im neuen Zuhause meiner Seele würde all meine alten Muskeln zurückbringen.

Ich legte den Kopf schief und schenkte dem Kerl ein schiefes Lächeln. „Komisch, es scheint, als könnte ich es." Dann schubste ich ihn zurück auf seinen Platz. Mit seinem offenen Mund sah er aus wie ein Vollidiot.

Mit einem Mal hatte ich die Nase voll. Was hatte es für einen Sinn, diesen Idioten etwas beizubringen, wenn sie mehr Wert auf ein Leben in Ruhe und Frieden legten, als zu erfahren, wie es auf der Welt tatsächlich zuging?

Mit einer ausladenden Handbewegung in Richtung Tür marschierte ich zurück zu meinem Pult. „Okay, wir sind fertig für heute. Ich hoffe, wenn ich euch das nächste Mal sehe, jammert nicht mehr wie ein Haufen Arschlecker."

Ein paar Studenten murmelten leise vor sich hin, als sie

sich nach draußen drängten, doch niemand wagte es, mich auch nur anzusehen, nachdem ich ihnen gezeigt hatte, wer der Boss war. Die Hände in die Hüften gestemmt wartete ich, bis die letzten von ihnen gegangen waren und wünschte mir, ich könnte mich mehr über meinen Erfolg freuen. Ich wollte niemandem den Rücken zukehren, der es auf mich abgesehen haben könnte, selbst wenn es Arschlecker waren.

Als ich eine Minute später aus dem Hörsaal trat, standen zwei strenge, schwerfällige Männer vor der Tür. Die beiden wichen einen kleinen Schritt zurück, als ich den Raum verließ, und ihre Haltung versteifte sich, als ob sie dachten, ich könnte ihnen einen Schlag versetzen. Gut so. Denn das würde ich tatsächlich tun, wenn sie sich mir in den Weg stellten.

„Leon", sagte einer von ihnen mit einer zögerlichen Stimme, die der des Mädchens ähnelte, das als Erste in der Klasse gesprochen hatte. Noch mehr Idioten. „Wir haben einige … besorgniserregende Berichte über Ihr Verhalten im Unterricht erhalten."

War einer der Trottel so schnell zum Dekan gerannt? Oder hatte vielleicht jemand während des Unterrichts getwittert oder auf TikTok gepostet oder was auch immer die Kids heutzutage mit diesen winzigen Computerkameras machten, die aus irgendeinem gottlosen Grund immer noch „Telefone" genannt wurden. Seit ich auf dem Campus war, hatte ich noch niemanden tatsächlich in ein solches Gerät sprechen sehen.

Wie auch immer, meine Reaktion war dieselbe. Ich zuckte mit den Schultern. „Ich probiere ein paar neue Lehrmethoden aus. Einen eher praktischen Ansatz. Wenn sie damit im Unterricht nicht zurechtkommen, sollten sie im späteren Leben wahrscheinlich nicht mit Kriminellen arbeiten, oder?"

Der zweite Mann verzog das Gesicht. Sein Blick verweilte

auf meinem Haar. Der Friseur hatte meine alte Frisur fast perfekt hinbekommen, doch dieser Kerl sah nicht besonders beeindruckt aus.

„Nun, da haben Sie nicht unrecht", meinte er. „Aber wir haben Richtlinien für das Verhalten von Schülern und Mitarbeitern, die auch Erwartungen in Bezug auf Sprache und körperliche Aggression beinhalten … Sie verstehen sicherlich, dass wir Grenzen setzen müssen, sonst könnte ein solcher Vorfall immense rechtliche Konsequenzen nach sich ziehen."

Ich hatte den Eindruck, dass er das alles in halb so vielen kleinen Worten hätte sagen können, was deutlich weniger aufgeblasen geklungen hätte. Aber so wie er aussah, war es wohl genau das, was er beabsichtigte.

Ich breitete meine Arme aus. „Sie haben mich wegen meines Fachwissens als Dozent eingestellt. Ich unterrichte. Oder ich würde es versuchen, wenn diese Kids endlich ihre Köpfe aus den Ärschen ziehen."

Der erste Mann hustete. „Genau davon sprechen wir. Sie können nicht einfach so mit Schimpfwörtern um sich werfen!"

Ich verdrehte die Augen. „Im Ernst? *Ärsche*? Wir haben alle Ärsche, verdammt noch mal. Und ein Haufen Leute hier *sind* sogar welche, also werde ich es sagen."

Bei „verdammt" zuckten die beiden zusammen. Ich sollte besser nicht „Hurensohn" oder „Wichser" sagen, sonst könnten sie noch einen Herzinfarkt bekommen.

Vielleicht wäre das sogar besser für uns alle.

Bevor ich diese Theorie testen konnte, rieb sich der zweite Mann den Mund und sagte: „Ja, wie ich sehe, ist das Problem so schwerwiegend, wie uns berichtet wurde. Ich werde empfehlen, dass Sie sich beurlauben lassen und zum Arzt gehen. Vielleicht kann er Ihnen eine Überweisung zu einem Psychologen ausstellen."

„Soll das heißen, Sie halten mich für verrückt?", entgegnete ich mit finsterer Miene und machte einen bedrohlichen Schritt auf ihn zu.

„Äh, nein. Aber vielleicht brauchen Sie eine Pause von dem Stress, der mit ihrer Stelle einhergeht", murmelte er. „Wir können die Einzelheiten später besprechen. Es wäre zumindest für den Anfang ein bezahlter Urlaub, ich bin sicher …"

Als ihm die Bedeutung seines Angebots klar wurde, breitete sich ein Grinsen auf meinem Gesicht aus. „Ich würde also dafür bezahlt, dass ich nicht unterrichte."

„Nun, äh, ja. Im Grunde genommen. Während Sie sich Hilfe suchen."

Ich war nicht hier, um mir Hilfe zu suchen, sondern um selbst zu helfen. Ohne diese akademischen Trottel im Nacken wäre es allerdings viel einfacher, mich um Lily zu kümmern. Ich klopfte dem Mann auf die Schulter. „Warum haben Sie das denn nicht gleich gesagt? Ich bin dabei. Oder weg, schätze ich. Ich freue mich darauf, Sie nicht mehr zu sehen!"

Mit etwas beschwingteren Schritten machte ich mich auf den Weg durch den Flur und war froh, dass ich wenigstens dieses Problem los war. Ich hätte ohnehin nicht ewig Mr. Grimes, der Professor, bleiben können. Sobald wir Lily die Arschlöcher vom Hals geschafft hatten, würden die Schädelbrecher eine große Wiedervereinigung feiern. Ich konnte es kaum erwarten, zu sehen, wie sich die ganze Stadt einpisste.

Als ich nach draußen ging, erregten tuschelnde Stimmen meine Aufmerksamkeit. Eine kleine, wild gestikulierende Gruppe von Studenten stand an der Seite des Gebäudes. Sie sahen aus, als hätten sie vor Aufregung einen Stromschlag bekommen.

„… hat sie einfach in den Kofferraum gesteckt", sagte einer von ihnen.

Ich wich zurück und schlich mich etwas näher ran, ohne sie offen anzusehen. Meine Sinne waren bereits aufgewühlt, und das aus gutem Grund, denn das Nächste, was ich hörte, war: „Jetzt wird sie *wirklich* durchdrehen und zum Psycho werden."

„Ich glaube, das ist der Plan. Angeblich hat sie ihren Kumpel und womöglich auch einige andere manipuliert. Sie hat sie irgendwie um den Finger gewickelt. Ein Kerl hat jemandem den *Arm* gebrochen. Jetzt werden sie beweisen, wie verrückt sie wirklich ist."

Mein Kiefer war so verkrampft, dass meine Zähne knirschten. Ich stürmte zu der Gruppe hinüber und packte den Kerl, der den letzten Satz gesagt hatte, an der Schulter. Mit einem kräftigen Schubs stieß ich ihn gegen die Seite des Gebäudes und rannte hinter ihm her, um ihn festzuhalten, sobald sein Rücken gegen die Ziegelsteine prallte.

„Redet ihr von Lily?", knurrte ich.

Der Typ starrte mich an und ihm fiel die Kinnlade herunter. „Ich … Das Mädchen, das angeblich verrückt ist. Ich weiß ihren Namen nicht mehr."

„Was zum Teufel machen Sie da?", bellte einer seiner Freunde, und ich drehte mich gerade lange genug um, um dem Kerl ins Gesicht zu schlagen. Er beugte sich vornüber und hielt sich die geprellte Wange. Ich machte mir nicht die Mühe, ihm zu sagen, dass er mit etwas Farbe im Gesicht besser aussehen würde.

„Wo haben sie Lily hingebracht?", fragte ich und drehte mich wieder zu dem Mann an der Wand um. „*Wer* hat sie entführt?"

„Ich weiß nicht …"

Ich hatte keine Geduld für dieses Gestammel. Schnell griff ich nach einer seiner Hände und drückte seinen kleinen Finger zwischen Zeigefinger und Daumen zusammen. Manche Kerle setzen auf große Schmerzen, doch wenn man ein bisschen Hirn hatte, verstand man, dass viele kleine Schmerzen oft effektiver sind. Dazwischen hat man Zeit, nachzudenken. Zeit, zu erkennen, dass es nur schlimmer wird. Und es kostete mich nicht einmal Anstrengung. Nur eine schnelle Drehung aus dem Handgelenk und …

Knack. Die Knochen im Finger des Mannes brachen. Er schrie auf, und die Farbe wich aus seinem Gesicht. Als er versuchte, sich von mir loszureißen, versetzte ich ihm mit der anderen Hand einen Schlag gegen die Brust, sodass er an die Wand zurückstolperte. „Du bleibst hier stehen, bis du mir sagst, wer Lily hat und wohin sie sie gebracht haben. Los, rede!"

„Ich glaube, es war ein Typ namens Adam oder Aaron oder so. Seine Freunde waren sauer. Sie haben mir nichts erzählt."

Ansel. Der verdammte König des Campus, der diesen ganzen Schlamassel angezettelt hatte. Als wäre die Überarbeitung seiner Persönlichkeit durch Ruin keine verblüffende Verbesserung gewesen.

Mit einer weiteren schnellen Bewegung brach ich den Ringfinger des Mannes. Er zischte durch die Zähne und drückte die Augen zusammen.

„Sie haben es dir nicht gesagt, aber du hast es trotzdem gehört", sagte ich. „Wo. Sind. Sie?"

„Sie haben etwas von den Docks erwähnt", stieß er mit erstickter Stimme hervor. „Das ist alles, was ich weiß. Ich schwöre es."

Ich glaubte ihm zwar, doch es machte mich wütend, dass er so lange gebraucht hatte, um auf den Punkt zu kommen. Also brach ich ihm zur Sicherheit den Mittelfinger, bevor ich von ihm abließ. Grimmig starrte ich ihn und seine Freunde an, die um ihn herumstanden.

„Von jetzt an wird niemand mehr Lily Strom anfassen, beleidigen oder auch nur daran *denken*, etwas in der Art zu tun“, teilte ich ihnen mit. „Oder ich mache noch viel mehr kaputt als das. Fragen?“

Brav schüttelten sie die Köpfe. Mein Mund verzog sich zu einem grimmigen Grinsen. „Dann könnt ihr jetzt gehen.“

Während sie losstürmten und sich um ihren verletzten Freund scharten, ging ich zum Mitarbeiterparkplatz, wo ich Mr. Grimes’ Auto abgestellt hatte. Gleichzeitig fischte ich sein Handy aus der Tasche. Es dauerte fast den ganzen Weg, bis ich unter den etwa einer Million Symbolen auf dem Bildschirm das richtige fand, um ins Adressbuch zu gelangen und die Nummern meiner Leute zu finden.

„Kai“, schnauzte ich, als er abnahm. „Hol die anderen. Wir fahren raus zu den Docks. Jemand hat Lily.“

„Wie zum Teufel …? Okay, ich bin schon dabei“, antwortete Kai, ohne zu zögern.

In einer gerechten Welt hätte ich ein tolles Motorrad gehabt, auf das ich hätte aufspringen und die Straße hinunter brausen können. Stattdessen musste ich mit dem zehn Jahre alten Nissan des Professors vorliebnehmen, der wie eine Kiste auf Rädern aussah. Und zwar nicht einmal eine hübsche Kiste. Mit finsterer Miene schloss ich ihn auf und schwor mir, dass ich ihn bei der ersten Gelegenheit gegen einen richtigen Wagen eintauschen würde. Dann ließ ich den Motor an und dachte an nichts anderes, als so schnell wie möglich zu den Docks zu kommen.

Und oh Mann, die Wichser da draußen würden *nicht* erfreut sein, mich zu sehen.

dreizehn

Lily

Der Wagen kam ruckartig zum Stehen, und ich prallte gegen die Kofferraumklappe. Glücklicherweise hatte ich meinen Arm um meinen Kopf gelegt, um den Aufprall abzufedern. In den ersten fünf Minuten der Fahrt hatte ich versucht, zu hämmern und zu schreien, doch alles, was mir das gebracht hatte, waren wunde Hände und ein schmerzender Hals. Seitdem war ich in den Verteidigungsmodus übergegangen.

Es war nicht die Schuld des Autos, dass ich hier eingesperrt worden war. Ich hatte nichts gegen den Wagen. Wenn ich jemandem wehtun sollte, dann den Idioten, die mich in den Kofferraum verfrachtet hatten.

Sie hatten mich überfallen und entführt – und sie nannten *mich* verrückt?

Ein winziger Luftzug drang in den dunklen Kofferraum, und der sumpfige Geruch verriet mir, dass wir uns in der

Nähe des Sees befanden, noch bevor der Anführer den Deckel öffnete.

Mit einem fiesen Grinsen auf mich herab. Seine zwei Begleiter, die ihn flankierten, waren zwei von Ansels üblichen Kumpanen. Vielleicht waren sie aber auch eher eine Sekte, so wie sie sich für ihn einsetzten.

Zumindest nahm ich an, dass dies mit Mr. Beliebt und seiner plötzlichen Persönlichkeitstransplantation zu tun hatte. Ich konnte mir nicht vorstellen, dass sie ohne seine Anweisung handeln würden.

Weiß deine Mutter, dass du Menschenopfer darbringst?, höhnte meine innere Stimme, doch ich presste die Lippen zusammen. Ich war mir nicht sicher, wie ich mit dieser Situation umgehen sollte, und sosehr ich mich auch bemühte, es mir nicht anmerken zu lassen, steckte mir der Schreck in den Knochen. Mein Herz schlug doppelt so schnell, und mir lief kalter Schweiß den Rücken hinunter. Ich konnte mir nicht einmal vorstellen, wie sich bizarre Biester auf ihren Köpfen tummelten.

Diese Schläger hatten mich buchstäblich in den Kofferraum ihres Autos geworfen und mich mit bösen Absichten an den Stadtrand gefahren. Ich hatte keine Ahnung, was ich als Nächstes von ihnen zu erwarten hatte. Sie machten sich Sorgen, dass ich Amok laufen könnte, dabei waren sie diejenigen, die mich angegriffen hatten.

Was für eine Heuchelei!

„Raus mit dir", verkündete der Anführer und zerrte mich am Arm hoch, sodass meine Schulter gegen den Rand des Kofferraums stieß. Mit wackeligen Beinen stolperte ich auf die Schotterstraße hinaus. Seine Freunde drehten mich herum und schubsten mich vorwärts.

Sie hatten mich zu den Docks gebracht. Die maroden Holzkonstruktionen wölbten sich entlang der Küste und ragten über das trübe Wasser, wo die sumpfige Küstenlinie in einen Steinstrand und offenes Wasser überging.

Angeblich war die Stelle vor einigen Jahrzehnten von einem Bürgermeister angelegt worden, weil er der Meinung war, sie würde sich für Familienpicknicks und Angelausflüge eignen. Doch dann hatte der saure Regen alle essbaren Fische getötet, und es hatte sich herausgestellt, dass Docks leichter zu bauen, als zu warten waren. Das ganze Projekt hatte sich in einen baufälligen Schandfleck verwandelt, wo sich niemand aufhielt, außer gelangweilte Teenager und Arschlöcher wie die Jungs um mich herum.

Vielleicht hatte auch der Geruch etwas damit zu tun. Im Gegensatz zu dem Geruch von Wildheit und Seegras, den ich im Sumpf so genoss, stieg mir hier der Gestank nach verfaultem Fisch und Benzin in die Nase. Vermutlich von der alten Fischerhütte am Fuße des Docks und von den Booten, die gelegentlich weiter unten auf dem See vorbeifuhren. Hier gab es keine Wasserfahrzeuge außer einem alten Ruderboot, das mit so viel Wasser vollgelaufen war, dass nur noch ein Zentimeter des Bugs über die Wasseroberfläche ragte, wie ein letzter, kläglicher Hilferuf.

Ich konnte niemanden um Hilfe rufen. Der See war still. An diesem dunstigen Herbsttag waren weder Boote auf dem Wasser noch sprangen Teenager ins Wasser oder über die Lücken, wo die Bretter regelrecht abgesplittert waren. Da waren nur ich und die vier Trottel, die mich hierhergeschleppt hatten.

„Euch ist schon klar, dass das Entführung ist, oder?", murmelte ich, als sie mich in Richtung des längsten Docks stießen. „Wenn ihr mich für so gefährlich haltet, solltet ihr euch dann nicht von mir fernhalten? Bestimmt gibt es viele andere Leute, die euch freiwillig Gesellschaft leisten würden, wenn ihr so einsam seid."

„Halt die Klappe", schnauzte der Anführer und holte sein Handy heraus. Einer seiner Freunde tat es ihm gleich. Sie hielten sie hoch und fingen an, mich zu filmen. „Du hast schon Ansel manipuliert. Wir bleiben hier, bis du zugibst, was du mit ihm gemacht hast oder den Wahnsinn herauslässt, den du angeblich überwunden hast. Wir wissen, dass *etwas* an dir faul ist."

Ähm, nein, dafür aber die uralten Fischdärme da drüben, dachte ich, konnte mich jedoch nicht dazu durchringen, es laut auszusprechen. Sie zu provozieren, schien von Sekunde zu Sekunde eine weniger gute Idee zu sein.

Ich sah mich nach einer Möglichkeit um, an ihnen vorbeizukommen, aber sie blieben in einem engen Halbkreis und trieben mich über den Steg. Sie waren alle mindestens fünfzig Pfund schwerer und mehrere Zentimeter größer als ich. Selbst wenn es mir gelänge, um einen von ihnen herumzukommen, würden sie mich zwei Sekunden später zu fassen kriegen.

Könnte ich mir eine Geschichte über Ansel ausdenken? Behaupten, dass er über seine Schnürsenkel gestolpert war, nachdem er mich schikaniert hatte, und sich den Kopf angeschlagen und einen Hirnschaden davongetragen hatte?

Irgendwie glaubte ich nicht, dass sie mir das abkaufen würden.

Die Bretter knarrten unter meinen Füßen. Ich musste meinen Blick von meinen Peinigern abwenden, um sicherzugehen, dass ich nicht in eine der Lücken oder auf ein morsches Brett trat. Unser Marsch verwandelte sich langsam in ein verrücktes Hüpfspiel.

Einer der Jungs hob eine verrostete Dose vom Boden auf und schleuderte sie nach mir. Sie prallte von meiner Schulter ab. Ein anderer schnappte sich einen langen Stock und schlug damit auf mich ein.

Ich biss mir auf die Zunge, um eine hämische

Bemerkung zu unterdrücken. *Ihr wisst ja, was man über Männer mit großen Stöcken sagt. Überkompensation?*

Die Jungs trieben mich weiter, bis ich nur noch ein paar Schritte vom Ende des Stegs entfernt war. Das Wasser plätscherte sanft gegen die alten Stützen. Die Umgebung hätte friedlich sein können, wären da nicht die Idioten, die mich umzingelten.

„Komm schon", sagte der Anführer und winkte mit seinem Handy, während sein Freund wieder mit dem Stock ausholte. „Wirst du für uns tanzen, Psychomädchen? Willst du wirklich nur dastehen und es über dich ergehen lassen? Wir können dich in den See werfen, falls das nötig ist, damit du ausflippst."

Ich starrte entschlossen in die Kameras. „Ich werde nicht ausflippen. Mit mir ist alles in Ordnung, und ich habe nichts mit Ansels Veränderung zu tun."

„Ach, nein?", fragte ein anderer Kerl. „Er hat in den letzten Tagen viel Zeit mit dir verbracht. Er hat über dich geredet und deinetwegen andere Leute angegriffen. Er hat deinetwegen sogar Leuten *Knochen* gebrochen, die mal seine Freunde waren. Für mich klingt das nicht so, als hätte das nichts mit dir zu tun."

„Peyton sagt, sie hätte gesehen, wie du dich an ihn herangemacht hast", fügte der dritte Typ hinzu.

Ich hatte keine Ahnung, wer „Peyton" war oder warum sie sich Lügen über mich ausdachte, doch in einem Punkt war ich mir sicher.

„Ich habe keine Kontrolle darüber, was er sagt oder tut", erwiderte ich. „Ich dachte, ihr wärt der Meinung, dass ich verrückt bin und keine Voodoo-Zauberin."

„Das alles hat angefangen, als du in die Stadt gekommen bist. Und jetzt ist er total auf dich fixiert", schoss der Anführer zurück. „*Irgendetwas* hast du getan. Alles begann mit deiner Rückkehr nach Lovell Rise. Du gehörst nicht ans College und wir wollen, dass du von hier verschwindest."

Ihr gebt mir nicht wirklich eine Chance zu gehen, sagte meine innere Stimme. Ich blickte auf das grünliche Wasser hinunter.

Genau in diesem Moment sprang ein Frosch aus dem Wasser auf den Steg. Als ich ihn ansah, erwiderte er meinen Blick, als wollte er sagen: *Und was jetzt?*

Als ob ich das wüsste.

Das Mal an der Unterseite meines Arms juckte. Meine Brust zog sich zusammen und ein unangenehmes Brummen breitete sich in meiner Lunge aus. Ich holte tief Luft und versuchte, mich zu beruhigen. Ich durfte mich von diesen Arschlöchern nicht unterkriegen lassen.

Wie wäre es, wenn ich einfach ins Wasser springen und von ihnen wegschwimmen würde? Ich könnte mich im Schilf verstecken, bis sie müde wurden und nach Hause gingen. Natürlich könnte das bedeuten, dass ich stundenlang in der herbstlichen Kälte im Schlamm ausharren musste und mich wahrscheinlich verkühlen würde, um anschließend halb erfroren in der Dunkelheit nach Hause zu laufen.

Verständlicherweise zögerte ich.

Auf dem Steg stehen zu bleiben, erschien mir von Sekunde zu Sekunde gefährlicher. Der eine Kerl rammte mir den Stock in den Oberschenkel. Der andere, der nicht filmte, spuckte mich an. Er verfehlte mich, und der Spuckeklumpen tropfte von der Vorderseite meiner Turnschuhe auf die Bretter, was ich wohl kaum als Sieg werten konnte. Das Summen in mir wurde stärker, meine Hände zitterten.

Dann ertönte in der Ferne das Dröhnen von Motoren. Drei Autos rasten die Schotterstraße entlang und Kieselsteine flogen durch die Luft.

Die Köpfe meiner Peiniger wirbelten herum. Die Autos

kamen um sie herum zum Stillstand, und vier Gestalten sprangen heraus.

Mr. Grimes. Vincent. Zach. Und Ansel, der beste Kumpel meiner Kidnapper.

Erleichterung und Entsetzen prallten in mir zusammen und schnürten mir die Kehle zu. Ich konnte nicht sagen, ob ich mich freute, sie zu sehen, oder ob ich jetzt doppelt so viel Angst hatte wie zuvor. Doch ich hatte nicht viel Zeit, mir darüber klar zu werden.

Meine vier selbsternannten Beschützer verschwendeten keine Zeit damit, sich mit Worten zu erklären. Mit einem gellenden Kampfschrei und einem wilden Knurren stürzten sie sich auf Ansels Freunde. Und dann wurde es wirklich verrückt.

Der einst dürre, streberhafte Vincent, der in den letzten Tagen deutlich kräftiger geworden war, schlug auf den Kerl ein, der mich angespuckt hatte. Nach ein paar raschen, zielgerichteten Schlägen hatte er eine aufgeplatzte Lippe und ein geschwollenes Auge, als hätte er eine vierstündige Folter hinter sich.

Der Kerl drehte sich um, als wollte er in den See springen, wie ich es eben noch in Erwägung gezogen hatte, und Vincent half ihm mit einem Tritt in den Hintern. Er landete mit einem Bauchklatscher im Wasser.

Während der Kerl sich stöhnend und murmelnd wie ein Fisch auf dem Trockenen wand, stieß Mr. Grimes ein Brüllen aus und schlug mit mehreren alten Angelschnüren zu, die er wohl in der Nähe der Fischerhütte gefunden hatte. Die winzigen rostigen Haken hinterließen Striemen an der Nase, auf der Stirn und am Kinn des Mannes, der schrie wie am Spieß.

„Seht mal, was ich gefangen habe", rief Mr. Grimes mit einem breiten Grinsen. Er nutzte die Gelegenheit, um sich das Handy des Mannes zu schnappen, es über seinem Knie zu zerbrechen und es seinem Besitzer so weit in den Mund zu schieben, dass dieser würgen musste. Dann stieß er ihn in den See, wie schon zuvor seinen Freund.

Der bullige Zach hatte seit dem Football-Zwischenfall abgenommen, stürzte sich aber trotzdem auf den anderen Amateur-Dokumentarfilmer, ohne ins Schwitzen zu geraten. Er hob den Kerl direkt über seine Schulter und kicherte, als er seinen Gegner so herumschleuderte, dass dessen Kopf gegen einen der Pfosten des Docks prallte. Zach packte ihn hinten an der Jeans, zog den Stoff so hoch, dass der Kerl durch die Zähne zischte, und hing ihn an seiner Hose an den Pfosten.

Auch Ansel, den meine Entführer angeblich verteidigt hatten, stürzte sich mit einer Mischung zwischen einem Gackern und einem Knurren in den Kampf. Er riss dem letzten Kerl den Stock aus den Händen und schlug ihm damit gegen die Kehle. Während der Trottel röchelte, rammte Ansel ihm sein Knie so fest in den Rücken, dass seine Knie einknickten. Mit einem triumphalen Jauchzen zerbrach er den Stock über dem Kopf des Kerls in zwei Hälften brach. Er hielt die beiden Teile so, als wollte er sie in die Schläfen seines Gegners stechen, um ihn in eine Art groteskes Rentier zu verwandeln.

Ich hatte das gesamte Geschehen wie erstarrt vom Ende des Stegs aus beobachtet. Abrupt brach meine Stimme aus meiner Kehle. „Nein! *Tötet* sie nicht." Ich konnte mich nicht dazu durchringen, mich um etwas zu kümmern, das weniger als Mord war. Doch irgendwo in meinem Hinterkopf blitzten Bilder von Polizeiautos und den Typen in Handschellen auf, und das … wollte ich nicht.

Ansel schaute mich an und zögerte.

„Es würde alles nur noch schlimmer machen", fügte ich hinzu. „Für *euch*, nicht nur für sie."

Neben ihm seufzte Zach und warf dem Kerl einen

spöttischen Blick zu, der an dem Pfosten baumelte. Er hob das Handy auf, das der Idiot fallen gelassen hatte, machte ein Foto und tippte auf den Bildschirm, woraufhin ein zischender Laut ertönte. „Ich hoffe, das gefällt den Leuten in deiner Kontaktliste“, sagte er und warf dem Kerl das Handy vor die Füße.

Ansel trommelte mit den Stöcken auf den Kopf des Mannes, als würde er ein Schlagzeugsolo spielen, und hörte erst auf, als sein ehemaliger Freund stöhnte.

„Kopfschmerzen?“, fragte er mit einem grimmigen Lächeln und warf die Stöcke beiseite. „Du hast nur noch einen *Kopf*, weil sie darum gebeten hat. Du solltest besser nicht vergessen, ihr von nun an nichts als Dankbarkeit dafür zu zeigen.“

Pfeifend wirbelte Mr. Grimes die Angelschnüre in seiner Hand im Kreis und beobachtete die Arschgeigen im See. „Soll ich mal schauen, ob ich ein paar dicke Fische an den Haken bekomme und sie zum Trocknen aufhängen kann? Wir müssen sie nicht selbst töten. Wir können sie am Ufer zurücklassen und der Natur ihren Lauf lassen.“

Auch wenn ich kein Mitleid mit meinen Peinigern hatte, war mir nicht wohl dabei, ihren Tod anzuordnen. „Nein. Sagt ihnen einfach, sie sollen verschwinden. Ihr habt ihnen schon genug Schmerzen zugefügt.“

Einer der Kerle wimmerte zustimmend. Mr. Grimes schnaubte und blickte auf sie hinab. „Wenn ihr mir nicht innerhalb von zehn Sekunden aus den Augen geht, werde ich es mir noch einmal überlegen, ob ich auf sie oder mein eigenes Bauchgefühl höre.“

Blutend und schwankend taumelten sie aus dem Wasser. Als sie zu ihrem Auto rannten, stürzte sich der Kerl, der wenige Sekunden zuvor noch auf dem Steg gekauert hatte, auf seinen aufgehängten Kameraden. Er zerrte an ihm, und die beiden landeten in einem Gewirr von Gliedmaßen auf dem Steg, bevor sie es an Land schafften. Vincent verpasste einem von ihnen einen Tritt in den Hintern, damit er sich beeilte, weiterzulaufen.

Die Idioten hatten es so eilig, dass sie zusammenstießen und übereinander stürzten, als sie versuchten, in ihr Fahrzeug zu springen. Dann rasten sie mit stotterndem Auspuff davon.

Ein Lächeln huschte über Ansels Gesicht. Mit einem Siegesschrei wippte er auf seinen Füßen. „Das hat *gut getan*. Wir haben diesen Wichsern so richtig die Leviten gelesen." Er machte ein paar hastige Schläge in die Luft.

Mr. Grimes' Lächeln war grimmiger, aber trotzdem zufrieden. „Sie hätten Lily gar nicht erst in die Finger bekommen dürfen." Er fing meinen Blick auf. „Wir werden dich nicht noch mal allein lassen. Es ist mir egal, was du davon hältst."

Meine Beine zitterten unter mir. Ich strich mir mit der Hand über das Gesicht. Meine Kehle war so eng, dass es einen Moment dauerte, bis ich sprechen konnte. „Ist das wirklich besser? Glaubst du, sie werden *netter* zu mir sein, nachdem ihr ihnen den Arsch aufgerissen habt?"

Seine Augenbrauen schossen hoch. „Wäre es dir lieber, sie würden dich weiter verprügeln?"

Ich fasste an die Stelle, wo mich der Stock am stärksten getroffen hatte. Wahrscheinlich würde ein blauer Fleck zurückbleiben. Aber trotzdem …

„Sie haben nach einer Ausrede gesucht, um zu beweisen, dass ich Ärger mache. Jetzt haben sie eine. Außerdem wollten sie wissen, warum Ansel sich so seltsam benimmt. Ich bin froh, dass sie weg sind, aber wenn sich das morgen herumspricht …"

Oh Gott, womit würde ich mich dann wohl herumschlagen müssen? Würde mir irgendjemand glauben, dass ich die Jungs nicht zu diesem Kampf angestiftet hatte?

Mr. Grimes schüttelte den Kopf. „Wir machen keinen

Rückzieher. Auf keinen Fall. Wenn sie euch noch einmal angreifen, dann lassen wir sie noch mehr bezahlen. So wird es von nun an sein.“

„Aber …“

„Keine Widerrede. Wir haben es auf deine Art versucht, und sie haben dich über die verdammte Planke gehen lassen. Keiner von diesen Wichsern wird jemals wieder Hand an dich legen.“

Ich atmete ein, und das Zittern breitete sich in meinem ganzen Körper aus. Ich wollte nur noch weg von hier, doch die vier versperrten mir den Weg.

Als Mr. Grimes auf mich zukam, fiel mir auf, wie sehr auch er sich verändert hatte. Er sah größer und breiter aus, und sein Kinn war quadratischer statt spitz. Dazu kamen die aufgestellten, karmesinroten Haare … Er hatte kaum noch Ähnlichkeit mit meinem Professor.

Er legte mir die Hand auf die Schulter und sah mich mit seinen dunkelblauen, wütenden Augen an. „Sie haben dir übel mitgespielt, aber jetzt geht es dir gut. Wir werden dafür sorgen, dass dir nichts passiert. Niemand kommt an uns vorbei. Ich werde dir das so lange sagen, bis du mir glaubst.“

Ich schlang die Arme um meine Mitte. „Ich wollte einfach nur normal sein.“

Er gluckste und strich mit seiner Hand über meinen Arm. „Du warst noch nie normal. Normal ist etwas für Verlierer. Du bist bei uns, kleiner Fisch. Genauso sollte es immer sein. Und wir können dir zehnmal mehr zeigen als verdammte *normale* Dinge.“

Kleiner Fisch. Bei dem Spitznamen durchfuhr mich ein Adrenalinstoß.

Ich starrte ihn an. Meine Stimme war kaum mehr als ein Flüstern. „Wie hast du mich gerade genannt?“

Mr. Grimes – oder der Mann, der nicht mehr wirklich Mr. Grimes war – grinste. „Kleiner Fisch. Wie früher, als du noch ein kleines Mädchen warst und im Sumpf geplanscht hast, als würdest du lernen, Wasser zu atmen. Gefällt er dir nicht? Ich kann mir etwas Passenderes einfallen lassen, schließlich bist du nicht mehr so klein."

Nein. Das konnte nicht sein.

Ich starrte ihn völlig entgeistert an. Er … Er wusste es. In der Therapie hatte ich ein wenig über die imaginären Freunde gesprochen, mit denen ich so viel Zeit verbracht hatte, doch ich war nie so sehr ins Detail gegangen. Ich hatte nie jemandem erzählt … Außerdem hatte immer er den Namen gesagt, nicht umgekehrt, also hätte uns niemand hören können … *Niemand* konnte das wissen …

Außer dem Kerl, der sich den Spitznamen ausgedacht hatte.

Ich schluckte schwer und musterte ihn aufmerksam, als wäre ich in der Lage, die verschwommenen Eindrücke dieser flüchtigen Präsenzen in dieser neuen Erscheinungsform zu erkennen. „Es ist … *Woher* weißt du das?"

Er drückte meine Schulter. „Wie könnte ich das vergessen? Theoretisch sind wir erst letzte Woche durch Kais kleinen Trick von den Toten auferstanden, doch in Wirklichkeit hast *du* uns schon lange vorher wieder zum Leben erweckt. Ohne dich wären wir in diesem gefühllosen Nichts verblasst."

„Wir alle erinnern uns, Waterlily." Ansel kam auf uns zu. Bei dem zweiten vertrauten Spitznamen stotterte mein Herz.

Zach zuckte mit den Schultern. „Wir haben die ganze Zeit versucht, es dir zu erklären, Mädchen."

Vincent warf ihm einen Blick zu. „Sie ist kein Mädchen mehr. Aber das heißt nicht, dass sie uns nicht braucht. Sie ist unsere Lily." Er schenkte mir ein zaghaftes Lächeln. „Oder vielleicht Lil, wenn sie in der richtigen Stimmung ist."

In meinem Kopf drehte sich alles. Wie konnte ihre verrückte Geschichte wahr sein? Wie konnten sie die formlosen Gestalten sein, mit denen ich als Kind gespielt hatte? Wie konnten meine imaginären Freunde tatsächlich die Geister von Verstorbenen sein? Wie konnten diese Geister andere Leben gestohlen haben?

Entweder hatte ich den Großteil der letzten Woche halluziniert oder … Jede andere Erklärung, die mir einfiel, war genauso unmöglich.

Sie waren hier. Meine Beschützer, meine Freunde, meine Stimmen in der Dunkelheit. Und wie auch immer das geschehen war, sie hatten mir mehr als deutlich gemacht, dass ich sie nicht loswerden würde. Ich war mir nicht einmal sicher, ob ich das überhaupt noch wollte.

Ich konnte nicht mehr vor diesem Wahnsinn davonlaufen.

Ich richtete meine Wirbelsäule auf und musterte ihre Gesichter der Reihe nach. „Ich glaube, es wäre besser, ihr kommt mit in meine Wohnung, und diesmal lasse ich euch wirklich erklären."

Was konnte schlimmstenfalls passieren?

Obwohl ich die Antwort nach dem heutigen Tag lieber nicht wissen wollte.

Lily

Wenn ich geglaubt hatte, dass es sich weniger seltsam anfühlen würde, die Jungs um mich herum zu haben, jetzt, da ich anfing zu glauben, dass sie die waren, für die sie sich ausgaben, und nicht die, denen sie weiterhin ähnlich sahen, dann hatte ich mich geirrt. Es war immer noch verdammt bizarr.

Sie stürmten in die Wohnung wie ein Wirbelwind. Ansel, dessen übliche Heiterkeit zurückgekehrt war, hüpfte durch den Raum und blieb lächelnd vor dem alten Ghettoblaster stehen, den ich bei meinem Einzug in der Wohnung gefunden hatte. Er zappte durch die Radiosender und quittierte einen nach dem anderen mit einem Kopfschütteln.

Vincent ging in seiner gemächlichen Art auf den Futon zu und ließ sich auf der einen Seite der Senke darauf nieder. Sobald er Platz genommen hatte, beugte er sich vor und schob die Gegenstände auf der Kiste herum, die mir als Beistelltisch diente. Aus irgendeinem Grund schien er der Meinung zu sein, dass der Roman, den ich gerade las, auf mein leeres Saftglas gehörte und das Soziologiebuch daneben in einem fünfundvierzig-Grad-Winkel platziert werden sollte.

Mr. Grimes raste wie ein Panzer in Menschengestalt durch die Wohnküche und sein Blick schweifte hin und her, als ob er glaubte, dass unter dem Tisch oder hinter dem Kühlschrank noch mehr Peiniger lauern könnten. Er schaute sogar in die Mikrowelle. Vermutlich sollte ich dankbar sein, dass er sich nicht zu den Essensresten darin äußerte.

Ich wollte sie sauber machen, wirklich! In all der freien Zeit, die ich von nun an ungefähr nie haben würde.

Zach blieb nach ein paar Schritten mit nachdenklicher Miene stehen, die hinter seiner neuen Brille beinahe schon normal wirkte. Mit zusammengekniffenen Augen sah er sich um, fast so wie Mr. Grimes, wenn auch weniger aktiv.

„Du hattest keinen Besuch, seit wir hier waren." Es war eine Feststellung, keine Frage.

Ich warf ihm einen bösen Blick zu. „Ich habe nicht gerade ein aufregendes Sozialleben, falls du das noch nicht bemerkt hast. Eigentlich habe ich nicht einmal *euch* eingeladen."

„Fair", sagte er mit einem zustimmenden Nicken, als hätte ich einen Test bestanden.

Ansel entschied sich für einen Hardrock-Sender, der den Raum mit kreischenden Gitarren und donnerndem Schlagzeug beschallte. Ich nahm an, dass Mr. Grimes der Chef der Bande war, denn auf seinen strengen Blick hin drehte Ansel die Lautstärke herunter. Dann ging er zu meinem Kühlschrank, öffnete ihn und fuhr sich mit der Zunge über die Lippen, während er die Auswahl in Augenschein nahm.

Die Geste erinnerte mich daran, wie dicht sein Gesicht

gestern an meinem gewesen war, an seine Umarmung, seine Wärme, seinen Duft … Hitze kribbelte in meinem Bauch.

Abrupt richtete er sich mit einem beschämten Blick auf. „Wir sollten Lilys Vorräte nicht essen."

Vincent winkte zur Tür. „In deinem Auto ist doch noch eine Menge Zeug."

„Stimmt!"

Ansel hüpfte aus der Wohnung und kam blitzschnell mit mehreren Tüten der scharfen Chips zurück, die ich ihm gestern gezeigt hatte. Er reichte jedem der Jungs eine, bevor er eine Zitrone auspackte. Vor meinen entsetzten Augen grub er seine Zähne in die Schale und presste den Saft über seiner Chipstüte aus.

Das war das Erschreckendste, was ich den ganzen Tag gesehen hatte.

Unter enormer Anstrengung schaffte ich es, nicht das Gesicht zu verziehen, als er sich die ersten Chips in den Mund steckte und mit seliger Miene kaute. Um mich abzulenken, ließ ich mich gegenüber von Vincent auf den Futon sinken und strich mir mit den Händen über die Haare.

„Okay", begann ich. „Das ist alles noch sehr verwirrend für mich. Und es hört sich völlig unmöglich an. Würdet ihr bitte ganz von vorne anfangen und mir erklären, wer ihr seid und was ihr hier macht?"

Vermutlich sollte es mich nicht überraschen, dass Zach die Führung übernahm, wenn es darum ging, Erklärungen statt Befehle zu geben. Er drehte einen der Stühle am Tisch zu mir und setzte sich.

„Wir waren tot", begann er. „Jemand hat uns in unserem Clubhaus niedergeschossen und unsere Leichen in den Sumpf geworfen. Sie wurden mit Gewichten beschwert, damit sie nicht an die Oberfläche steigen und gefunden werden."

„In eurem Clubhaus“, wiederholte ich. „Was für ein Club? Und warum hatte es jemand auf euch abgesehen?“

„Wir hatten eine Gang“, fügte Mr. Grimes hinzu. „*Meine* Gang. Die Schädelbrecher. Vermutlich waren es Rivalen, die unser Gebiet wollten.“

Eine Bande. Sie waren Gangster.

Tatsächlich überraschte mich diese Erkenntnis nicht. Vermutlich wegen der extremen Gewalt, die ich bereits gesehen hatte.

Ich erinnerte mich an die Verwirrung, die unsere vergangenen Gespräche in meinem Gedächtnis hinterlassen hatten: „Ihr habt Namen. Ich meine, natürlich habt ihr Namen. Aber ihr seid nicht wirklich … die Jungs, deren Körper ihr übernommen habt, oder wie auch immer das genau funktioniert.“

Zach schenkte mir ein zufriedenes Lächeln, bei dem mir wärmer ums Herz wurde, als mir lieb war. „Das ist richtig. Zach Oberly hat den Löffel abgegeben, als ich diesen Körper übernommen habe. Ich bin Malachi Quinto, aber alle nennen mich Kai, also kannst du das auch tun.“

„Kai.“ Ich betrachtete ihn eine Weile lang, um den Namen in meinem Kopf mit seinem Gesicht zu verbinden. Nicht nur sein gefärbtes Haar war dunkler als zuvor, sondern auch seine Haut, die statt des pfirsichfarbenen Rosatons jetzt bräunlicher war. Und das, obwohl er in den letzten Tagen nicht allzu viel Zeit in der Sonne verbracht haben konnte.

Ich drehte mich zu Vincent um, der mit nachdenklicher Miene seine Chipstüte durchwühlte. „Und du bist nicht wirklich Vincent.“

Der Mann, der wie Vincent aussah, schüttelte den Kopf. „Jett“, antwortete er knapp. „Jett Vandamme.“

„Der Name passt nicht ganz so wie die Faust aufs Auge, wie es den Anschein macht“, bemerkte Kai mit einem neckischen Lächeln.

Jett warf ihm einen finsteren Blick zu und steckte sich einen weiteren Chip in den Mund. Der Name war leicht zu merken. Mit seinem neuen Grufti-Look sah er sowieso eher wie ein „Jett" aus.

„Ich bin Ruin." Der falsche Ansel zwinkerte mir mit einem fröhlichen Lächeln zu. „Ruin Wolfrum. Meine Eltern hatten einen seltsamen Geschmack bei Namen."

Mr. Grimes klopfte ihm auf die Schulter. „Die düstere, unheilvolle Ausstrahlung passt gut zu ihm, oder?", fragte er mit sarkastischer Belustigung und richtete seine dunklen Augen auf mich. „Mein Name ist Lennox, aber das klingt idiotisch, deswegen nennen mich alle Nox. Nox Savage. Es ist schön, dich nach all der Zeit endlich *richtig* kennenzulernen."

Kai, Jett, Ruin, und Nox. Die Namen sickerten langsam in meinen Geist, doch sie waren nur ein kleines Teil des Puzzles. „Ihr wurdet also ermordet und im Sumpf versenkt", wiederholte ich. „Vor etwa zwanzig Jahren?"

Kai nahm den Faden wieder auf. „Einundzwanzig, um genau zu sein. Wir waren Geister … Ich bin nicht sicher, in welchem Zustand wir waren, als du in den Sumpf gefallen bist. Alles ist verschwommen, wenn man in diesem Geisterzustand feststeckt."

Ja, ich konnte mir vorstellen, dass der Tod derartige Auswirkungen hatte. Soweit ich es mitbekommen hatte, war ihr mentaler Zustand nach der Auferstehung nicht gerade normal. Aber wer wusste schon, wie sie in ihrem früheren Leben gewesen waren? Vielleicht waren sie schon immer so durchgeknallt gewesen.

Ruin grinste. „Da war einfach nur Nebel. Aber dann hast du uns geweckt."

„Wir haben gespürt, wie ein anderes Leben in der Nähe entschwand", sagte Nox. „Ich weiß nicht, ob alle Geister empfindlich sind, aber du warst dabei zu ertrinken. Und du warst ein unschuldiges kleines Mädchen. Wir wussten einfach, dass wir versuchen mussten, dich davor zu bewahren, so zu enden wie wir.“

Meine Kehle war wie zugeschnürt, als ich daran dachte, wie das Wasser mich eingeschlossen hatte und die Dunkelheit meinen Geist zu verschlingen begann, als mir die Luft ausging. Dann hatte ich *ihre* Stimmen gehört. Die Stimmen dieser vier Männer. Wie ein fernes Echo in meinem Hinterkopf. *Du schaffst das. Tritt mit den Füßen. Streck die Arme aus!* Leichte Stöße gegen meine Gliedmaßen, die mich vorwärtstrieben.

„In diesem Zustand konnten wir die physische Welt mit viel Mühe ein wenig manipulieren“, fuhr Kai fort. „Wir haben es geschafft, deine Knöchel von dem Seegras zu befreien, das sich darum gewickelt hatte, und dir einen Schubs Richtung Land zu geben.“

Ruin nickte. „Den Rest hast du gemacht. Wir hätten dich da nicht herausholen können. Du warst so stark – du *bist* so stark.“

Im Moment fühlte ich mich alles andere als stark. Sogar meine Knochen zitterten, als ich diesen Moment noch einmal durchlebte. Und auf einmal hatte ich eine völlig andere, nervenaufreibende Sicht darauf.

So beunruhigend es auch war, aber ihre Geschichte klang absolut wahr.

„Und dann seid ihr geblieben“, sagte ich mit rauer Stimme.

Nox winkte ab. „Wie Ruin schon sagte, du hast uns aufgeweckt. Du hast uns nach Jahren zum Leben erweckt. Es war ein gutes Gefühl. Es hat uns gefallen, und wir waren gern in deiner Nähe. Deine Spiele waren unterhaltsam, und natürlich mussten wir dich vor allen gefährlichen Situationen bewahren.“

„Du hast mit uns gesprochen, als wären wir wirklich da“,

fügte Jett hinzu.

„Auf dich aufzupassen, hat uns geistig und emotional stimuliert und uns ein Ziel gegeben", erklärte Kai mit seiner sachlichen Stimme. „Du hast uns in dieser Welt verankert, und wir wollten hier sein."

„Und du hast uns so gebraucht wie wir dich." Ruins Lächeln wurde weicher. „Du bist so stark, obwohl viele Menschen versucht haben, dir diese Stärke zu nehmen."

Dieser Einschätzung konnte ich nicht widersprechen. Sie waren ein größerer Teil meines Lebens gewesen, als ich es jemals zugegeben hatte, und das, bevor ich wusste, dass sie tatsächlich Menschen waren. Bis jetzt war ich überzeugt, sie wären nur Hirngespinste, an die ich mich klammerte, um nicht den Verstand zu verlieren. Als wäre das nicht schon an sich verrückt genug.

Dabei war das einzig wirklich Verrückte die Tatsache, dass es sie tatsächlich gab.

Nox runzelte die Stirn. „Dann bist du verschwunden. Eines Tages warst du nicht mehr an den üblichen Orten, und auch in der Nähe deines Hauses konnten wir dich nicht finden ... Wirst du uns erzählen, was passiert ist, Lily?"

Scham überflutete mich, und meine Haut kribbelte. Ich fühlte mich wie ein Hotdog, der zu lange auf dem Grill gelegen hatte. „I-ich weiß es nicht."

Kais Augenbrauen schnellten in die Höhe. „Was?"

Mein Blick fiel auf meine Hände in meinem Schoß. „Ja. Ich bin eines Tages nach Hause gegangen, und etwas ist vorgefallen ... Laut Mom und Wade habe ich meine Schwester traumatisiert, doch sie wollten mir keine Einzelheiten verraten. Ich nehme an, sie ertragen es nicht, darüber zu reden ... und sie waren die Einzigen, die dabei waren. Zumindest glaube ich das. In meiner Erinnerung herrscht nur eine große Leere. Ich weiß nur noch, dass ich nach Hause gegangen bin, und als Nächstes bin ich im Krankenhaus aufgewacht.“

Ich hob den Kopf. „Ich habe den Großteil der letzten sieben Jahre in einer psychiatrischen Anstalt verbracht und nie etwas Verrücktes getan. Deswegen nehme ich an, dass das, was ich vor meiner Einweisung getan habe, schlimm gewesen sein *muss*. Sonst hätten sie mich nicht so lange dortbehalten können. Als ich achtzehn wurde, entließen sie mich aus der stationären Betreuung, aber es dauerte lange, bis sie mich für stabil genug hielten, um allein zu leben. Als es so weit war, kehrte ich sofort hierher zurück. Ich musste … Ihr wisst, wie meine Mom und mein Stiefvater waren. Marisol lebt immer noch bei ihnen.“

Was ich ihr angetan hatte, konnte nicht so schlimm sein, wie bei ihnen zu leben. Falls ich überhaupt etwas getan hatte.

„Diese Wichser“, knurrte Nox. „Wir können gleich rübergehen und deinem Stiefvater etwas Vernunft einprügeln. Das war schon lange fällig.“

Panik stieg in mir auf. „Nein. Ihr könnt nicht einfach jeden verprügeln, auf den ihr wütend seid, sonst stecken sie *euch* in die Psychiatrie – oder ins Gefängnis.“

Kai zuckte mit den Schultern. „Wir haben es schon einmal geschafft, jahrelang nicht verhaftet zu werden.“

Ich warf ihm einen skeptischen Blick zu. „Irgendwie glaube ich, dass ihr damals *etwas* diskreter wart, als am helllichten Tag auf dem Campus mit Studenten Piñata zu spielen.“

Er legte den Kopf schief. „Unsere Hemmungen mögen mit dem Tod geschwunden sein. Aber wir können den Bullen immer noch einen Schritt voraus sein. Wenn man sich nicht um das Gesetz kümmert, kann es einem auch nicht wirklich etwas anhaben.“

„Und unsere Methoden funktionieren.“ Nox verschränkte die Arme vor der Brust. Die autoritäre Pose erinnerte an den Mann, von dessen Körper er Besitz ergriffen hatte. „Wir jagen den Leuten Angst ein, und sie merken, dass sie sich nicht mit dir anlegen sollten. Der Anfang war nur langsam, weil du uns immer wieder gesagt hast, dass wir uns zurückhalten sollen."

„Und ihr habt so gut auf mich gehört", murmelte ich mit einem Anflug von Resignation. Was hatte es für einen Sinn, weiter mit ihnen darüber zu streiten? Machte es mir *wirklich* etwas aus, was sie den Idioten angetan hatten, die mich in ihrem Kofferraum durch die Stadt kutschiert hatten?

Solange ich selbst nichts Verrücktes anstellte, war es doch egal, was die Jungs machten, oder? Wenn die Leute Angst bekamen und sich zurückhielten, wäre die Gefahr geringer, dass ich wegen ihrer Schikanen ausflippte.

Ich war mir nicht sicher, ob dieser Gedankengang wirklich Sinn ergab oder ob ich ihn nur glauben wollte, doch ich hatte ohnehin nicht wirklich eine Wahl.

„Okay", sagte ich. „Aber keine Angriffe auf Wade. Auf niemanden von meiner Familie! Ich muss mich selbst um sie kümmern. Ihr kennt sie nicht so gut wie ich."

Nox' Miene verfinsterte sich, aber nach einem Moment neigte er den Kopf. „Na gut. Für den Moment. Aber wenn sie auf dich losgehen …"

„Das wird nicht passieren", sagte ich müde. „Sie wollen sich so weit wie möglich von mir fernhalten."

„Wir werden dir deine Antworten besorgen", versprach Kai, dessen graugrüne Augen noch heller funkelten. „Wir werden das Rätsel lösen. Du hast jetzt uns an deiner Seite."

Mit einem schweren Seufzer ließ ich mich in die klumpigen Futonpolster sinken. Könnte es wirklich einfacher sein, wenn diese Jungs bei mir wären? Konnten sie mir tatsächlich helfen, herauszufinden, was vor sieben Jahren geschehen war?

Ein relativ großer Teil von mir vermutete, dass mein

Leben dadurch nur komplizierter wurde statt einfacher, aber es war schön zu träumen.

Als hätte er diesen Gedanken aufgeschnappt, griff Jett über den Futon und zwirbelte eine Locke meines Haares zwischen seinen Fingern, bevor er sie wieder losließ. „Du singst nicht mehr", sagte er abrupt. „Früher hast du immer gesungen. Jeden Tag. Du hast dir sogar eigene Lieder ausgedacht. Warum hast du aufgehört?"

Alle vier warteten gespannt auf meine Antwort, und ich hatte wieder einen Kloß im Hals.

„Ich … Das habe ich hauptsächlich für Marisol gemacht", gestand ich leise. „Ich habe zwar auch alleine gesungen – oder mit euch –, aber es war immer am schönsten, wenn ich sie damit zum Lächeln oder sogar zum Mitsingen bringen konnte. Wenn ich nicht bei ihr sein kann … wenn ich sie womöglich sogar verletze … fühlt es sich irgendwie falsch an."

Keiner der Jungs sagte mir, dass meine Argumentation dumm klang oder ich eine zu große Sache daraus machte. Jett nickte nur.

Ruin kam hinter dem Futon hervor und strich mir mit den Fingern beruhigend über den Kopf. „Das kriegen wir auch wieder hin", sagte er mit Nachdruck.

Ich teilte seine optimistische Sichtweise zwar nicht, wollte sie aber auch nicht gleich wieder zunichtemachen, nicht, weil er so hoffnungsvoll klang.

Ich schaute mich im Raum um. „Also … was jetzt? Wie soll es weitergehen, nachdem ihr mich davon überzeugt habt, wer ihr seid?"

Die Jungs tauschten einen Blick aus. Nox konzentrierte sich auf mich. „Wir werden in der Nähe bleiben und aufpassen, dass dir niemand in die Quere kommt. Wir werden jeden fertigmachen, der es versucht. Ich glaube nicht, dass es lange dauern wird. Die meisten Studenten an diesem

College hatten noch nie mit einer *echten* Bedrohung zu tun." Seine Lippen verzogen sich zu einem bösartigen Grinsen, das mich nicht so erregen sollte, wie es der Fall war.

Bitte sag mir, dass mein Höschen nicht gerade feucht geworden ist, flehte ich im Stillen.

Er war mein Professor, aber auch irgendwie nicht. Er war der Anführer einer Gang, aber auch nicht. Er hatte einem anderen Typen rostige Angelhaken ins Gesicht geschleudert – das war definitiv er gewesen.

Außerdem waren seine neue imposante Präsenz und sein düsteres Auftreten unbestreitbar heiß.

Und verdammt noch mal, er war nicht der Einzige. Eigentlich waren sie alle ziemlich nett anzusehen, jetzt, da die Assoziationen mit den früheren Besitzern dieser Körper weitgehend ausgelöscht waren. Auf eine Art und Weise, die mir definitiv nicht aufgefallen war und über die ich nicht einmal nachgedacht hatte, als ich ein Kind gewesen war und sie nicht hatte sehen können.

„Wenn du noch etwas von uns brauchst, lass es uns einfach wissen", sagte Ruin, und seine sanfte Berührung hinterließ weitere kleine Funken auf meiner Haut.

Kai tippte an seine Lippen. „Es wäre am einfachsten, wenn wir sowohl nachts als auch tagsüber in deiner Nähe bleiben könnten. Unsere derzeitige Unterkunft ist nicht gerade ideal. Ich habe einen Mitbewohner, der Reden für eine olympische Sportart zu halten scheint, für die er trainiert. Und dabei hat er nie etwas auch nur annähernd Interessantes zu sagen."

„Oh Gott, hör bloß auf mit Mitbewohnern", brummte Jett.

„Ich bin mir nicht sicher, wo dieser Kerl gewohnt hat", verkündete Ruin. „Ich habe hinter dem College geparkt und in seinem Auto geschlafen."

Er sagte es ohne eine Spur von Betroffenheit, aber die

Worte versetzten mir trotzdem einen Stich ins Herz. Diese Jungs waren buchstäblich von den Toten auferstanden – und zwar *meinetwegen.*

Ich öffnete meinen Mund, bevor ich die Lippen wieder zusammenpresste. Ich war ihnen etwas schuldig. Wenn schon nicht dafür – schließlich hatte ich sie nicht darum gebeten, sich selbst wiederzubeleben – dann immerhin für die Tatsache, dass sie mir vor vierzehn Jahren das Leben gerettet hatten.

„Ihr könnt hier pennen, solange ihr wollt", bot ich schnell an, bevor ich es mir anders überlegen konnte. „Es ist vielleicht nicht superbequem … Ich schlafe im Bett, nur damit das klar ist … Aber ihr könnt auf dem Sofa schlafen. Man kann es zu einem Doppelbett ausklappen. Es ist groß genug für zwei Personen. Und wenn ihr Schlafsäcke oder Luftmatratzen habt …" Ich blickte auf den Boden, während ich überlegte, wie ich sie alle in meiner bescheidenen Behausung unterbringen könnte.

Nox klatschte in die Hände. „Das kriegen wir schon hin. Und wir bringen unser eigenes Essen mit. Wir werden dir nicht deine Vorräte wegessen." Er winkte Ruin zu sich. „Komm mit, Fresssack. Holen wir das Essen aus deinem Wagen."

Jett stand ebenfalls auf. „Ich werde ein paar Sachen aus Vincents Zimmer holen, damit dieser trottelige Mitbewohner sie nicht anfasst."

Kai nahm Jetts Platz auf dem Sofa ein und griff nach meinem Lehrbuch. „Ich werde hierbleiben. Bringt mir etwas Bequemes und etwas Leckeres mit. Aber nicht beides in einem."

Schnaubend folgte Nox den anderen nach draußen. Kai fing an, das Lehrbuch so schnell durchzublättern, dass er keine Seite mehr als ein paar Sekunden angesehen haben konnte. Ich sah ihm eine Minute lang zu, bevor ich es wagte, zu fragen: „Was machst du da?"

„Ich lese", antwortete er. „Schnelllesen ist eine äußerst nützliche Fähigkeit, um so viele Informationen wie möglich aufzunehmen. Je mehr ich weiß, desto mehr kann ich erledigen."

Ich war mir nicht sicher, ob ich ihn fragen wollte, was für Dinge er für diese Bande erledigt hatte. *Die Schädelbrecher.* Nach dem heutigen Auftritt konnte ich verstehen, wie sie auf diesen Namen gekommen waren.

Grauen stieg in mir auf. Was, wenn ich gerade die schlechteste Entscheidung meines Lebens getroffen hatte?

Aber die Jungs in meiner Wohnung zu haben, war besser, als zuzulassen, dass sie draußen herumliefen und mit allen möglichen Leuten interagierten, oder? Vielleicht konnte ich das Chaos nicht eindämmen, aber ich konnte es zumindest ein wenig in Schach halten.

Ich schaute auf den Couchtisch und dann auf das immer noch dröhnende Radio, über das ich an jedem anderen Tag vermutlich ein paar genervte Bemerkungen gemacht hätte. Doch jetzt musste ich nicht mehr mit Gegenständen reden. Wenn ich mich unterhalten wollte, hatte ich echte Menschen zum Reden. Menschen, mit denen ich schon jahrelang geredet hatte, ohne mir dessen bewusst zu sein.

Der Anflug eines Lächelns umspielte meine Lippen und linderte meine Unruhe. In Lovell Rise war ich nie wirklich allein gewesen. Und ich war es auch jetzt nicht.

Jetzt musste ich nur noch dafür sorgen, dass Marisol das Gleiche sagen konnte.

fünfzehn

Ruin

Der dünne Sonnenstrahl, der durch das kleine Kellerfenster fiel, traf auf meine geschlossenen Augenlider. Er drang direkt in mein Gehirn ein und riss mich aus dem Schlaf.

Das machte mir jedoch nichts aus. Das frühe Aufwachen gab mir noch mehr Zeit, mich an der Tatsache zu erfreuen, dass ich hier war. In Lilys Haus. Nur ein paar Meter von ihrer Schlafzimmertür entfernt. Ich hörte sogar ihre leisen, gleichmäßigen Atemzüge durch den Türspalt. Offenbar funktionierte das Schloss nicht richtig.

Ihr Duft erfüllte die gesamte Wohnung. Er war leicht süßlich mit einem Hauch von Wasser, wie Wildblumen, die einen Fluss hinuntergetrieben wurden. Ich wollte mich darin wälzen und mich damit einreiben wie mit einem Eau de Cologne.

Wir waren hier. Wirklich hier mit ihr, in jeder

erdenklichen Weise. Nicht mehr als die Phantome, die wir vorher waren.

Natürlich war da immer noch die Wand zwischen ihr und mir.

Ich schälte mich aus dem Schlafsack und stand auf, wobei ich darauf achtete, meine Freunde nicht zu wecken. Kai und Jett hatten zähneknirschend zugestimmt, sich den Futon zu teilen. Mit mindestens einem halben Meter Abstand lagen sie ausgestreckt nebeneinander. Nox hatte darauf bestanden, die andere Luftmatratze zu nehmen, die er direkt neben die Eingangstür gelegt hatte, für den Fall, dass er Lily gegen nächtliche Eindringlinge verteidigen musste.

Doch wer wusste schon, ob wir das nicht doch tun würden? Die Arschlöcher hier waren schon viel zu weit gegangen. Wir konnten nicht zu gut vorbereitet sein.

Doch im Moment war alles friedlich in der Wohnung. Sie war zwar eng und schmuddelig, aber sie gehörte Lily, und das allein ließ den ganzen Raum heller erscheinen.

Ich schob die Schlafzimmertür weiter auf und schlüpfte hinein. Dieses Zimmer war noch enger. Meine Knie berührten die Seite ihres Bettes. Lily lag auf der Seite mit dem Gesicht zur Wand. Im Schlaf sah sie aus wie ein Engel. Ihr helles Haar lag wie ein Heiligenschein um ihren Kopf herum auf dem Kissen.

Ein Anflug von Zuneigung erfüllte meine Brust. Sie hatte so viel durchgemacht, aber sie hatte sich nicht unterkriegen lassen. Sie war von dem schrulligen, einsamen Mädchen zu einer Frau herangewachsen, die vielleicht immer noch schrullig war, aber auch knallhart und wild entschlossen hinter der „normalen" Fassade, die sie aufrechtzuerhalten versuchte.

Und sie brauchte nicht mehr einsam zu sein.

Ich konnte nicht einfach nur dastehen und sie ansehen, nicht mit all den freudigen Gefühlen, die in mir herumwirbelten. Ich ließ mich auf den Rand der Matratze sinken und schmiegte mich mit der Decke zwischen uns an sie, schlang meinen Arm locker um ihre Taille und vergrub mein Gesicht an ihrem Haar. Selbst durch die Decke hindurch spürte ich ihre warme, weiche Gestalt an der meinen. Ihr Duft erfüllte meine Lunge.

Ich war endlich im Himmel, auch wenn wir vier verlorenen Seelen nicht auf dem üblichen Weg dorthin gelangt waren.

Lily veränderte ihre Position im Schlaf. Ihre Muskeln zuckten, als sie meine Anwesenheit bemerkte. Ihr Körper erstarrte mit einem scharfen Atemzug.

„Ich bin's nur", murmelte ich und lockerte meine Umarmung, für den Fall, dass sie sich bedrängt fühlte. Meine Umarmung vor dem Lebensmittelladen vor zwei Tagen hatte sie zwar angenommen, doch davor hatte sie sich vor körperlicher Zuneigung gescheut. Ich wollte, dass sie spürte, wie sehr ich sie verehrte. Allerdings nur, wenn sie es genoss.

Sie blieb einige Sekunden lang angespannt, aber sie zog sich nicht von mir zurück. Allmählich entspannte sich ihr Körper auf dem Bett und in meinen Armen. „Bist du morgens immer so verschmust?", murmelte sie heiser.

„Nur mit Leuten, die ich mag", erklärte ich und kraulte sanft ihren Nacken, wobei ich darauf achtete, nicht zu forsch zu sein.

Lily schnaubte. „Irgendwie glaube ich nicht, dass du die anderen Jungs im Bett löffelst. Und ich nehme an, du magst sie."

Ich legte den Kopf schief und überlegte. „Das *würde* ich, wenn sie mir nicht ins Gesicht schlagen würden. Die Jungs haben es nicht so mit Zärtlichkeiten. Aber sie sind wie Brüder für mich. Ich würde für sie sterben. Natürlich würde ich sie umarmen, wenn sie es wollten." Ab und zu gaben sie nach. Allerdings war der frühe Morgen nicht der beste Zeitpunkt, um es zu versuchen.

Lily brummte etwas Unverständliches, bevor sie ihren Kopf wieder auf das Kissen sinken ließ. Die leichten Bewegungen ihres Körpers an meinem weckten ein anderes Gefühl, das über Zuneigung hinausging. Ich hatte es seit Jahrzehnten nicht mehr gespürt, weil Geister keine Haut hatten, die kribbelte, oder einen Schwanz, der bei der Berührung der Kurven einer hübschen Frau hart wurde.

Dasselbe Verlangen hatte mich durchzuckt, als ich Lily auf dem Parkplatz in meinen Armen gehalten hatte, doch das war nichts im Vergleich zu dem Feuer, das jetzt in mir brannte. Ich hatte vergessen, wie überwältigend diese Art von Hunger sein konnte. Wie qualvoll und gleichzeitig erregend er war.

Ich konnte mich nicht mehr genau daran erinnern, wie sich Lust vor all den Jahren angefühlt hatte, und ich war mir nicht sicher, ob ich sie jemals so intensiv verspürt hatte wie in diesem Moment.

Noch nie hatte eine Frau eine solche Wirkung auf mich gehabt wie Lily. Sie war tief in meine Seele vorgedrungen. Und sie war ein Mädchen, als ich letztes Mal in ihrer Nähe gewesen war. Jetzt war sie eine Frau …

Sie musste ähnliche Sehnsüchte haben.

Hätten wir bereits früher eine derartige Beziehung gehabt, hätte ich vielleicht meinen Schwanz an ihren Arsch gedrückt und meine Hand zwischen ihre Beine geschoben, um sie auf eine ganz andere Art und Weise aufzuwecken. Doch ich wagte es nicht, zu denken, dass sie *mich* auf diese Art und Weise begehren könnte.

Ich schluckte die Worte hinunter, die meine Kehle hinaufkrochen – *ich liebe dich. Ich will dich.* Nicht jetzt. Ich war zwar überglücklich, bei ihr zu sein, doch ich merkte, dass sie sich noch an die Situation gewöhnen musste.

Ich konnte nicht widerstehen, ihr einen sanften Kuss in die Halsbeuge zu drücken. Lilys Atem stockte, und ihr Duft veränderte sich. Ich glaubte nicht, dass ich diese Veränderung früher wahrgenommen hätte. Möglicherweise war dies einer der Effekte, die mit der Vermischung unserer Geister mit den neuen Körpern einhergingen. Kai hatte erwähnt, dass es zu Wechselwirkungen kommen könnte.

Ich mochte den Geruch. Er machte meinen Schwanz noch härter. Ich küsste sie etwas weiter oben am Hals und strich mit dem Daumen durch die Decke über ihren Bauch.

„Was machst du da?", flüsterte sie mit rauer Stimme.

„Ich sorge dafür, dass du dich gut fühlst", antwortete ich und beobachtete, wie mein Atem die Haarsträhnen hinter ihrem Ohr aufwirbelte. „Das hoffe ich zumindest."

„Machst du *das* auch mit allen, die du magst?"

Mein Körper verkrampfte sich. Ich hatte mich zu Lebzeiten mit vielen Mädchen vergnügt. Wenn sie Lust hatten und ich auch. Warum auch nicht? Jetzt empfand ich jedoch Abneigung bei dem *Gedanken*, eine andere Frau so zu berühren, wie ich es mit Lily tat.

Damals hatte ich Lily noch nicht gekannt. Inzwischen konnte ich mir nicht vorstellen, mich mit jemand anderem als meiner eigenen Hand anzufreunden, wenn sie mich nicht wollte. In dem Leben, das ich jetzt führte, war kein Platz für eine andere Frau. Ohne sie hätte ich dieses Leben überhaupt nicht.

„Nein", erklärte ich entschlossen. „Das mache ich nur mit dir. Von jetzt an wird es nie wieder eine andere Frau für mich geben. Und ich meine nicht nur zum Vergnügen. Mein Herz gehört ganz allein dir."

Lily rutschte von mir weg, allerdings nur, um sich zu mir umzudrehen. Sie schaute mir in die Augen und ihr Gesicht war jetzt so nah, dass es mir den Atem verschlug. Ihre hellen blaugrünen Augen schimmerten wie das Wasser des Sees in der Morgendämmerung. Als wäre sie schon immer ein Teil des Sumpfes gewesen. Als wäre sie von Geburt an dazu bestimmt gewesen, hineinzufallen und uns zu erwecken.

„Bin ich wirklich so besonders?", fragte sie.

Die Frage entlockte mir ein Schnauben. „Natürlich. Selbst als wir dich noch nicht kannten, warst du etwas ganz Besonderes."

Als sie die Augenbrauen hochzog, hatte ich das Bedürfnis, sie zu überzeugen. Ich erinnerte mich daran, was unsere Existenz an ihrer Seite so wunderbar gemacht hatte.

„Du hast dich an allem erfreut – sogar an den Bäumen und dem Gras", sagte ich. „Mit dir war alles ein Abenteuer. Du konntest mich zum Lachen bringen … Die Dinge, die dir auffielen, die Art, wie du darüber gesprochen hast … Und du bist zurückgekommen. Selbst nach allem, was hier passiert ist und wie schrecklich deine Eltern waren, bist du zurückgekommen, weil dir so viel daran liegt. So sind nicht viele Menschen."

Lily schluckte hörbar, ohne ihren Blick von mir abzuwenden. Sie befeuchtete ihre Lippen mit der Zunge. „Dir ist schon klar, dass das völlig verrückt ist, oder?"

Ich grinste sie an. „Aber es ist auch verdammt wunderbar, meinst du nicht?"

„Ja, vielleicht irgendwie." Dann beugte sie sich vor und drückte ihre Lippen auf meine.

Oh, verdammt, wenn das vorher der Himmel gewesen war, dann fehlten mir die Worte, um diese Glückseligkeit zu beschreiben.

Ich erwiderte ihren Kuss und strich mit meinen Fingern über ihr Haar. Ihr leiser Schrei ließ die Flammen in mir zu einem wahren Feuer auflodern. Ohne den Kuss zu unterbrechen, zog ich mit einer Hand die Decke weg, sodass das dünne T-Shirt zum Vorschein kam, in dem sie geschlafen hatte.

Zuerst fuhr ich mit meinen Fingern nur über ihren nackten Arm, während ich mich mit dem Geschmack und der Beschaffenheit ihrer Lippen vertraut machte. Doch als sie sich an mich schmiegte und ihren Mund fester auf meinen drückte, konnte ich nicht widerstehen, mit meinen Fingern über die zarte Schwellung ihrer Brüste zu streichen.

Lilys Kuss wurde leidenschaftlicher und ihre Finger krallten sich in mein zerzaustes Haar. Als ich mit meinem Daumen über einen Nippel strich, zog sie so stark daran, dass meine Kopfhaut kribbelte. Ein Wimmern drang aus ihrer Brust, und ich wusste, dass ich ihr noch mehr dieser perfekten Laute entlocken wollte.

„Meine Waterlily", murmelte ich an ihrer Haut, knabberte an ihrem Kiefer und küsste mich ihren Hals hinunter. „Mein Engelsfisch."

Lily kicherte bei den alten Spitznamen, bevor sie keuchte, als ich ihren Nippel zwischen meinen Fingern rollte. „Ruin", hauchte sie. Ich wünschte, ich könnte diesen Laut in mein Wesen eingravieren.

„So ist es gut, mein Schatz", raunte ich und schob ihr Shirt hoch, um ihre Brust freizulegen. „Ich werde dich verwöhnen. Du musst mir nur immer wieder sagen, wie sehr es dir gefällt."

Ich ließ meine Zunge über den Nippel gleiten, mit dem ich gespielt hatte, und saugte ihren wässrigen Wildblumenduft auf. Sie stöhnte leise.

Mein Schwanz war jetzt hart wie Granit. Vielleicht würde ich die Gelegenheit bekommen, ihr zu zeigen, wo ich sie *damit* hinbringen konnte. Ich saugte ihren Nippel in meinen Mund und nahm die empfindliche Spitze zwischen meine Zähne.

In diesem Moment öffnete sich die Tür mit dem unverwechselbaren Knurren meines Chefs. „Ruin", schnauzte Nox. „Raus hier!"

Lily zuckte zusammen. Rasch ließ ich von ihr ab, zog ihr Shirt wieder herunter, um sie zu bedecken, und gab ihr einen letzten schnellen Kuss auf den Mund, um ihr zu zeigen, dass alles in Ordnung war, bevor ich mich Nox zuwandte. Obwohl er mein Chef, mein Freund und praktisch mein Bruder war, stieg ein Anflug von Trotz in mir auf. Ich hatte nicht vor, mich für diese Sache zu entschuldigen.

Nox starrte mich einfach an, ohne etwas zu sagen. Sein Blick wurde weicher, als er ihn auf Lily richtete. „Geht es dir gut?"

Ich drehte mich um, und sie wurde so rot, dass ihre blasse Haut fast die gleiche Farbe wie mein Haar hatte. Ihre Lippen sahen herrlich geschwollen aus von unseren Küssen.

„Ja", sagte sie mit einem Anflug von Trotz. „Und es würde mir vielleicht noch besser gehen, wenn du uns nicht unterbrochen hättest."

Nox schnaubte und schob mich aus dem Zimmer, wobei er die Tür hinter sich zuzog. Kai und Jett, die gerade aufgewacht waren, streckten sich auf dem Futon. Der Boss führte mich direkt zum anderen Ende der Wohnung.

„Was zum Teufel sollte das?", zischte er mit leiser Stimme.

Ich blickte ihn unverwandt an und die Freude über mein Intermezzo mit Lily pulsierte durch meine Adern. „Wir haben uns nur ein wenig amüsiert. Ich wüsste nicht, warum ich mich nicht auch auf diese Weise um sie kümmern sollte."

Nox' Kiefer zuckte. „Unsere oberste Priorität ist es, für ihre Sicherheit zu sorgen und ihr diese Arschlöcher vom Leib zu halten."

„Ich werde mich nicht von dieser Mission ablenken lassen."

„Das hoffe ich", brummte er und seufzte. „Es schien, als wollte sie es auch. Also gut. Aber das ist nicht … Du solltest nicht … Wir müssen vorsichtig mit ihr sein. Sie hat schon zu viel Mist durchgemacht."

Mein Herz pochte heftig. „Ich würde nie etwas tun, was sie nicht will. Sie ist unser Mädchen. Unsere Frau." Meine Lippen verzogen sich bei meiner Korrektur zu einem Lächeln. Und dann fiel mir ein weiterer Grund ein, warum Nox sauer sein könnte. „Ich versuche nicht, sie für mich allein zu beanspruchen. Wir gehören alle zu ihr. Auf welche Art und Weise sie uns auch will."

Der Gedanke, dass sie einen der anderen Jungs küsste, löste einen Anflug von Eifersucht in mir aus, der jedoch schnell wieder verblasste. Früher hatte ich mit so vielen Mädchen geschlafen, wie ich wollte. Warum sollte Lily nicht so viele Männer haben, wie *sie* wollte?

Solange es die richtigen Kerle waren und nicht irgendwelche Arschlöcher, denen nicht klar war, wie wertvoll sie war.

Nox warf mir einen finsteren Blick zu. „Gut. Vergiss das nicht. Warum machst du dich nicht nützlich und besorgst uns etwas zum Frühstück. Etwas besonders Leckeres für Lily. Sie hat nur eine traurige Packung Müsli hier."

Ich salutierte vor ihm und strich meine Jeans und mein Shirt glatt, die vom Schlafen und der Knutscherei ein wenig zerknittert waren, bevor ich mir die Kopfhörer in die Ohren steckte, die ich bei meinem letzten Ladendiebstahl mitgehen lassen hatte. Dann stellte ich laute Metal-Musik auf dem Handy ein, das jetzt mir gehörte, und machte mich auf den Weg.

Das laute Dröhnen der akustischen Eindrücke hielt das Grummeln meines Magens in Schach. In einer Bäckerei, in der ich schon einmal gewesen war, kaufte ich genug Muffins und Zimtschnecken, um eine ganze Armee zu ernähren – oder vier sehr hungrige, kürzlich wiederauferstandene Geister und ihr Mädchen – und machte mir sogar die Mühe, die

Karte zu benutzen, auf der *Ansel Hunter* stand. In kleinen Läden, in denen man bei einem erneuten Besuch wiedererkannt würde, war es nicht ratsam, ohne zu bezahlen abzuhauen. Außerdem war es nicht einmal mein Geld.

Ich schlenderte gerade die Straße zurück, als ein silberner Geländewagen direkt vor mir an den Bordstein fuhr und stehen blieb. Ich ging einfach weiter und wippte mit dem Kopf zu der dröhnenden Musik.

Offenbar hatte ich etwas übersehen, denn plötzlich sprang ein Mann vom Beifahrersitz des Geländewagens und stellte sich mir in den Weg.

Seine Glatze glänzte in der Sonne, und seine Augen schielten, während er mit sehr nachdrücklichen Mundbewegungen etwas sagte, das ich wegen der Musik nicht verstehen konnte. Vollidiot.

Lachend zog ich einen Ohrstöpsel heraus. „Was?"

Der Mann blickte finster drein. Er sah nicht alt genug aus, um eine Glatze zu haben, weil ihm die Haare ausgefallen waren. Seine Augenbrauen waren noch buschig und braun. „Ich sagte, wo warst du? Du hast dich nicht zu den vereinbarten Zeiten gemeldet. Hat dein letzter Termin beim Friseur so lange gedauert?"

Er beäugte mein frisch gefärbtes Haar mit offensichtlicher Verachtung. Nicht, dass es mich interessierte, was dieser Idiot von mir dachte.

Ich blinzelte ihn an. Was auch immer er wollte, es musste etwas mit dem Idioten zu tun haben, den ich aus diesem Körper verdrängt hatte.

„Ich bin fertig mit dem ganzen Mist", erklärte ich knapp. Das war dieselbe Ausrede, die ich benutzt hatte, als ein paar Dozenten gefragt hatten, warum ich nicht zum Unterricht erschienen war, und als Ansels alte Freunde mich bedrängt hatten, mit ihnen abzuhängen. Es war eine hervorragende, allumfassende Erklärung. „Tut mir leid."

Der Mann hustete und versperrte mir erneut den Weg, als ich versuchte, um ihn herumzugehen. „So läuft das hier nicht, Alter. Du bist eine Verpflichtung eingegangen."

Ich hob unschuldig meine Hände. „Ich bin nicht gut darin, sie einzuhalten. Du musst dir jemand anderen suchen. Ich wünsche dir ein schönes Leben!"

Als ich mich diesmal an ihm vorbeidrängen wollte, packte er mich am Ellbogen. Schlechte Idee.

Ich wirbelte herum, wobei ich auf meine Ladung Backwaren aufpasste, und riss meinen Arm weg, nur um ihm sofort einen Schlag gegen den Hals zu verpassen.

Der Glatzkopf krümmte sich wimmernd, und ich lief doppelt so schnell wie zuvor weiter. Die Sonne schien immer noch hell, ich hatte immer noch eine prall gefüllte Tüte mit Frühstücksleckereien, und Lily wartete in ihrer Wohnung auf mich. Trotzdem hatte sich ein Schatten über mich gelegt.

In was zum Teufel war Ansel Hunter hineingeraten? Und wie viele Knochen musste ich mir noch brechen, bevor ich *mich* da rausholen konnte?

Tja, nun. Knochen brechen machte Spaß. Ich hoffe nur, dass diese Leute ihren Unmut nicht an meiner Frau auslassen würden.

sechzehn

Lily

Ich hatte keine Ahnung, wann Kai es geschafft hatte, in eine Bibliothek zu gehen, aber er hatte sich einen Stapel Nachrichtenmagazine ausgeliehen, der so hoch war wie meine provisorischen Beistelltische. Jetzt blätterte er sie so schnell durch, dass die Seiten ein raschelndes Geräusch machten.

Mit einer der wenigen Zimtrollen, die vom Frühstück übrig geblieben waren, ließ ich mich auf das andere Ende des zusammengeklappten Futons fallen. Falls es so aussah, als hätte ich Angst, dass mir jemand das Gebäck wegnehmen könnte, lag er nicht falsch. Den Aufstrich, den Ruin mitgebracht hatte, hatten die Jungs verschlungen, als hätten sie seit Jahren nichts mehr gegessen.

Was in gewisser Hinsicht auch stimmte. Ich nahm an, dass sie eine Menge Mahlzeiten nachzuholen hatten. Es war mir schwergefallen, sie nicht auf Anzeichen einer bevorstehenden Explosion zu beobachten.

„Wenn es einen Papst Irgendjemand den Sechzehnten gibt, sollte man sich wirklich fragen, ob man nicht auf mehr Namen zurückgreifen sollte", murmelte Kai vor sich hin, warf eine Zeitschrift beiseite und griff nach der nächsten.

„Alles, was da drinsteht, kannst du übrigens auch im Internet nachlesen", sagte ich zu dem ehemaligen Gangster mit Brille, der immer noch irgendwie wie Zach aussah.

Er schnaubte. „Das World Wide Web ist ein einziges *Durcheinander*. Jeder versucht, einem etwas anzudrehen oder einem den Verkauf von Dingen schmackhaft zu machen. Auf diese Weise ist es viel unkomplizierter, aufzuholen, was wir in den letzten zwei Jahrzehnten verpasst haben. Mit dem Internet beschäftige ich mich, sobald ich auf dem Laufenden bin."

Er hörte nicht auf, zu blättern, während er redete. Offenbar konnte Kai gleichzeitig sprechen und schnell lesen.

Mit dem Internet hatte er nicht ganz unrecht. Wenn ich ein Buch in fünf Minuten inhalieren könnte, hätte ich vielleicht mehr Zeit in der Bibliothek verbracht als an meinem klobigen, gebrauchten Laptop. Und Google hatte wohl auch noch nicht existiert, als diese Jungs das letzte Mal im Reich der Lebenden geweilt hatten. Ich hielt meine Fähigkeit, nutzlosen Schwachsinn herauszufiltern, für selbstverständlich.

„Massenvernichtungswaffen … sehr interessant", murmelte Kai, ohne von seiner Zeitschrift aufzublicken.

Er hatte definitiv Nachholbedarf in der jüngeren Geschichte. Ich legte meine Beine auf die nächstgelegene Kiste und kuschelte mich in die Futonpolster, während ich das glasierte Zimtgebäck genoss. Heute hatte ich nur einen Kurs am späten Nachmittag und keine Schicht im Lebensmittelladen. Ich hatte meine gesamte Lektüre bereits erledigt und in den nächsten Tagen keine Abgaben. Ich konnte mich ein paar Stunden entspannen.

Mich entspannen und meine neuen Mitbewohner in ihrem neuen Lebensraum beobachten. Während Kai in Zeitschriften blätterte, hatte sich Jett an meinen klapprigen Tisch gesetzt. Er hatte ein Malset mitgebracht, nachdem er gestern mit den anderen rausgegangen war, und schmierte mit seinen Fingern ein paar Farben auf ein breites Blatt dicken Papiers. Irgendwie sah es bei ihm deutlich eleganter aus als bei einem Kleinkind, das mit Fingerfarben malte, obwohl die Bewegungen theoretisch die gleichen waren. Ich würde seine Technik nicht infrage stellen.

Nox und Ruin waren vor ein paar Stunden nach einem gemurmelten Gespräch nach draußen gegangen. Nun ja, Nox hatte gemurmelt, Ruin hatte in seinem typischen hellen Flüsterton geantwortet, als würden Sonnenstrahlen aus seinem Mund kommen. Auf meine Frage, wo sie hinwollten, waren sie sehr zurückhaltend gewesen, was mich vermuten ließ, dass ich es lieber nicht wissen wollte. Wenn ich nicht dabei war und keine Ahnung hatte, was sie vorhatten, konnte ich nicht damit in Verbindung gebracht werden, oder?

Bei dem Gedanken an Ruin, seine hellen Augen, sein wallendes rötliches Haar, das Streicheln seiner Hände und seine Küsse heute Morgen durchfuhr mich ein heißer Schauer. Es fiel mir schwer, mir vorzustellen, dass er früher Ansel gewesen war. Dieser Körper gehörte jetzt ihm, und er hatte auch meinen verdammt geschickt in Besitz genommen.

Ich hatte nicht vorgehabt, etwas mit ihm anzufangen, aber er war da gewesen und hatte mit mir geredet, als hätte ich den Mond an den Himmel gehängt. Und er hatte deutlich gemacht, dass *er* für mich da war ... Vielleicht war es verrückt, aber ich hatte ein wenig Verrücktheit verdient, nachdem ich so hart an meinem perfekten, normalen Image gearbeitet hatte.

Ich hoffte nur, dass ich diese Verrücktheit unter Kontrolle halten konnte. Auf engstem Raum mit dem Kerl zusammenzuwohnen, der seine Umarmungen genauso freizügig verteilte wie sein Lächeln, könnte eine große Versuchung darstellen. Ganz zu schweigen von den anderen Typen, die meine Wohnung überwachten.

Je mehr sie sich an die Körper gewöhnten, die sie übernommen hatten, desto mehr verblassten die Spuren der Männer, die sie einmal gewesen waren. Alles, was ich jetzt noch sehen konnte, wenn ich Kai ansah, war seine nachdenkliche Miene und der eindringliche Blick in seinen Augen unter seinem dunkelbraunen Haar. Nichts deutete mehr auf *Zach* hin. Solange ich nicht wirklich danach suchte, konnte ich auch keinen Vincent durch Jetts violette Haarbüschel und seine sehnigen Armmuskeln sehen.

Ich hatte keine Ahnung, wie die Jungs vor ihrem Tod ausgesehen hatten, doch ihre Geister veränderten eindeutig ihre neuen Körper, die sich an ihre wichtigsten Eigenschaften anpassten.

Dann war da noch Nox. Lennox Savage. Irgendetwas an diesem Namen jagte mir einen weiteren Schauer über den Rücken, der sowohl berauschend als auch beunruhigend war. Jedes Mal, wenn ich ihn sah, schien der Professor ein wenig mehr zu verschwinden. Muskeln hatten seine ehemals mittelmäßige Statur ersetzt und sein quadratisches Kinn wurde markanter.

Wie damals die Schädelbrecher führte er die Gruppe jetzt wieder an, und ich vermutete, dass er doppelt so viel Brutalität in sich hatte wie der Rest von ihnen. Warum hatte ich also keine Angst vor ihm?

Weil er mich ansah, als würde die Welt mit mir beginnen und enden. Ich hatte nicht die geringste Sorge, dass er seine Brutalität jemals gegen mich richten würde. Wenn ich mir Sorgen um jemanden machte, dann um die Schwanzlutscher, die mich möglicherweise angreifen würden ... Und selbst diese Sorge schwand zusehends.

Es fiel mir immer noch schwer zu glauben, dass diese Typen tatsächlich existierten. Vier furchteinflößende Geister, die mir das Leben gerettet hatten und jahrelang in der Nähe geblieben waren, nur um über mich zu wachen? Nachdem es selbst meiner eigenen Mutter egal war, in wie viele Sümpfe ich gefallen war, hätte ich nicht unbedingt erwartet, dass mir jemand ein solches Ausmaß an Ergebenheit entgegenbringen würde.

Wie von meinen Gedanken herbeigerufen, klingelte mein Telefon und Moms Nummer erschien auf dem Display.

Ich starrte einige Sekunden lang auf das Handy und mein Herz pochte. Mom hatte sich nicht mehr bei mir gemeldet, seit ich wieder in der Stadt war ... Eigentlich seit meiner Einlieferung in die Psychiatrie. Das konnte entweder etwas wirklich Gutes oder etwas wirklich Schlechtes sein. Möglicherweise hatte sie beschlossen, dass Marisol ihre große Schwester wieder in ihrem Leben haben sollte, nachdem ich mich so gut benommen hatte, oder?

Kai und Jett hatten ihre jeweilige Tätigkeit unterbrochen und ihre Blicke auf mich gerichtet. Zaghaft hob ich das Handy an mein Ohr. „Hallo?"

„Lily! Ich kann nicht glauben ... Nach allem, was wir gesagt haben ... Du hast Marisol an ihrer Schule aufgelauert?"

Sie hatte diesen Tonfall, den ich hasste, undeutlich und gleichzeitig vernichtend, als wüsste sie nicht, ob sie schimpfen oder knurren sollte. Instinktiv hob ich die Schultern. „Ich habe ihr nicht *aufgelauert*. Es gibt nur eine Highschool. Jeder weiß, wo sie ist."

„Wir haben dir unmissverständlich klargemacht, dass du sie in Ruhe lassen sollst. Du hast ihr schon genug zugemutet!"

Unter den Blicken der Jungs durchzuckte mich ein plötzlicher Anflug von Trotz. Ich hatte mich so gut wie möglich an die Regeln meiner Eltern gehalten, und wo hatte mich das hingebracht? Ich würde nicht einfach herumsitzen und mich fertigmachen lassen.

„*Sie* schien kein Problem damit zu haben, mich zu sehen", entgegnete ich. „Ihr habt mir nie erzählt, was ich ihr angeblich angetan habe. Welches schreckliche Verbrechen habe ich begangen, das mir niemand erklären kann?"

Mom stieß einen Laut aus, der einer Mischung zwischen einem Husten und einem empörten Stottern glich. Letzteren Bestandteil hatte sie von Wade gelernt. „Du bist nicht in der Position, unser Urteil infrage zu stellen. Was Wade gesehen hat – wie du dich verhalten hast – wir können dir nicht mehr vertrauen und schon gar nicht in Marisols Nähe."

„Wenn ihr mir sagen würdet, was genau ich getan habe, könnte ich das vielleicht akzeptieren", protestierte ich.

„Ich werde nicht darüber diskutieren, wie schlimm es war oder nicht", erwiderte sie. „Halte dich von deiner Schwester und uns fern. Wenn ich herausfinde, dass du sie noch einmal belästigt hast, werden wir die Polizei verständigen."

Sie legte auf und in meinem Ohr blieb nur tote Luft. Ich ließ den Hörer sinken, und Übelkeit stieg in mir auf.

Ich hatte Marisol nicht *belästigt* … Aber Mom und Wade konnten es definitiv so darstellen.

Es hatte sich so angehört, als ob nichts, was ich tat, gut genug sein würde. Ich könnte das Lovell Rise College als Jahrgangsbeste abschließen, mit einer Empfehlung meines Direktors in der Tasche, und sie würde mich trotzdem behandeln wie eine psychotische Geisteskranke.

Ich ballte meine Hände zu Fäusten. Ich war wütend auf Ansel, weil er die Geschichte verbreitet hatte, und auf die anderen Studenten und Professoren, weil sie sie weitererzählten, doch der bei weitem schlimmste Verrat war meine eigene Mutter. Die Worte, die sie mir gerade an den Kopf geworfen hatte, schmerzten zehnmal mehr als alles andere. Ich wäre lieber mit einem Stock erstochen und von den Docks geschubst worden.

„Wer war das?", fragte Jett und schob den Stuhl zurück. Seine Hände waren voller blauer und violetter Farbkleckse, die wie Blutergüsse aussahen.

„Meine Mom", antwortete ich schnell. „Sie hat herausgefunden, dass ich mit Marisol geredet habe. Es waren gerade einmal ein paar Minuten. Wade und sie sind stinksauer. Sie haben damit gedroht, dass sie mir die Polizei auf den Hals hetzen, wenn ich mich ihr noch einmal nähere."

Kai betrachtete meine geballten Fäuste, und ein harter Blick trat in seine graugrünen Augen. „Bist du sicher, dass wir sie nicht einfach loswerden können?", fragte er in seinem üblichen lässigen Tonfall, der keinen Zweifel daran ließ, was er mit *Loswerden* meinte. Vor allem, nachdem er hinzugefügt hatte: „Wir können dafür sorgen, dass die Leichen nicht gefunden werden."

Die Gewissheit in seiner Stimme jagte mir einen Schauer über den Rücken. Nach wie vor wollte ich nicht jemandes Tod anordnen, obwohl ich nicht glaubte, dass diese Ausrede bei diesen Typen viel Gewicht haben würde. Doch abgesehen davon … „Würde das nicht alles noch schlimmer machen? Das Jugendamt würde Marisol wahrscheinlich abholen, und ich würde sie ganz verlieren."

Jett sog die Luft durch die Zähne ein. „Wenn das nicht so wäre, würde ich sie auf der Stelle erledigen."

Ich hob meine Hände. „Nein. Niemand wird hier erledigt. Ich werde schon mit ihnen fertig. Ich hatte noch nicht viel Zeit, um überzeugende Argumente vorzubringen."

Kai gab einen skeptischen Laut von sich, wandte sich aber wieder seinen Zeitschriften zu. Einen Moment später schüttelte er ungläubig den Kopf. „*Ant-Man* wurde verdammt noch mal vor Black Panther verfilmt?"

Jett sank in seinen Stuhl und starrte auf sein Gemälde, als hätte es ihn persönlich beleidigt. Ich schluckte den letzten Bissen meiner Zimtschnecke hinunter. Der Zucker fühlte sich an wie Staub in meinem Mund.

Die getrübte Stimmung nach meinem Gespräch mit Mom verfolgte mich den ganzen Weg zum Unterricht. Es gab keine flotten Sprüche, die ich mir ausdenken konnte, oder alberne Bilder, die ich heraufbeschwören konnte, um auszulöschen, was sie gesagt hatte. Oder wie eindringlich sie es gesagt hatte.

Was, wenn ich immer noch Wahnvorstellungen hatte? Wahnvorstellungen, dass sie mir jemals eine zweite Chance geben würde?

Jett hatte darauf bestanden, mit mir zum Campus zu kommen, aber er war draußen auf dem Rasen geblieben, nachdem ich ihn davon überzeugt hatte, dass es Fragen aufwerfen würde, wenn er sich in der Nähe von Hörsälen aufhielt, in denen er nicht sein sollte. Ich glaubte nicht, dass etwas Schreckliches passieren würde, während ich im Gebäude war. Also lief ich allein den Flur entlang.

Ich war so in meine Gedanken an Mom vertieft und bemüht, nicht an sie zu denken, dass ich die Schritte hinter mir nicht bemerkte. Mir wurde erst klar, wie dicht mein Verfolger mir auf den Fersen war, als ich rückwärtsstolperte, um einem Frosch auszuweichen, der ausgerechnet in die Mitte des Flurs gehüpft war. Ich prallte gegen einen Körper direkt hinter mir.

„Pass auf, wo du hinläufst, du Tollpatsch!"

Ich drehte mich um und sah mich drei Mädchen gegenüber. Sie kamen mir alle vage bekannt vor, aber die Einzige, die ich sicher erkannte, war das schlanke Mädchen mit dem kastanienbraunen Haarschopf in der Mitte. Als sie mich ansah, flackerte eine Erinnerung in meinem Hinterkopf auf. Ansel hatte vor einiger Zeit ihren Kaffee auf mich verschüttet. Und ich hatte sie auch schon vorher mit ihm gesehen, oder?

Statt eines Kaffeebechers hielt sie heute eine Wasserflasche in der Hand, genau wie die beiden anderen Mädchen, als hätten sie sich für passende Accessoires entschieden.

Ihre Freundinnen warfen mir gelangweilte, feindselige Blicke zu, während die Lippen von Ansels Fan sich zu einem Grinsen verzogen. „Ach, das Psycho-Mädchen. Ich schätze, wir können nicht erwarten, dass sie weiß, wohin sie ihre Füße setzen soll, wenn sie kaum klar im Kopf ist.“

Das Mädchen zur Linken kicherte. „Der war gut, Peyton.“

Ah, *das* war also Peyton, das Mädchen, das neue Gerüchte über mich in die Welt gesetzt hatte. Als wäre nicht schon genug Mist über mich erzählt worden. Ich verspürte nicht einmal einen Hauch von Überraschung.

Die Mädchen taten so, als hätten sie nicht gewusst, wer ich war, bis ich mich umgedreht hatte. Ich glaubte keine Sekunde, dass es ein Zufall war, dass sie so dicht hinter mir hergelaufen waren. Bestimmt hatten sie auf eine Gelegenheit wie diese gehofft.

„Tut mir leid“, sagte ich schroff. Ich hatte keine Geduld für ihren Mist, und ich glaubte nicht, dass es etwas bringen würde, ihnen zu sagen, dass sie auf der Abschussliste einer Gruppe untoter Gangster landen würden, wenn sie sich mit mir anlegten. Vermutlich würde eine derartige Aussage sie nur in ihrer Meinung bestärken, dass ich krank im Kopf war. „Ich werde mich von euch fernhalten.“ Ich bedeutete ihnen mit einer Armbewegung, dass sie vor mir hergehen sollten.

Stattdessen kamen sie auf mich zu und drängten mich mit dem Rücken an die Wand. Mein Puls stotterte. Ich hätte nach Jett rufen können, und ich könnte wetten, dass er in der Nähe war und sofort kommen würde. Doch dann hätte ich noch mehr Aufsehen erregt wegen ein paar Mädchen, die nur darauf aus waren, ihre Krallen auszufahren. Manche Kämpfe konnte ich allein austragen.

Peyton fuchtelte so wild mit ihrer Flasche herum, dass etwas Wasser auf meine Bluse spritzte. „Du hältst dich von jetzt an besser von Ansel fern."

Ich hätte sagen sollen, dass *ich nicht in seiner Nähe war*, was auch irgendwie stimmte, auch wenn der Kerl, der seinen Körper bewohnte, mich heute Morgen überall angefasst hatte. Stattdessen rutschte mir eine schnippische Antwort heraus, die ich mir normalerweise verkneifen würde. „Warum? Gehört er dir oder so?"

In den Augen des Mädchens flackerte ein Hauch von Schmerz auf, gefolgt von einer entschlossenen Härte. Das reichte als Antwort. Er tat es nicht, aber sie hätte es gerne. „Er gehört niemandem", verkündete sie, „auch wenn du versuchst, ihm mit deiner Verrücktheit das Hirn zu vernebeln."

Ich biss die Zähne zusammen. „Ich bin mir ziemlich sicher, dass er seine eigenen Entscheidungen trifft. Warum sagst du *ihm* nicht, dass er sich von mir fernhalten soll? Das kommt sicherlich sehr gut an."

„Schlampe", schnauzte Peyton, und mir riss der Geduldsfaden. Das beunruhigende Vibrieren, das ich gestern auf den Docks bereits verspürt hatte, erfüllte wieder meine Brust. Es war so stark, dass meine Ohren zu klingeln begannen und mein Atem stockte.

Dann schoss auf einmal der gesamte Inhalt von Peytons Wasserflasche aus der Flaschenöffnung und spritzte ihr ins Gesicht.

„Was zum … Du …", stotterte sie und wischte sich die Tropfen von den Wangen und Augen. Ihre Wimperntusche lief bereits über ihre Wangen, ihr Lippenstift verschmierte, als wäre ihr Gesicht ein Aquarell, das aufgehängt worden war, bevor die Farben trocken waren.

Ich musste mir ein Kichern verkneifen. „Ich habe nichts getan!", sagte ich. „Ich habe deine Flasche nicht angefasst."

„Irgendetwas hast du getan", knurrte sie und eilte mit ihren Lakaien im Schlepptau zum nächsten Waschraum.

Bei ihren letzten Worten verflog jegliche Belustigung. Das Vibrieren hatte sich gelegt, dafür lagen meine Nerven jetzt auf eine völlig andere Art blank.

Ich hatte nichts mit Absicht getan. Vielleicht hatte ich überhaupt nichts getan. Doch Wasser sprang nicht aus einer Laune heraus aus seinem Behälter. Irgendetwas muss es herausgestoßen haben.

Und ich hatte keine Ahnung, was.

Meine Haut kribbelte vor Angst. Es gab zu viele Dinge, die ich nicht wusste, zu vieles, was ich nicht verstand. Die Liste musste nicht noch länger werden.

Ich schlang die Arme um meine Mitte und eilte zum Unterricht.

siebzehn

Lily

Als ich aufwachte, spürte ich feste Muskeln neben mir. An dem warmen, moschusartigen Geruch, der mir in die Nase stieg, erkannte ich, dass es Ruins kräftige Arme waren, die mich hielten. Es wurde allmählich zur Gewohnheit, dass er sich zu mir ins Bett schlich, obwohl es den Eindruck gemacht hatte, dass Nox ihm das letzte Mal deswegen Ärger gemacht hatte.

Dem langsamen Rhythmus seiner Atemzüge nach zu urteilen, hatte er sich schon vor längerer Zeit hereingeschlichen und war wieder eingeschlafen. Diesmal war er unter die Decke geschlüpft, und die Wärme seines Körpers umhüllte mich ebenso wie seine Arme.

Es war, als hätte sich plötzlich eine große Katze in meiner Wohnung eingenistet, die sich zu mir ins Bett kuschelte und mir ins Ohr schnurrte wie eine Kettensäge.

Ich sollte froh sein, dass er mich nicht kratzte, um mich

zu wecken, oder jammerte, wenn er hungrig war. Denn wahrscheinlich hatte er Hunger. Die Jungs schienen alle ständig Hunger zu haben, es sei denn, sie aßen gerade. Doch Ruins Appetit übertraf sie alle. Trotzdem schien er immer magerer zu werden, seit er Ansels breitschultrigen Körper übernommen hatte.

Die Geheimnisse der geisterhaften Wiederauferstehung.

Ich erlaubte mir nicht, mir zu viele Gedanken darüber zu machen. Warum sollte ich die überschwängliche Zuneigung nicht genießen, die er mir entgegenbrachte, ohne mir Sorgen darüber zu machen, wie das möglich war oder wer er vorher gewesen war?

Die Wahrheit war … Niemand hatte mir jemals so nahe sein *wollen*, so auf mich aufpassen wollen, bevor die Typen, die ich für imaginär gehalten hatte, wieder in mein Leben geplatzt waren. Marisol hatte mich geliebt, aber ich war diejenige, die auf sie aufgepasst hatte. Ich war immer ihr Schutzschild gegen den Rest der großen, bösen Welt gewesen.

Jetzt hatte ich selbst vier Schutzschilde. Etwas verwirrte Schutzschilde ohne offensichtlichen moralischen Kompass, doch wer war ich, um mich zu beschweren?

Ruin rührte sich und streckte sich gähnend. Mit schläfrigen Augen sah er mich an. „Guten Morgen, Engelsfisch."

Meine Mundwinkel zuckten bei diesem albernen Spitznamen. Vermutlich hatte ich mir die Anspielungen auf Wasser verdient, nachdem ich als kleines Mädchen dank meiner Schwimmkünste überlebt hatte. „Guten Morgen."

Er gab ein zufriedenes Brummen von sich, das den katzenhaften Eindruck noch verstärkte, und knabberte an meiner Schläfe. Mein Herz setzte einen Schlag aus, und der untere Teil meines Körpers kribbelte in Erwartung einer Wiederholung von gestern.

Ruin drückte mir nur einen kurzen Kuss auf die Stirn und wich zurück. Sein Magen knurrte und er grinste. „Wie wäre es mit Frühstück? Was soll ich dir heute mitbringen?"

Es hörte sich so an, als hätte er ein Festmahl auftreiben können, wenn ich darum gebeten hätte. Ich beschloss, mich nicht ganz so weit aus dem Fenster zu lehnen und die Grenzen seiner zugegebenermaßen übernatürlichen Fähigkeiten auszutesten. „Vielleicht etwas mit Eiern."

Er schnippte mit den Fingern. „Also Eier. Viele, viele Eier. Ich werde den Hühnern alle wegnehmen."

Während ich vor Lachen schnaubte, schlich er aus dem Zimmer.

Nach einer Minute unter der Dusche fingen die Rohre an zu ächzen, als ob sie gegen die vierfache Belastung protestierten, der sie jetzt ausgesetzt waren. Ich fragte mich, inwieweit ich mit dem Einzug von vier weiteren Leuten gegen meinen Mietvertrag verstoßen hatte. War es möglich, jemanden doppelt und dreifach zu vertreiben? Ich bezweifelte, dass mein Vermieter mir abkaufen würde, dass sie streng genommen nicht einmal am Leben waren.

Als ich in die Küche ging, roch es nach buttrigen Spiegeleiern. Der Menge an Schachteln auf dem Tisch nach zu urteilen, gab es möglicherweise tatsächlich kein einziges Ei mehr in ganz Lovell Rise.

Ich sah Rühreier, pochierte Eier, gefüllte Eier und hart gekochte Eier. Zum Glück gab es auch ein paar Scheiben getoastetes Brot, die vor Butter trieften, und eine große Portion Speck und Würstchen.

Allein bei dem Anblick platzte ich bereits. Die Jungs hatten sich alle schon Teller geschnappt und stürzten sich darauf. Ich nahm mir von allem etwas und genoss jeden einzelnen Bissen.

An diesen Teil der untoten Gangsterinvasion könnte ich mich durchaus gewöhnen.

Es dauerte nicht lange, bis sich die Jungs auf ihre übliche kameradschaftliche Art und Weise gegenseitig ärgerten.

„Es ist Frühstück, kein Kunstwerk", sagte Kai zu Jett, der die Essensreste auf seinem Teller mit geübtem Blick neu anordnete.

Der andere Kerl zog eine Augenbraue hoch. „Das eine schließt das andere nicht aus."

Nox starrte auf die Unmengen an scharfer Soße, die Ruin auf sein Essen spritzte. „Du ätzt dir damit noch den Magen weg."

„Hauptsache, es schmeckt", antwortete Ruin fröhlich und begann zu essen, ohne sich hinzusetzen.

Ich nahm auf einem der klapprigen Stühle am Tisch Platz und genoss sowohl das köstliche Frühstück als auch die Gesellschaft meiner neuen Mitbewohner. Es war, als hätte ich eine Familie um mich. Eine richtige Familie, nicht meine alte, kaputte mit Wades verurteilender Trübsal und Moms erbärmlichen Versuchen, ihn zu beschwichtigen, während Marisol und ich beiseitegeschoben wurden.

Und ich gehörte auch zu dieser Familie. Obwohl ich nicht viel zum Gespräch beitrug, schauten die Jungs regelmäßig in meine Richtung, als wollten sie sich vergewissern, dass ich alles hatte, was ich brauchte.

Für den Moment hatte ich das auch irgendwie.

Nox beobachtete mich am aufmerksamsten. Sein üblicher Übermut war heute Morgen etwas gedämpft. Seine dunklen Augen waren grimmig, als wäre er bereit, es mit einer ganzen Welt von Problemen aufzunehmen. Hoffentlich gab es nicht viel mehr als die, von denen ich bereits wusste.

Als das gesamte Essen tatsächlich verschwunden war, stellte der ehemalige Anführer der Schädelbrecher seinen Teller mit einem dumpfen Schlag ab. „Wir müssen dafür sorgen, dass Lily ihre Schwester wiedersieht. Und das bedeutet, dass wir herausfinden müssen, was passiert ist, als sie sie weggeschickt haben."

Ich schenkte ihm ein schiefes Lächeln. „Ich möchte es genauso gerne erfahren wie alle anderen, aber es ist nicht so einfach. Ich habe alles Mögliche versucht, um mich zu erinnern, und die einzigen Leute, die mir etwas sagen könnten, weigern sich."

„Bisher hattest du keine Hilfe von uns", betonte er, was beruhigend und bedrohlich zugleich war.

„Das weiß ich zu schätzen", sagte ich, „aber ich bin mir nicht sicher, wie ihr mir helfen könnt etwas in meinem eigenen Kopf zu lösen."

Er schwieg einen Moment und wies dann mit einer Handbewegung auf die Haustür. „Komm mit. Wir machen einen Roadtrip."

Wir gingen alle nach draußen, wo er Mr. Grimes' altes Auto geparkt hatte. Naserümpfend öffnete Nox die Fahrertür und warf die Schlüssel mit einem Klirren in die Luft. „Lily sitzt vorn."

Mir war es egal und die Jungs hätten den zusätzlichen Platz besser gebrauchen können als ich, aber die anderen drei nahmen sofort und ohne zu murren auf dem Rücksitz Platz. Ich ließ mich auf den Sitz neben Nox fallen und beobachtete ihn, während er den Motor startete.

Was hatte er vor? Und wie sollte diese Reise eine der Fragen in meinem Leben beantworten?

Ruin zwängte sich zwischen die Vordersitze und fummelte am Radio herum, bis Nox seine Hand wegschlug. „Diesmal nicht. Keine Ablenkungen."

„Ablenkungen wovon?", fragte Kai.

„Hast du das bei all deiner Brillanz noch nicht herausgefunden?", stichelte Nox.

Kai grunzte und schob seine Brille weiter nach oben. „Ich nehme die Herausforderung an." Er blickte aus dem Fenster und das Licht der Morgensonne brach sich in seinen Brillengläsern.

Nox fuhr um eine Biegung nach der anderen, bis sich Kais Lippen langsam zu einem Lächeln verzogen. „Ah."

„Was *ah*?", fragte ich.

„Übe dich in Geduld, kleiner Fisch", meinte Nox und drückte kurz mein Knie, wobei sich mein Innenschenkel nicht so erhitzen sollte, wie er es tat. Ich schluckte schwer und wandte meinen Blick von seiner Hand ab.

Es war falsch, alle vier Kerle attraktiv zu finden, oder? Aber Nox hatte meinen verbitterten Professor irgendwie in einen Hengst verwandelt.

Nox bog auf die Landstraße ab, die am Stadtrand senkrecht zum Sumpfgebiet verlief. Nach etwa der Hälfte der Strecke fuhr er auf den Seitenstreifen. Ein Schweigen hatte sich über die Jungs gelegt. *Ihnen* war die Bedeutung dieses Augenblicks eindeutig bewusst. Alles, was ich vor uns sah, war ein Haushaltswarengeschäft mit dem Namen Dishes for Dollars. Vielleicht gab es dort ja ganz besonderes Geschirr?

„Soll das ein Hinweis darauf sein, dass ihr mit meiner Auswahl an Geschirr nicht zufrieden seid?", fragte ich.

Nox warf mir einen bösen Blick zu und hob dann sein Kinn in Richtung des Gebäudes. „Das war früher das Clubhaus der Schädelbrecher."

Ich blinzelte und starrte wieder auf den Laden. „Du hast deine Gang vom Dishes for Dollars aus geleitet?"

Er schnaubte. „Nein. Nachdem diese Arschlöcher uns niedergeschossen hatten, hat jemand das Land übernommen, den alten Laden plattgemacht und dieses erbärmliche Ding hingestellt. Aber die Energie des Clubhauses ist immer noch da."

„Ich kann es spüren", flüsterte Ruin.

„Als wären wir nie weg gewesen", stimmte Jett leise zu.

„Wie viel verdammtes Geschirr können sie hier draußen

überhaupt verkaufen?", murmelte Kai. „Ein absurder Standort für einen Ramschladen."

Nox' Blick blieb auf das Gebäude gerichtet. Seine Stimme war voller heißer Entschlossenheit. „Es wird ihnen nicht lange gehören. Jetzt, da wir wieder am Leben sind, werden wir uns unser Eigentum zurückholen. Wir werden ihnen ein Angebot machen, das sie nicht ablehnen können. Wir werden das Ding dem Erdboden gleichmachen und wieder aufbauen, was eigentlich dort hingehört. Und zwar noch besser als zuvor."

Ich hoffte wirklich, dass er mit „ein Angebot, das sie nicht ablehnen können" Geld meinte, und nicht, dass die jetzigen Eigentümer um ihr Leben fürchten müssten. Bei diesen Typen war alles möglich. Gleichzeitig kribbelte meine Haut eher vor Erwartung als vor Angst.

In diesem Moment konnte auch ich fast das alte Clubhaus sehen. Vor meinem geistigen Auge bildete sich eine vage, kastenförmige Gestalt, in der die Jungs ihre dunklen Taten geplant hatten … und wo Ruin zu dröhnender Musik herumgesprungen war, Jett die Wände mit bunter Farbe beschmiert und Kai in Rekordgeschwindigkeit gelesen hatte.

Ich konnte mir auch vorstellen, wie Nox, der vorsitzende König, Befehle erteilt und grimmig gegrinst hatte, während er ihre nächsten Schritte mit der gleichen Leidenschaft geplant hatte, die ich gerade in seinen Worten gehört hatte. Ein weiteres, intensiveres Kribbeln durchfuhr mich und ließ erneut Hitze zwischen meinen Beinen aufflammen.

Irgendwie wollte ich wissen, wie es wäre, von ihm herumkommandiert zu werden. Was würde er mir wohl befehlen? Offensichtlich stimmte tatsächlich etwas nicht mit mir.

Um nicht weiter darüber nachzudenken, fragte ich. „Warum wolltet ihr mir das zeigen?"

Nox drehte sich zu mir um. Der glühende Blick in seinen

Augen ließ die Gefühle, die ich zu unterdrücken versucht hatte, doppelt so stark wie zuvor auflodern.

„Du hast viel durchgemacht, aber irgendwo tief in dir ist die Wahrheit über das, was an diesem Tag passiert ist", antwortete er. „Sie ist nicht verschwunden, nur vergraben. Wir werden alles Bedeutsame, was in deiner Vergangenheit passiert ist, an die Oberfläche bringen. So wie wir uns selbst zurückgebracht haben und so wie wir das Clubhaus wiederauferstehen lassen werden. Und mit deinem Geheimnis fangen wir an."

Er richtete seinen Blick wieder nach vorne. Ich stieß einen Atemzug aus, als er mich vom Druck seines Blicks befreite. „Wir sollten ganz am Anfang beginnen, oder, Kai?"

„Das macht im Allgemeinen am meisten Sinn", sagte der andere Mann von hinten. „Was ist das Letzte, woran du dich erinnerst, Lily?"

Ich brauchte meinen Verstand nicht einmal anzustrengen, um zu antworten. Ich war diese Erinnerungsfetzen in der Vergangenheit schon unzählige Male durchgegangen und hatte darin nach Antworten gesucht. „Ich war unten am Sumpf ... bei euch ... Ich habe mir ein Lied ausgedacht und Blumen geflochten. Ich wollte eine Kette für Marisol machen. Es war mitten am Nachmittag, aber es war ziemlich dunkel ... Der Himmel war bewölkt, so als würde es bald regnen. Ich sah zum Haus hinauf und bemerkte, dass das Licht in Maris Zimmer an war." Ich hielt inne. „Das war's. Zwischen dieser Erinnerung und dem Krankenhaus ist alles weg."

Nox war wieder losgefahren, ohne dass ich es bemerkt hatte. Er steuerte direkt auf das Haus zu. „Du erinnerst dich nicht einmal daran, dass du hineingegangen bist?"

„Nein. Soweit ich weiß, bin ich nicht hineingegangen."

Kai brummte nachdenklich. Nox ließ den Motor aufheulen, und wir rasten durch die einsamen Straßen, bis wir an der Gasse vorbeikamen, die sich bis zu dem verlassenen Grundstück erstreckte, das einmal mein Zuhause gewesen war.

Zu meiner Erleichterung hielt er einige Meter weiter an einer Stelle an, von wo wir das Haus mit der verwitterten weißen Fassade und den grauen Schindeln aus der Ferne sehen konnten. „Du warst hier", sagte er. „Fällt dir noch etwas ein, wenn du dich umschaust?"

Ich ließ meinen Blick über das verdorrte Gras und die Unkrautbüschel schweifen, doch ich schüttelte den Kopf. „Nein. Genauso wenig wie beim letzten Mal, als ich zum Haus gegangen bin. Und ich glaube nicht, dass es eine gute Idee wäre, das noch einmal zu versuchen." Moms Drohung, die Polizei zu rufen, war mir noch gut in Erinnerung. Das unbefugte Betreten eines Grundstücks war eine Straftat, egal, wie idiotisch die Anschuldigung sein mochte.

Ruins Stimme wurde untypisch düster. „Ich verstehe nicht, wie sie dich so behandeln können, als wäre es nicht dein Zuhause."

„Es ist einfach so … wie es immer war." Ich hatte es den Jungs nie wirklich erklärt, da ich mir sicher gewesen war, sie würden nur in meiner Fantasie existieren. Ich hatte angenommen, dass sie alles wussten, was in meinem Leben passierte, da sie theoretisch aus meinem Kopf kamen. Und auch wenn sie das Wesentliche verstanden, waren ihnen die Details nicht klar.

Ich holte tief Luft und fuhr fort. „Als ich vier Jahre alt war und meine Mom mit Marisol schwanger war, ist unser Dad abgehauen. Danach schickte er alle paar Jahre eine Postkarte von irgendwelchen Orten, aber das war's. Es war ein beschissenes Gefühl, dass er uns im Stich gelassen hat, und Mom hat es noch härter getroffen als mich. Ein Jahr später lernte sie Wade kennen und verliebte sich Hals über Kopf. Sie tat alles, was sie konnte, um ihn glücklich zu machen … Ich glaube, sie hatte immer Angst, dass sie ihn verärgern und er sie verlassen könnte, so wie Dad es getan hatte."

„Klingt nicht gerade nach einer gesunden Beziehung", bemerkte Jett.

„Nein. Aber sie lag nicht falsch damit, dass er mit einem Fuß schon zur Tür hinaus war. Wade war nicht begeistert von der Tatsache, dass sie bereits Kinder hatte. Ich hatte immer den Eindruck, dass er uns nur duldete, weil sie ihm so viel Honig ums Maul schmierte und ihn so verwöhnte. Dann, nachdem sie versucht hatten, eigene Kinder zu bekommen, und es nicht geklappt hatte, verwandelte sich seine Duldung in völlige Abneigung. Das war nicht besonders angenehm."

Obwohl ich mich um einen sachlichen Tonfall bemühte, fiel es mir schwer, nicht emotional zu werden. Zurzeit war diese Emotion mehr Wut als alles andere. Ich hatte es schon vor langer Zeit aufgegeben, traurig wegen meiner Familiensituation zu sein.

Die Jungs schwiegen einen Moment lang. Dann knurrte Nox: „Wir werden uns um ihn kümmern. Auf die eine oder andere Weise." Als ich meinen Mund öffnete, fügte er hinzu: „Ich weiß. Noch nicht jetzt. Erst wenn deine Schwester in Sicherheit ist. Aber er wird untergehen."

Ich konnte mich nicht dazu durchringen, ihm zu widersprechen. Stattdessen rieb ich mir mit der Hand über das Gesicht. „Was jetzt?"

„Wenn die Polizei dich vom Grundstück deiner Eltern abgeholt hätte, wären sie auf diesem Weg von dort weggefahren", meldete sich Kai zu Wort. „Ich denke, die übliche Vorgehensweise wäre, dich auf der nächsten Station in Gewahrsam zu nehmen und dann einen Transport ins Krankenhaus zu organisieren. Wir könnten versuchen, diesen Weg abzufahren."

„Sicher. Warum nicht.“

Nox trat wieder aufs Gaspedal. Wir fuhren die Landstraße langsamer hinunter und auf die größere Durchgangsstraße, von der ich wusste, dass sie uns schließlich zur Kreispolizeistation auf halbem Weg zwischen Lovell Rise und der nächsten Stadt führen würde. Ich war schon aus anderen Gründen hierhergekommen, doch ich hatte nicht die leiseste Ahnung, was ich auf dem Rücksitz eines Polizeiautos hätte sehen können.

Als wir das Polizeirevier passiert hatten und Nox wieder anhielt, rutschte ich mit einem wortlosen, frustrierten Murmeln auf meinem Sitz herum. „Da ist nichts.“ Das Mal auf meinem Arm kribbelte plötzlich und ich kratzte es stirnrunzelnd. „Ich verstehe das nicht. Sonst hatte ich noch nie einen solchen Blackout.“

„Trauma“, sagte Kai. „So etwas kann bei starker mentaler oder emotionaler Überlastung vorkommen.“

Nox griff wieder nach meinem Knie und ließ seine Hand dieses Mal dort verweilen, während er meinen Blick auffing. Von seiner Handfläche strömte Wärme durch mein Bein, doch seine Worte trafen mich mitten ins Herz.

„Wir werden es schaffen. Egal, wie tief die Erinnerung vergraben ist oder wodurch sie überdeckt wurde. Das schwöre ich verdammt noch mal.“

In diesem Moment, als ein Teil von mir in seiner Berührung verschmelzen wollte, glaubte ich, dass er alles halten würde, was er versprochen hatte – und mehr.

achtzehn

Kai

Irgendwie passte es zu Lilys Stiefvater Wade, dass er Sportgeschäft besaß und leitete. Immerhin war er ein Idiot mit einem Stock im Arsch. Vielleicht würde ich die Gelegenheit bekommen, ihm einen echten Schläger in den Arsch zu schieben, bevor meine Mission hier zu Ende war.

Ich schob mir die Brille auf die Nase, schlenderte lässig hinein und suchte jeden Zentimeter meiner Umgebung ab. Man konnte nie wissen, welche kleinen Details die Lücken füllen würden, wenn man versuchte, sich ein Bild von einer Person zu machen.

Nicht, dass es mir darum ging, diesem Arschloch auf einer harmonischen Ebene zu begegnen. Ich wollte nur herausfinden, was *er* über den Vorfall wusste, der Lily in die Psychiatrie gebracht hatte.

Auf den ersten Blick gab es in dem Laden keine

offensichtlichen Überraschungen. Die Gänge waren nach Sportarten geordnet, darunter auch solche, die viele Leute nicht als Sportarten bezeichnen würden, die aber in dieser Stadt eine Notwendigkeit waren, wie Angeln und Wandern. Ein leichter Schweißgeruch lag in der Luft, als wären einige der Waren bereits für den vorgesehenen Zweck verwendet worden.

Die blecherne Stimme eines Ansagers ertönte aus einem kleinen Fernseher, der über dem Tresen angebracht war und auf dem gerade ein Fußballspiel lief. Die Kabel liefen an der Wand entlang zu einem Verteilerkasten an der Decke, der schon bessere Tage gesehen hatte. Ich hatte ein paar Bücher über Elektroarbeiten gelesen, und obwohl ich nicht annähernd ein Experte war, erkannte ich auf einen Blick einige Unregelmäßigkeiten.

Doch ich war nicht hier, um nach Gesetzesverstößen zu suchen. Der Mann, um den es bei meinem Besuch ging, stand selbstzufrieden hinter dem Tresen und kassierte einen Kunden ab, der einen Arm voller Poolnudeln gekauft hatte. Selbst *ich* war mir ziemlich sicher, dass es keine Sportart gab, für die man diese Dinger brauchte, aber ich glaube nicht, dass einer der beiden meine Meinung zu diesem Thema hören wollte. Ich trat näher heran, fuhr mit den Fingern über ein Regal mit Skistöcken und musterte meine Zielperson unauffällig.

Wade Locust war die Art von Mann, die Schwachköpfe in Verruf brachte. Sein toffeebraunes Haar war so dünn, dass sein blasser Schädel durchblitzte. Sein Kinn und seine Nase ragten scharf hervor und er trug ein Baseballtrikot, das etwas zu eng an seiner stämmigen Statur anlag. Vielleicht hatte es ihm vor Jahren gepasst, als er es gekauft hatte. Ein Blick auf seine Hand verriet mir, dass er immer noch regelmäßig Fingernägel kaute.

Und sein Lächeln, als er den Kunden verabschiedete,

verriet mir, dass er nie etwas zurücknehmen würde, das er gesagt hatte.

Obwohl ich ihn schon nicht gemocht hatte, bevor ich ihn richtig kennengelernt hatte, war er irgendwie vom Tiefpunkt meiner Wertschätzung noch tiefer gesunken und ich bezweifelte, dass er jemals wieder von dort zurückkehren würde. War er ein besserer Fang gewesen, als Lilys Mom sich in ihn verguckt hatte, oder hatte sie einen beschissenen Männergeschmack?

Vermutlich beides.

Jetzt, wo er nicht mehr beschäftigt war, schlenderte ich auf den Tresen zu und nickte zum Fernseher. „Was für ein Spiel!"

Ich hatte keine Ahnung, ob es wirklich bemerkenswert war oder nicht, aber Wade stimmte freudig zu. „Auf jeden Fall. Kann ich Ihnen helfen?"

„Ich brauche eine neue Rute", sagte ich und wies auf den Gang mit den Angeln. „Ich bin mir nicht sicher, welche sich am besten für meine Zwecke eignet. Können Sie mir eine empfehlen?"

„Gern."

Er eilte mit mehr Enthusiasmus hinter dem Tresen hervor, als er einer seiner Stieftöchter in ihrem ganzen Leben entgegengebracht hatte. „Was für einen Fisch wollen Sie fangen?", fragte er.

„Einen Hecht", antwortete ich und nannte den ersten Fischnamen, der mir einfiel und von dem ich einigermaßen sicher war, dass er in den Gewässern hier lebte. Ich war in meinem Leben noch kein einziges Mal angeln gewesen.

Wade warf mir einen etwas seltsamen Blick zu, aber ich war daran gewöhnt, dass die Leute mich seltsam fanden, wobei das normalerweise nicht an meinen Vorlieben für Wassertiere lag. Ich begann direkt mit dem eigentlichen Gespräch, das ich führen wollte.

Ich tätschelte das beigefarbene Regal, als wäre es in irgendeiner Weise beeindruckend. „Das ist also Ihr Laden?"

Wade blähte seine Brust ein wenig auf, sodass sich das Trikot noch mehr spannte. „Ja. Ich habe dieses Baby vor fünfundzwanzig Jahren gegründet und es von Grund auf aufgebaut."

Ich nickte auf seine linke Hand mit dem dünnen Ehering. „Und Sie haben Familie. Sie leben den Traum."

Ein Schatten huschte über Wades Gesicht. „In mancher Hinsicht. Uns geht es ganz gut."

Er klang zehnmal stolzer, als er über den Laden sprach, als über die menschlichen Babys, die er mit aufgezogen hatte. Obwohl „aufziehen" vielleicht nicht das richtige Wort dafür war, wenn er mehr Zeit damit verbracht hatte, Lily und ihrer Schwester den Tod zu wünschen, als ihnen beizubringen, wie man lebte.

„Kinder?", fragte ich im Plauderton, während ich die Ruten betrachtete.

Wades Miene verfinsterte sich. „Eine Tochter", antwortete er grimmig.

Singular, nicht Plural. Dieses Arschloch. Dann sah ich ihn direkt an und riss die Augen auf, als hätte ich mich gerade an etwas erinnert. „Oh, ja, Sie sind doch der … Ich habe gehört, wie ein paar Leute im College darüber gesprochen haben … Es gab da einen Vorfall mit einem Mädchen namens Lily …?"

Das Gesicht des Mannes verfinsterte sich augenblicklich. Wenn er dachte, das würde mich davon abhalten, nachzubohren, hatte er verdammt noch mal Pech gehabt. Seine Hände zuckten vor offensichtlicher Unruhe. Irgendetwas an diesem Thema machte ihn *nervös*. Wollte er nicht, dass der Vorfall mit seinem Laden in Verbindung gebracht wurde, oder steckte mehr dahinter?

„Sie hat die Hilfe bekommen, die sie braucht", erklärte er

schroff. „Ich habe in die Familie eingeheiratet. Wahrscheinlich hat sie es von ihrem leiblichen Vater. Nun, für einen Fisch von der Größe eines Hechts würde ich normalerweise etwas in dieser Größenordnung empfehlen.“ Er deutete auf ein paar Angelruten.

„Ist sie nicht wieder in der Stadt?“, fragte ich weiter und nahm eine davon in die Hand. „Ich dachte, sie wäre an der Uni. Ich nehme an, Sie unterstützen sie bei der Eingewöhnung nach ihrem langen Klinikaufenthalt?“

Diesmal zuckte Wades gesamtes Gesicht. Er sah aus, als hätte er eine ganze Zitrone verschluckt. Abrupt stützte er sich mit der Hand an einem der Regale ab und sah mich mit zusammengekniffenen Augen an. „Sind Sie hier, um mich auszufragen? Denn er sollte wissen, dass sich nichts geändert hat. Es gibt keinen Grund zur Sorge.“

Das war jetzt interessant. Ich verschränkte die Arme vor der Brust. Ich würde mehr erreichen, wenn ich mitspielte, als zuzugeben, dass ich keine Ahnung hatte, wovon er sprach. „Und was ist, wenn er mit dieser Antwort nicht zufrieden ist?“

„Wenn er Probleme hat, kann er sie mit mir besprechen. Er selbst, nicht irgendein Vermittler.“ Er wies mit einer Hand in Richtung Tür und verzog den Mund mit einer Mischung aus Abscheu und Panik. „Wenn Sie nicht hier sind, um etwas zu kaufen, sollten Sie besser gehen.“

„Man darf sich hier also nicht umsehen?“ Ich konnte mir eine Bemerkung nicht verkneifen. „Ich würde sagen, das ist schlecht fürs Geschäft.“

„Sie wissen, dass es nicht darum geht“, zischte er und schob mich fast den Gang hinunter.

„Vielleicht wäre er zufriedener, wenn Sie erklären würden, warum Sie sich so sicher sind, dass alles unter Kontrolle ist“, schlug ich vor.

Leider hatte das Arschloch beschlossen, den Mund zu halten. „Gehen Sie einfach. Wir hatten eine Abmachung.“

Ärger loderte in mir auf. Ich hatte zwar etwas bekommen, aber es fühlte sich nicht annähernd genug an. Und alles an diesem Idioten weckte in mir den Wunsch, ihn umzubringen. Wie hatte er es verdient, weiter zu atmen, nachdem er Lily so behandelt und sie dann im Stich gelassen hatte?

Meine Hände ballten sich zu Fäusten, und eine seltsame Energie rauschte durch meine Adern. Plötzlich war ich mir sicher, dass ich, wenn ich gewollt hätte, sein Herz auf der Stelle hätte kurzschließen können. Mein Geist war noch nicht vollständig mit diesem Körper verschmolzen – womöglich würde er es auch nie sein. Ich hatte zumindest einen kleinen Teil meiner vergänglichen Energien zur Verfügung.

Doch Lily wollte nicht, dass er starb. Und er wusste mehr, als ich dieses Mal hatte herausfinden können.

Ich unterdrückte den größten Teil meiner Wut, und mein Blick verweilte erneut auf dem Verteilerkasten. Ich bemühte mich um eine ausdruckslose Miene, aber innerlich fing ich an zu grinsen.

Ich wusste genau, wie ich ihm maximale Qualen zufügen konnte, ohne ihm auch nur ein Haar zu krümmen.

Ich ging weiter und drückte kurz den Türrahmen, als ich nach draußen trat. Meine Finger feuerten einen Energiestoß durch die Wand direkt zu dem Kabelknäuel.

Die ersten Funken sprühten, als die Tür hinter mir zufiel. Da ich nicht in der Nähe war, konnte Wade mich nicht beschuldigen. Nachdem ich den halben Block hinter mir gelassen hatte, ging sein Rauchmelder los. Ein Grinsen umspielte meine Lippen.

Einen Moment später stürmte Wade aus dem Laden und

rief: „Hilfe! Hat jemand einen Feuerlöscher? Es brennt überall." Dann brüllte er in sein Telefon: „Können Sie nicht schneller kommen?"

Ich war mir sicher, dass die winzige Kleinstadtfeuerwehr nicht rechtzeitig hier sein würde, um auch nur die Hälfte seiner Waren zu retten. Armer Wade.

Ich widerstand der Verlockung, die Zerstörung zu beobachten, bog um die Ecke und machte mich auf den Weg zu Lilys Wohnung. Sie sollte so schnell wie möglich erfahren, was ich herausgefunden hatte. Ich war erst ein paar Blocks weiter, als ein Auto neben mir anhielt.

Ein Typ steckte seinen Kopf aus dem Fenster. „Hey, Zach, wo bist du gewesen? Was zum Teufel ist mit dir los, Mann?"

Gott schütze mich vor den idiotischen Freunden dieses schwachsinnigen Sportlers. „Was los ist, ist, dass ich mein Leben etwas ändere", teilte ich ihm mit. „Ich bin fertig mit Football, schon vergessen?"

„Das kann doch nicht dein verdammter Ernst sein. Der Trainer wird dich aus dem Team werfen, wenn du nicht bald zum Training kommst."

„Das wird schwer sein, wenn ich schon aufgehört habe." Ich hielt kurz inne und warf ihnen einen eisernen Blick zu. „Ich habe Besseres zu tun, als mit euch Dumpfbacken herumzuhängen. Also verpisst euch und lasst mich in Ruhe. Wie deutlich soll ich es noch sagen?"

Sie schleuderten mir einen Haufen Flüche entgegen, als sie davonfuhren. Ich zuckte mit den Schultern und ging weiter. Zu meiner Zeit hatten mich viele Leute nicht gemocht. Es war mir egal, ob diese Idioten mich leiden konnten oder nicht. Es war an der Zeit, dass sie sich an den neuen Zach gewöhnten, der gar nicht Zach war.

Ich tat ihm und seinem Ruf wirklich einen Gefallen.

In der Wohnung öffnete ich die Tür mit einem unserer nachgemachten Ersatzschlüssel und fand Lily und Ruin kuschelnd auf dem Futon vor. Wobei kuschelnd vielleicht nicht ganz das richtige Wort war. Sie saß mit ausgestreckten Beinen vor ihm, während sie sich in einem ihrer Lehrbücher Notizen machte, und er hatte es sich nicht nehmen lassen, ihr die Socken auszuziehen und ihre Füße zu massieren. Denn natürlich konnte Ruin seine Hände nicht stillhalten.

Ein unerwarteter Anflug von Eifersucht durchströmte mich und sammelte sich in meiner Leistengegend. Und das nur, weil ich ihren nackten Fuß gesehen hatte, verdammt noch mal. Ich schloss für einen Moment die Augen, um mich zu beruhigen.

Warum zum Teufel hatte ich mir den jüngsten Körper ausgesucht? Dieser Kerl war erst neunzehn, und seine Hormone spielten in den ungünstigsten Momenten verrückt, als wäre er ein verdammter Pavian. Meine fünfundzwanzigjährige Seele, die über weitaus mehr Kontrolle verfügte, hatte *diesen* Teil seiner Physiologie noch nicht ausreichend beruhigen können.

Wir waren hier, um Lily zu helfen und sie zu beschützen, nicht um sie zu ficken. Noch nie hatte ich ein solches *Verlangen* verspürt, jemanden zu ficken. Natürlich hatte ich es gelegentlich getan, um Dampf abzulassen, oder aus reinem Vergnügen. Ich würde kein Sklave dieser jugendlichen Geilheit werden.

„Geht es dir gut?", fragte Lily, als ich meine Augen wieder öffnete. Sie hatte sich auf dem Futon umgedreht und musterte mich besorgt.

Ich wechselte zu einem unverfänglicheren Thema. „Ja. Mehr als gut. Ich hatte gerade eine kleine Unterhaltung mit deinem Stiefvater."

„Was?" Lily runzelte die Stirn. „Ich habe euch doch gesagt, dass *ich* mich um ihn kümmern werde."

Ich hob meine Hände. Ich hatte damit gerechnet, dass sie sauer sein würde. Der Trick war, ihr anfängliches Urteil umzudrehen.

„Ich habe ihm nichts getan." Sein Laden war eine andere Sache. „Ich wollte nur sehen, wie viel ich über ihn herausfinden kann." Mein Grinsen kehrte zurück. „Und ich habe etwas Interessantes erfahren."

Lilys Gesichtsausdruck schwankte zwischen Ärger und Hoffnung. Ruin setzte sich aufrechter hin und grinste. „Das ist großartig!", freute er sich.

„Vielleicht." Lily nickte mir zu. „Was hat er gesagt?"

Ich hatte Respekt vor einer Frau, die ihre erste Reaktion nicht sofort zurückzog. Ich ließ mich auf einem der wackeligen Stühle am Küchentisch nieder. „Ich konnte nicht viele Einzelheiten aus ihm herausbekommen. Zumindest nicht bei diesem ersten Durchgang. Doch wir haben einen neuen Anhaltspunkt. Nachdem ich deinen Namen erwähnt hatte, kam er auf den Gedanken, dass mich jemand geschickt haben könnte. Ein geheimnisvoller ‚er'. Was auch immer an diesem Tag passiert ist, der Vorfall scheint nicht auf deine Familie beschränkt zu sein, es sei denn, du hast einen geheimen Bruder oder Onkel, den du nie erwähnt hast."

Lily schüttelte langsam den Kopf und ihr Blick schweifte nachdenklich in die Ferne. „Nicht dass ich wüsste, aber ich erinnere mich generell an nichts." Mit einem frustrierten Zischen sog sie die Luft ein. „Marisol klang auch so, als würde sie sich noch um jemand anderen als mich Sorgen machen. Ich dachte, es wäre Wade oder meine Mom, aber vielleicht hängt das alles irgendwie zusammen."

„Bestimmt." Ruin blickte von einem zum anderen, und ein eifriges Leuchten trat in seine Augen. „Was sollen wir jetzt tun?"

Mein Grinsen wurde breiter. Mission erfüllt. „Lily kann sich weiterhin darauf konzentrieren, alle davon zu überzeugen, dass sie ein guter Einfluss für kleine Schwestern ist. Der Rest von uns wird jeden überprüfen, der jemals etwas mit Wade Locust zu tun hatte."

Lily

Ich hätte wissen müssen, dass Peyton den Vorfall mit der Wasserflasche nicht ewig auf sich beruhen lassen würde, auch wenn es viel mentale Gymnastik erfordern würde, mir die Schuld dafür zu geben. Am nächsten Morgen hatte ich einen Kurs mit einer ihrer Freundinnen. Vielleicht hätte ich wachsamer sein sollen, als ich ihren Blick auf mir spürte.

Doch ich hätte ohnehin nicht viel tun können, um eine Katastrophe abzuwenden.

Meine Gedanken kreisten zu sehr um Wade und den unbekannten „Er", den mein Stiefvater Kai erwähnt hatte, als dass ich mich mit Peytons Freundin hätte befassen können. Ich setzte mich einfach an das andere Ende des Raumes und tat so, als würde sie nicht existieren.

Leider erwies sie mir nicht den gleichen Gefallen. Gerade

als der Professor hereinkam, stand sie auf und setzte sich auf den freien Platz hinter mir.

Pflichtbewusst holte ich meinen Block und meinen Stift aus meiner Tasche und nahm mir vor, nichts weiter zu tun, als mir Notizen zur Vorlesung zu machen. In den ersten Minuten sah es so aus, als könnte ich damit durchkommen. Vielleicht hoffte sie, dass ihre Blicke ausreichen würden, damit ich tot vom Stuhl kippte, und würde nichts weiter tun.

Leider hatte ich nicht so viel Glück. Nach etwa einem Viertel der Vorlesung hörte ich ein leises Klopfen an meinem Stuhl. Nach der dritten Wiederholung merkte ich, dass sie gegen die Rückenlehne trat. Leicht genug, um kein Geräusch zu erzeugen, aber kräftig genug, um mich zu nerven.

Die Schädelbrecher hatten offenbar einen schlechten Einfluss, denn der erste Impuls, den ich verspürte, war, herumzuwirbeln und ihr den Knöchel zu brechen. Nicht, dass ich wüsste, wie man mit bloßen Händen Knochen brach. Nicht, dass ich das *wollte*.

Ich biss die Zähne zusammen und schrieb weiter, wobei ich den erratischen Rhythmus ihres schwingenden Fußes so gut wie möglich ausblendete. Ich hatte nur fünfundvierzig Minuten, um durchzukommen. So leicht würde sie mir nicht die Nerven rauben.

Doch natürlich blieb es nicht dabei. Etwas prallte gegen meinen Rücken – sie warf kleine Fetzen von … Taschentüchern? Bleistiftspäne? Hatte sie Popcorn mit in den Unterricht gebracht? Was auch immer es war, sie schnippte das Zeug so subtil, dass der Professor es nicht mitbekam.

Ich konnte mir die Reaktion meiner Gegenspielerin vorstellen, wenn ich mich umdrehte und sie beschuldigte. Sie würde die Unschuldige spielen, und ich würde wie eine Verrückte mit Wahnvorstellungen dastehen. Nein, danke.

Es war noch etwa eine halbe Stunde Zeit, als etwas so hart und unerwartet gegen mein Steißbein stieß, dass ich mit einem Aufschrei aus meinem Sitz schoss. Instinktiv wirbelte ich herum, um zu sehen, was Peytons Freundin mit mir gemacht hatte … Und gerade als ich mich zu ihr umdrehte, kippte ihr Schreibtisch um und knallte gegen meine Stuhllehne.

Obwohl sie ihn absichtlich umgestoßen hatte, hob sie mit großen Augen die Hände, als hätte sie keine Ahnung, was passiert war. Ihre Show war so überzeugend, dass sich sogar in mir ein leichter Zweifel regte. War gerade das Gleiche passiert wie bei dem Wasser, das aus Peytons Flasche geschossen war?

Die Stimme des Mädchens klang jedoch so einstudiert, dass jeder Zweifel verschwand. „Sir, sie hat mein *Pult* umgeworfen. Ich weiß nicht, warum sie mich mobbt, aber so kann ich mich nicht konzentrieren.“

Der Professor musterte uns finster, bevor sein Blick auf mir verweilte. „Miss Strom …“

„Ich habe nichts getan“, protestierte ich. „Sie …“

Doch wie verrückt würde es klingen, zu behaupten, dass das Mädchen ihr eigenes Pult umgestoßen hatte, nur um mich schlecht aussehen zu lassen? Er würde die Ausrede wahrscheinlich als Beweis dafür sehen, dass ich es auf sie abgesehen hatte.

Während ich nach der richtigen Antwort rang, deutete er auf die Tür. „Störungen wie diese sind inakzeptabel. Gehen Sie raus und beruhigen Sie sich. Wenn es noch weitere solcher Zwischenfälle geben sollte, muss ich mit dem Studentenwerk sprechen.“

Scham erfüllte mich, doch ich wusste nicht, wie ich seine Entscheidung anfechten sollte, ohne das Problem größer zu machen. Ich widerstand dem Drang, Peytons Freundin einen bösen Blick über die Schulter zuzuwerfen, stopfte meinen Block in meine Umhängetasche und verließ fluchtartig den Raum.

Mein größter Fehler war es, anzunehmen, dass es ihr ultimatives Ziel war, dafür zu sorgen, dass ich aus dem Kurs geworfen wurde. Ich war so wütend, dass ich nicht darauf achtete, was draußen auf dem Flur wartete – oder besser gesagt, wer.

Als ich auf den breiten Flur trat und die Tür hinter mir zuschlug, packten zwei Paar Hände meine Arme.

Ich drehte mich um und versuchte, mich aus dem Griff zu befreien, wobei ich einen Blick auf Peytons kalte Augen und ihre hochmütige Nase erhaschte, als sie mir die Beine unter den Füßen wegtrat. Noch während ich stolperte, riss ein anderes Mädchen eine Tür auf der gegenüberliegenden Seite des Flurs auf.

„Jetzt hast du Zeit, darüber nachzudenken, warum du dich nie wieder mit Ansel oder mir anlegen solltest", zischte Peyton mir zu. Dann zogen ihre Freundin und sie mich durch die Tür.

Dahinter befand sich eine Betontreppe. Ich streckte meine Hände aus, um nach dem Geländer zu greifen, doch die Mädchen hatten mich so kräftig geschubst, dass ich mich nicht rechtzeitig festhalten konnte. Ich stürzte und rutschte den größten Teil der Stufen auf der Seite hinunter. Zum Glück schaffte ich es gerade noch, die Arme zu heben, um meinen Kopf zu schützen.

Am unteren Absatz schlug ich auf und stieß mit dem Ellbogen gegen ein Rohr, das so heiß war, dass ich schwören könnte, ich hätte meine Haut brutzeln hören. Ein stechender Schmerz schoss durch meinen Arm.

Ich rollte mich in die entgegengesetzte Richtung, und ein Schrei stieg in meiner Kehle auf. Von oben drang ein unheilvolles Schaben an meine Ohren, gefolgt von einem lauten Klicken. Ein sadistisches Kichern ertönte, bevor Stille herrschte.

Nun, nicht gerade Stille. In der Dunkelheit summte,

surrte und klirrte eine Kakofonie mechanischer Geräusche. Ich hätte das Orchester genossen, wenn mein Arm nicht immer noch pochen würde und der Rest meines Körpers schmerzte. Bestimmt würde ich morgen eine Menge blauer Flecken haben.

Wenigstens schien nichts gebrochen zu sein. Zögernd setzte ich mich auf und testete meine Glieder. Meine rechte Schulter zwickte, als ich sie drehte, und ich ertastete eine Schramme am Schienbein, aber sonst war ich unverletzt.

Obwohl ich mich im Kellergeschoss befand, war die Luft, die mich umgab, schwer und heiß. Das und die Geräusche verrieten mir, dass dies der Hauswirtschaftsraum sein musste.

Und ich war mir ziemlich sicher, dass Peyton und ihre Freundinnen mich hier eingesperrt hatten.

Ich rappelte mich auf, vergewisserte mich, dass ich mich gut auf den Beinen halten konnte, und stapfte die Treppe hinauf. Wie erwartet bewegte sich die Tür keinen Millimeter, als ich an der Klinke rüttelte. Wahrscheinlich war dieses Zimmer die meiste Zeit über verschlossen. Eines der Mädchen musste dem Wartungspersonal einen Schlüssel gestohlen haben, um mich hier einzusperren.

Ich tastete mich an der Tür entlang, auf der Suche nach etwas, mit dem ich sie von innen aufschließen konnte. Leider ohne Erfolg. Mist! Ich ballte meine Hand zur Faust und hämmerte gegen die Tür. „Hey! Kann mich jemand hier rausholen? Hallo?"

Von der anderen Seite war kein Ton zu hören. Der Unterricht endete zur vollen Stunde. In zwanzig Minuten würden die Schüler in den Flur strömen. Bis dahin musste ich abwarten.

Falls sich einer von ihnen die Mühe machte, auf meinen Hilferuf zu reagieren. Falls mich überhaupt jemand hören konnte. Hoffentlich würde jemand das Personal benachrichtigen, damit jemand die Tür aufschließen konnte.

Ich hielt Peyton nicht für so ein kriminelles Superhirn, dass sie alle Mittel zum Aufschließen des Zimmers gestohlen oder das Schlüsselloch geschmolzen hätte oder etwas ähnlich Ruchloses.

Trotzdem gefiel mir der Gedanke nicht, vor den Augen neugieriger Kommilitonen gerettet zu werden. Ich hämmerte erneut an die Tür. Es wäre besser, wenn ich jemanden auf mich aufmerksam machen könnte, bevor es eine ganze Schar von Zeugen gab.

Ich ließ meine Hand sinken, als mir einfiel, dass ich eine weitere Möglichkeit hatte. Mein Telefon war immer noch in meiner Tasche. Nox war heute mit mir auf den Campus gekommen und hatte jedem böse Blicke zugeworfen, der mich auch nur angesehen hatte. Er wollte um das College herum patrouillieren, während er darauf wartete, dass mein Kurs zu Ende war. Er musste also irgendwo in der Nähe sein.

Auch wenn mir nicht wohl war bei dem Gedanken, ihn anzurufen wie eine Jungfrau in Nöten, war es im Moment die beste meiner schlechten Möglichkeiten. Er hatte zwar auch keinen Schlüssel, doch er konnte alles tun, was meine Kommilitonen tun könnten.

Oder etwas ganz anderes. Keine fünf Minuten nach meiner hastigen Nachricht rüttelte jemand am Türgriff. Ein metallisches Ächzen ertönte, gefolgt von einem leisen Quietschen und einem klirrenden Geräusch, als wäre der ganze Mechanismus in Stücke gebrochen. Soweit ich wusste, war er das auch. Nach allem, was ich gesehen hatte, waren die Jungs geradezu dankbar für einen Grund, etwas zu zertrümmern.

Wütend riss Nox die Tür auf. Als ich mich in die kühlere Luft des Flurs zwängte, blickte er auf mich herab und untersuchte mich auf eventuelle tödliche Verletzungen, die ich vergessen hatte, ihm mitzuteilen.

„Wer hat das getan?", knurrte er. „Wenn ich sie in die Finger kriege …"

Sein Blick fiel auf die Brandwunde, die sich in Form eines rosa gesprenkelten Streifens von meinem Ellbogen bis zur Hälfte meines Unterarms zog. Er fletschte die Zähne, als wäre er bereit, jemandem den Kopf abzureißen. „Wer hat dir das angetan?", wiederholte er mit noch bedrohlicherer Stimme.

Die Wut, die von ihm ausging, jagte mir einen Schauer über den Rücken. Er war nicht durch und durch unangenehm, wie ich zugeben musste, aber unangenehm genug, dass mir die Antwort im Hals stecken blieb. So wütend ich auch auf Peyton war, das bedeutete nicht, dass ich sie tot sehen wollte. Und wie es aussah, war es genau das, wozu ich sie verurteilen würde, wenn ich ihren Namen verriet.

„Das spielt keine Rolle", sagte ich. „Es ist jetzt vorbei. Sie haben sich abreagiert und werden mich fortan in Ruhe lassen."

Da ich meine Worte nicht einmal selbst glaubte, konnte ich Nox sein spöttisches Lachen nicht verübeln. „Das nächste Mal werden sie etwas Schlimmeres tun. Ich werde ihnen nicht die Chance dazu geben."

„Mir geht es *gut*", beharrte ich.

„Dir geht es nicht gut", knurrte er. „Sie haben dir wehgetan und dafür werden sie bezahlen. *Sag* mir, wer es war."

Seine Stimme wurde immer lauter. Dann ertönte das Scharren von Stühlen aus einem Raum in der Nähe, und mein Herz setzte einen Schlag aus. „Der Unterricht ist zu Ende", sagte ich. „Das ist wirklich nicht der richtige Moment …"

Mit einem weiteren Knurren riss mich Nox von den Füßen und nahm mich in seine Arme. Obwohl ich nicht gerade zierlich war, hob er mich hoch, als wäre ich federleicht. Vermutlich hätte ich mich mehr gewehrt, wenn er mich nicht so behutsam an sich gedrückt hätte, bevor er den Flur entlanglief.

„Was zum Teufel machst du da?", grummelte ich.

„Ich bringe dich woanders hin und dann erwarte ich ein paar Antworten", erwiderte er und stürmte die Treppe zum zweiten Stock hinauf.

„Du könntest mich auch absetzen und mich zu Fuß gehen lassen."

„So geht es schneller."

Das ließ sich nicht leugnen. Genauso wenig wie die Tatsache, dass sich seine muskulöse Brust sehr gut anfühlte. Mein Herz klopfte immer noch heftig, allerdings mittlerweile nicht mehr vor Nervosität.

Ein metallischer, rauchiger Duft stieg von seiner Haut auf, als wäre sein muskulöser Körper aus Feuer und Stahl geschmiedet. Und aus irgendeinem Grund fragte ich mich, wie er wohl schmeckte.

Nox fischte einen Schlüssel aus seiner Tasche, während er mein Gewicht scheinbar mühelos mit einem Arm balancierte, und stürmte in einen Raum. Ich erkannte sofort, dass es Mr. Grimes' Büro war. Der Raum war nicht viel größer als ein begehbarer Kleiderschrank, mit einem überladenen Bücherregal an einer Wand, einem schmalen Fenster mit schiefen Jalousien und einem großen Metallschreibtisch, der mit Papieren und Büchern übersät war.

Nox fegte das Durcheinander mit einem Arm auf den Boden und setzte mich auf die Tischkante, sodass meine Beine herunterbaumelten. Dann beugte er sich vor, bis seine Nase fast die meine berührte. „Wer hat dich dort unten eingesperrt? Wer hat dir wehgetan? Wir bleiben so lange hier, bis du es sagst."

Als mich die Hitze seines Körpers umgab und sein Duft meine Lunge durchflutete, konnte ich nicht behaupten, dass sich das wie eine Drohung anhörte.

„Ich werde es dir nicht sagen", antwortete ich und erwiderte seinen Blick, während mein Herz heftig pochte. „Du bist zu aufgebracht. Du wirst etwas Verrücktes tun."

„Es ist nicht *verrückt*, mich um dich zu sorgen. Es ist verrückt, dass du denkst, du hättest es nicht verdient. Jeder, der dich anfasst, wird verdammt noch mal *sterben*."

Seine Worte jagten mir einen weiteren Schauer über den Rücken, und ein Hunger erwachte in mir, als hätte ich mich mein ganzes Leben nach dieser grausamen Hingabe gesehnt und es bis jetzt nicht gewusst.

Wie von selbst hob sich meine Hand. Meine Finger krallten sich in den Stoff seines Shirts und streiften die angespannten Muskeln darunter. Eine Stimme, die sich kaum wie meine eigene anhörte, kam über meine Lippen, als würden die Worte von einer magnetischen Kraft aus mir herausgezogen werden.

„Warum sorgst du nicht dafür, dass ich *mich* besser fühle, anstatt ihnen Schaden zuzufügen?"

Begierde flammte in Nox' Augen auf und sein Kiefer zuckte. Er schaute auf mich herab und hob langsam seine Hand an mein Kinn. Quälend sanft strich er mit seinem Daumen über meine Lippen.

Irgendwie löste diese zärtliche Berührung so viele Funken in mir aus, dass ich ein Wimmern hinunterschlucken musste. Mit einem Mal fühlte sich das Büro heißer an als die Abstellkammer.

„Du bist kein kleiner Fisch mehr, nicht wahr, Lily?" Nox' Bariton wurde noch tiefer. „Du bist eine gottverdammte Sirene." Wieder strich er mir mit dem Daumen über den Mund. „Es hat dir gefallen, wie Ruin dich berührt hat."

Die Hitze, die zwischen meinen Schenkeln pulsierte,

bestätigte diese Einschätzung und schürte meine Wildheit. „Vielleicht würde mir deine Berührung auch gefallen. Ist das ein Problem?"

Er holte tief Luft. „Nein, verdammt", murmelte er und presste seine Lippen auf meine.

Wenn Ruins Kuss überschwänglich gewesen war, dann war der von Nox totale Dunkelheit. Eine reine, berauschende Dunkelheit wie der stärkste aller Liköre, die meinen ganzen Körper in einem Augenblick von Kopf bis Fuß kribbeln ließ. Und schon war mein Höschen durchnässt.

Er drückte meine Knie auseinander und presste sich an mich. Das Gefühl seiner festen Schenkel zwischen meinen machte mich noch wilder. Mit einer Hand umklammerte ich sein Shirt, die andere legte ich um seine Schultern, um ihn an mich zu ziehen.

Er küsste mich so leidenschaftlich, dass ich nur noch den brutalen, glückseligen Druck seines Körpers an meinem wahrnahm. Eine Hand umfasste meinen Kiefer und sein Daumen strich über meine Wange, während die andere meinen Hintern drückte und mich noch fester an ihn zog. Die Beule hinter dem Hosenschlitz seiner Jeans drückte gegen meine Mitte und mir entwich ein Stöhnen.

Nox saugte das Geräusch in sich auf und drückte einen weiteren heißen Kuss auf meine Halsbeuge. „Du bist ein gutes Mädchen, nicht wahr, Lily?", murmelte er und jedes Wort fühlte sich wie eine Flamme an. „Niemand behandelt dich, wie du es verdienst. Aber jetzt kümmere ich mich um dich. Ich werde dich wieder zum Singen bringen."

Ich war zu benommen, um mich zu fragen, was er meinte, bis seine Finger über meine Hüfte glitten und zwischen uns eintauchten. Er rieb meinen Kitzler durch meine Jeans hindurch, und ich zitterte vor Lust.

Nox knurrte, doch der Laut klang jetzt nicht mehr

wütend. „So ist es gut. Ich kann es kaum erwarten, dafür zu sorgen, dass du die Kontrolle verlierst, Baby."

Wieder presste er seinen Mund auf meinen und verschlang mich mit brennenden Lippen und seiner geschickten Zunge, während seine Hand meine Mitte bearbeitete. Bei jeder Berührung seiner Finger schwappte eine stärkere Welle der Glückseligkeit über mich hinweg.

Ich wand mich an ihm, als müsste ich ihn anspornen, während ich seinen Kuss ebenso heftig erwiderte. Unsere Münder verschmolzen miteinander, unterbrochen von meinen keuchenden, stockenden Atemzügen.

Das hatte ich *gebraucht*. Mir war nicht bewusst gewesen, wie sehr ich mich danach gesehnt hatte, und jetzt wurde ich von einer Flut berauschender Befriedigung mitgerissen.

Als mein Körper durch Nox' pulsierende Berührung zu zittern begann, zog er sich zurück, um meinen Gesichtsausdruck zu beobachten. Meine Muskeln wurden zu Wackelpudding, als endlose Wellen der Lust durch sie hindurchströmten. Das Lächeln auf den Lippen des ehemaligen Gangsterbosses trieb mich noch schneller auf meinen Höhepunkt zu.

„Du bist verdammt schön", raunte er. „So verdammt schön, wenn du für mich stöhnst."

Er krümmte seine Finger genau an der richtigen Stelle und ich stöhnte, wie er es verlangt hatte. Ein Wirbelsturm der Lust peitschte durch meinen Körper und durchzuckte jeden Nerv, bis ich keuchte. Ich klammerte mich an Nox, als das Hochgefühl abebbte.

Doch mit der Erlösung verblasste auch die Wildheit, die mich an diesen Punkt gebracht hatte. Das Stimmengewirr auf dem Flur, wo sich Studenten und Professoren unterhielten, drang an meine Ohren. Mit einem Mal wurde mir die objektive Realität meiner Situation bewusst.

Für alle anderen war ich gerade von einem Professor auf

dem Schreibtisch gefingert worden. Was, wenn jemand mein Stöhnen gehört hätte? Was, wenn man uns zusammen herauskommen sah?

Und selbst wenn niemand etwas mitbekommen hatte, hatte ich mich gerade mit einem Typen eingelassen, der noch vor wenigen Minuten geschworen hatte, in meinem Namen einen Mord zu begehen. Was zum Teufel hatte ich mir dabei gedacht?

Gar nichts, so viel war klar. Und es wurde noch schwieriger, wieder zu denken, als Nox sich an meinem Hosenknopf zu schaffen machte.

„Das war nur eine Vorspeise. Warte, bis du den Hauptgang bekommst."

Ein großer Teil von mir schrie *Verdammt, ja!,* doch meine momentane Panik überwältigte meine Hormone und ich wich ruckartig von ihm zurück.

„Nein", hauchte ich. „Nein, ich glaube, wir sollten lieber aufhören. Ich muss an die frische Luft."

„Lily?", fragte Nox, als ich vom Schreibtisch rutschte. Dann schlich sich wieder ein Knurren in seine Stimme. „Du hast mir immer noch nicht gesagt …"

„Lass mich einfach fünf verdammte Minuten in Ruhe!", forderte ich. Die Worte schmeckten sauer und ungerecht, doch sie zeigten Wirkung. Zumindest lange genug, um mich aus dem Staub zu machen. Ich eilte aus dem Büro und den Flur hinunter, ohne Schritte hinter mir zu hören. Im Treppenhaus hielt ich kurz inne und presste meine Handfläche an die Stirn.

Ich war nicht verrückt. Das war ich *nicht.*

Doch im Moment hatte ich das Gefühl, der Verrücktheit viel zu nah zu stehen.

zwanzig

Lily

An diesem Abend kehrte ich nicht in meine Wohnung zurück. Ich konnte nicht sagen, ob es mir peinlich war, weil ich Nox stehen lassen hatte, oder ob ich Angst davor hatte, wie ich mich fühlen würde, wenn ich die Jungs sah. So oder so war ich nicht bereit, mich den viel zu buchstäblichen Geistern meiner Vergangenheit zu stellen.

Seit ich Nox im Büro des Professors zurückgelassen hatte, wurde mein Telefon mit Anrufen und Nachrichten überschwemmt. Ich hatte sie alle ignoriert und Ruin geschrieben, da ich annahm, dass er am wenigsten ausflippen würde. Ich hatte ihm mitgeteilt, dass ich ein wenig Abstand bräuchte, um meinen Kopf freizubekommen, und um ihr Verständnis gebeten. Dann hatte ich mein Telefon ausgeschaltet.

Nach meiner Schicht im Lebensmittelladen rollte ich mich auf dem Sessel in der Ecke des Lagerraums zusammen, der gleichzeitig als Aufenthaltsraum für die Angestellten diente, und machte ein Nickerchen. Ein paar Mal hörte ich draußen das Dröhnen eines Automotors, aber niemand klopfte an die Tür. Vielleicht waren es nicht die Jungs.

Am nächsten Morgen, bevor die erste Schicht begann, schlich ich mich hinaus. Ich fühlte mich nicht wirklich besser als am Vortag. Bei meinem Anblick in Freds Rückspiegel zuckte ich zusammen und fuhr mir mit den Fingern durch die Haare, glättete die Falten in meinem Shirt und trug rasch etwas Lipgloss auf, um nicht wie ein totales Wrack auszusehen.

Trotzdem war ich so durch den Wind, dass ich auf dem Weg zu meinem ersten Kurs direkt die Main Street entlangfuhr, anstatt Wades Laden wie sonst zu meiden.

Doch als es mir auffiel, stellte ich fest, dass Triumphant Sporting Goods nicht mehr existierte. Zumindest nicht das Gebäude, an das ich mich erinnerte. Stattdessen war da nur noch ein schwarzes Gerüst mit verkohlten Mauerfragmenten. Ich starrte es an, während ich vorbeifuhr, und mein Mund wurde trocken.

Kais Grinsen, als er mir von seinem Gespräch mit meinem Stiefvater erzählt hatte, flackerte in meiner Erinnerung auf. Vermutlich hatte er ein bisschen mehr getan, als nur zu reden. Mir wurde flau im Magen, aber ich war genauso entsetzt über die Genugtuung, die mich überkam, wie über die Zerstörung selbst.

Vielleicht befand ich mich doch nicht am Rande des Abgrunds. Vielleicht war ich schon längst hinabgestürzt.

Eine Stunde vor meiner ersten Vorlesung kam ich am College an und stellte sofort fest, dass dies ein Fehler gewesen war. Nachdem ich Fred abgestellt und den Parkplatz überquert hatte, ging ich in das Campus-Café, um mir eine Kirschtasche zum Frühstück zu holen. Als ich über die Rasenflächen schlenderte und daran knabberte, wurde ich bei jedem Blick, der mir zugeworfen wurde, paranoider.

Bildete ich mir es nur ein, oder waren die Erstsemester an den Rand des Spielfeldes gewichen? Warf die tuschelnde Mädchenschar Blicke in meine Richtung?

Wenn die Leute hier wussten, was mit dem Laden meines Stiefvaters passiert war, kursierte vermutlich das Gerücht, dass ich es getan hatte. Das würde zu dem Bild passen, das sie von mir gezeichnet hatten, oder? Die Polizei hielt mich offensichtlich nicht für die Täterin, sonst hätten sie schon vor zwei Tagen an meine Tür geklopft. Tatsachen waren einem saftigen Campusklatsch allerdings noch nie im Weg gestanden.

Oder vielleicht hat jemand gesehen, wie ich mit roten Wangen und geschwollenen Lippen aus Mr. Grimes' Büro gestürmt war, und sie tratschten darüber. Verdammt, womöglich sogar beides. Wie dem auch sei, ich hatte das Gefühl, dass mein Ruf von der Toilette in die Kanalisation gerutscht war.

Der beste Weg, um zu verhindern, dass er noch mehr ruiniert wurde, schien darin zu bestehen, mich unauffällig zu verhalten. Ich besuchte meine Kurse, ohne ein Wort zu sagen, und niemand belästigte mich. Ich erledigte einige Arbeiten unter einem Baum vor dem Gewächshaus, das zur Fakultät für Umweltstudien gehörte. Nach der letzten Vorlesung des Tages machte ich mich mit einem Gefühl der Hilflosigkeit auf den Weg zum Parkplatz.

Es war erst mitten am Nachmittag. Die Jungs hingen wahrscheinlich immer noch in meiner Wohnung herum oder streiften durch die Stadt, auf der Suche nach weiteren Möglichkeiten, mich zu rächen. Das eine Mal, als ich mein Handy eingeschaltet hatte, hatte mich die Unmenge an Benachrichtigungen so erschreckt, dass ich es sofort wieder ausgeschaltet hatte. Glücklicherweise war ich keinem von ihnen auf dem Campus begegnet. Gleichzeitig war ein dummer Teil von mir *enttäuscht*, dass sie meiner Bitte um Freiraum nachkamen.

Ich war mit großen Plänen in die Stadt zurückgekehrt. Ich hatte alles richtig gemacht. Oder so richtig, wie ich konnte. Wieso kam es mir dann so vor, als würde ich mit jedem Schritt vorwärts fünf Schritte zurückgehen?

Da ich nicht mehr Zeit als nötig auf dem Campus verbringen wollte, machte ich mich auf den Weg zurück zum Parkplatz. Unterwegs fand ich ein wenig Trost in dem Rhythmus, mit dem meine Turnschuhe auf den Asphalt schlugen. Dann fiel mein Blick auf das merkwürdige Schimmern des reflektierten Sonnenlichts, das die Reifen meiner Schrottkarre umgab.

Mit einem flauen Gefühl im Magen eilte ich darauf zu. Dieses Mal hatte sich derjenige, der es auf Fred und mich abgesehen hatte, wirklich ausgetobt. Alle Fenster, einschließlich der Windschutzscheibe, waren eingeschlagen worden, und die Sitze und der Bürgersteig waren mit Glassplittern übersät. Die Fensterscheiben bestanden aus scharfkantigen Scherben, sodass der Eindruck entstand, man würde durch ein Kaleidoskop blicken.

Etwas in meinem Inneren zerbrach genauso wie die Scherben um mich herum, und auf einmal war mir das alles scheißegal.

Scheiß auf alle, die dachten, ich würde wegen einer solchen Nummer einknicken. Ich hatte eine Mission. Und die hatte nichts mit dieser Uni oder meinen dämlichen Kommilitonen zu tun.

Ich holte die Rettungsdecke aus dem Kofferraum und wickelte sie um meinen Arm, bevor ich die restlichen Glasscherben entfernte, die den Fensterrahmen säumten. In diesem Zustand nützten mir die Fenster ohnehin nichts und ich würde besser sehen, wenn die Scherben nicht im Weg wären. Dann bürstete ich den Fahrersitz ab. Die Situation war so schon beschissen genug, auch ohne dass mir Scherben in den Hintern stachen.

Als ich auf dem Fahrersitz Platz nahm, überkam mich ein Gefühl der Gewissheit. Ich hatte die Sache vermieden, die mir am ehesten Antworten bringen würde, aus Angst vor den Konsequenzen. Doch die Konsequenzen regneten immer wieder auf mich herab, egal wie vorsichtig ich war. Also, scheiß auf die Regeln. Es war mein Leben. Ich hatte es verdient zu erfahren, wie es ruiniert worden war.

Das bedeutete natürlich nicht, dass ich jegliche Vorsicht in den Wind blasen würde. Langsam fuhr ich zu meinem alten Haus und hielt in Sichtweite an, aber weit weg von der Straße, die direkt dorthin führte. Ich ließ meinen Blick über die verwahrlosten Felder schweifen. Die Brise, die durch den offenen Rahmen der Windschutzscheibe strömte, umwehte mich mit einem sumpfigen Geruch.

Neben dem Haus stand weder Moms Auto noch das von Wade. Das war ein vielversprechendes Zeichen. Ich konnte mir nicht vorstellen, dass sie Marisol ihre Autos leihen würden, also waren sie wahrscheinlich beide weg.

Marisol war vermutlich noch in der Schule und Mom in der Zahnarztpraxis, wo sie am Empfang arbeitete. Ich wusste nicht, was Wade tat, nun da sein Laden in Schutt und Asche lag, doch ich nahm an, dass er unterwegs war, um die Angelegenheit mit der Versicherung zu klären.

Das bedeutete, dass ich nicht vorhersagen konnte, wann er nach Hause kam, aber dieses Risiko würde ich eingehen. Dies war jahrelang mein Zuhause gewesen, bevor es seins geworden war. Ich kannte das Haus in- und auswendig. Ich würde einfach auf das Geräusch eines Motors achten.

Ich lief über das Feld und das hohe Gras raschelte an meinen Waden. Hinter den Fenstern und um das Haus herum rührte sich nichts. Als ich in der Nähe war, machte ich einen Bogen nach links und lief über den platt getretenen Pfad auf das Haus zu. Es war derselbe Pfad, der auch zum Sumpf führte und den ich genommen hatte, als alles schiefgegangen war.

Ich blieb einen Moment stehen, schaute zum Haus hinauf und dachte an jenen Tag zurück. Dann ging ich langsam auf die Seitentür zu, durch die ich normalerweise das Haus betrat, und achtete mit allen Sinnen darauf, ob ich etwas wiedererkannte.

Doch in meinem Kopf herrschte Leere. Die Seitentür war verschlossen, was damals selten der Fall gewesen war. Ansonsten hatten Mom und Wade ihre Gewohnheiten nicht verändert. Ich hob ein paar Steine am Rand des Blumenbeets hoch und fand den Schlüssel unter dem dritten.

Als ich die Tür öffnete, hüpfte ein Frosch mit einem leisen Quaken neben mir her. Ich zog eine Augenbraue hoch. „Du bleibst hier draußen.“

Ich zog die Tür hinter mir zu, schloss sie aber nicht ab, für den Fall, dass ich eilig fliehen musste. Der Geruch des Hauses stieg mir in die Nase, vertraut und gleichzeitig ungewohnt.

Meine Mutter benutzte immer noch das Potpourri, das hauptsächlich aus Nelken bestand. Ein säuerlicher Hauch von Zitronenreiniger durchdrang den Duft. Und dem fettigen Geruch nach zu urteilen, hatte sie heute Morgen Speck gebraten.

Dieses Gemisch hatte ich seit sieben Jahren nicht mehr gerochen. Es weckte in mir nicht mehr das unmittelbare Gefühl von *Heimat*.

Und es weckte auch keine vergessenen Erinnerungen. Ich ging durch die Küche. Der Tisch war abgeräumt und das Geschirr stand im Abtropfgestell. Meine Mutter sorgte immer dafür, dass alles so ordentlich wie möglich war, damit Wade nichts zu meckern hatte, was ihn aber nicht davon abhielt, sich zu beschweren. Anschließend lief ich durchs Esszimmer und den Flur hinunter, vorbei am Wohnzimmer. Ich hatte nie mehr Zeit im Erdgeschoss verbracht als unbedingt nötig. Nach Wades Einzug war der einzige Teil des Hauses, der wirklich mir gehörte, mein Zimmer im Obergeschoss gewesen.

Als ich die Treppe erreichte, sprang ein Frosch wie aus dem Nichts auf die Stufen vor mir. Ich neigte meinen Kopf in seine Richtung, und ein weiterer folgte ihm. Sie hüpften hintereinander die Treppe hinauf in den zweiten Stock. Ich sah ihnen nach und fragte mich, durch welchen Spalt sie wohl ins Haus geschlüpft waren.

„Nur zu!", rief ich ihnen nach. „Haltet euch nur von Wades Kleiderschrank fern, sonst macht er Froschschenkelsuppe aus euch."

Sie waren deutlich unauffälliger als ich. Die Treppe knarrte so laut unter meinen Füßen, dass ich zusammenzuckte, obwohl niemand im Haus war, der mich hören könnte.

Oben angekommen, bog ich nach links ab – und stellte fest, dass nicht einmal mein Zimmer mehr mir gehörte.

Das war keine Überraschung. Ich war jahrelang weg gewesen, und Wade hatte mich schon lange vorher loswerden wollen. Trotzdem traf es mich wie ein Schlag in die Magengrube, als ich die sonnengelben Wände hinter den Stapeln von Aufbewahrungskisten sah.

Ich war zwar nie ein sonniges Mädchen gewesen, aber das Zimmer hatte mir immer das Gefühl gegeben, dass ich es vielleicht sein könnte. Jetzt hatte Wade es in eine Mischung aus Schrottplatz und Pfandleihhaus verwandelt.

Aus einer Kiste lugte einer dieser blöden singenden Fische hervor und aus einer anderen ein hölzerner Kelch, der aussah, als hätte er einem Wikinger gehört und nicht meinem miesepetrigen Stiefvater. In einer Ecke lagen mehrere Rohre, bei denen es sich auch um eine moderne Kunstinstallation handeln könnte. Die Hälfte war alt und verrostet, die andere glänzend und neu.

Es war, als hätten sie alles, was sie nicht mehr brauchten, aber nicht loswerden konnten, in mein altes Zimmer gestellt. Wenn das keine passende Metapher für mein Leben hier war, dann wusste ich nicht, was es sein sollte.

Ich konnte nicht einmal feststellen, ob mein Bett oder eines meiner anderen Möbelstücke irgendwo zwischen den Haufen war. Ich hatte keine Zeit für eine umfassende Ausgrabung, und außerdem gab es keine Garantie, dass diese Fossilien meiner Kindheit mir einen Anhaltspunkt liefern würden. Nichts an diesem Haus hatte bisher dafür gesorgt, dass mir ein Licht aufging.

Kurz spielte ich mit dem Gedanken, Mom und Wade einen Haufen Müll aufs Bett zu legen und zu sehen, wie ihnen das gefiel, doch die Vernunft siegte. Es war für alle besser, wenn sie nie erfuhren, dass ich hier war.

Als ich von der Tür zurücktrat, fiel mein Blick auf das Zimmer am Ende des Flurs. Marisols Zimmertür war geschlossen. Obwohl ich wusste, dass sie nicht da war und sie bereits mit ihren sechzehn Jahren gesehen hatte, glaubte ein Teil von mir, dass ich sie als Neunjährige darin vorfinden würde, wenn ich die Tür öffnete. In meiner Vorstellung saß sie in ihrem Zimmer auf dem Boden, zeichnete mit ihren Filzstiften furzende Einhörner und Drachen und grinste mich an. *Was machen wir heute, Lily?*

Ein seltsames Gefühl überkam mich, als das Bild verschwand. Ich musste etwas tun – sie *brauchte* mich.

Nach drei Schritten beruhigte ich mich. Sie war nicht *hier*. Ja, sie brauchte mich, aber in ihr leeres Zimmer zu gehen, würde nicht helfen.

Mit einem unerklärlichen Anflug von Angst streckte ich meine Hand nach dem Türknauf aus, als würde ich auf der anderen Seite ein Monster vorfinden. Und zwar kein zotteliges, knuddeliges mit einem scharfzahnigen Lächeln, wie sie sie früher gezeichnet hatte.

Ich stieß die Tür weit auf und machte mich auf das Schlimmste gefasst, als ich hineinspähte.

Doch da war nichts. Nichts außer demselben alten Bett und der Kommode von früher, an der die weiße Farbe abgeplatzt war, sodass das helle Holz darunter zum Vorschein kam. Die Wände waren kahl, keine ihrer Zeichnungen war aufgehängt. *Zeichnete* sie überhaupt noch?

Ich dachte daran, dass ich aufgehört hatte zu singen, und mein Magen verkrampfte sich.

Die beiden Frösche hüpften an meinen Füßen vorbei in das Zimmer hinein und sofort wieder heraus. „Früher war es schöner", teilte ich ihnen mit. Damals, als ich noch mit Mare hier gewohnt hatte.

Der Fleck auf meinem Arm juckte, und ich kratzte ihn, während ich mich aufmerksam umsah. Keine weiteren Emotionen regten sich. Die Angst, die ich noch vor wenigen Augenblicken verspürt hatte, verflog. Hatte mir mein Verstand nur einen Streich gespielt, oder hatte es etwas zu bedeuten?

Es wäre schön, wenn meine Gefühlszustände mit einem geheimen Decoder ausgestattet wären.

Mein Blick fiel auf ein Stoffbündel neben Marisols Kopfkissen. Es kam mir seltsam bekannt vor. Nach ein paar Schritten wurde mir klar, warum.

Es war mein alter Kapuzenpulli – der lilafarbene mit dem Regenwolkenmuster, den ich so geliebt hatte, dass ich ihn mit dreizehn sogar im Hochsommer getragen hatte. An dem Tag, an dem ich weggebracht worden war, hatte ich ihn nicht angehabt, weil Marisol ihn sich am Abend zuvor zum Einschlafen geliehen hatte. Als ich morgens aus dem Haus gegangen war, hatte sie noch geschlafen. Damals war sie neun

Jahre alt gewesen und ich erinnerte mich lebhaft daran, wie er an ihrem Körper geschlackert hatte, als ich sie ins Bett gebracht hatte.

Sieben Jahre später hatte sie ihn immer noch bei sich. Ein Kloß bildete sich in meiner Kehle. Ich hätte mir keinen besseren Beweis dafür wünschen können, dass sie *mich* immer noch brauchte. Alles, was sie hatte, war dieses Kleidungsstück anstelle ihrer großen Schwester.

Ich schluckte schwer, schloss die Tür wieder und wandte mich dem Zimmer von Mom und Wade zu. So ungern ich darin herumschnüffelte, es war meine letzte Chance, einen Hinweis darauf zu finden, was Wade auf dem Kerbholz hatte. Und warum er glaubte, Kai wäre geschickt worden, um ihn unter Druck zu setzen. Ich konnte Marisol nicht helfen, wenn ich nicht die Antworten hatte, die ich brauchte.

Als ich den Flur bis zum oberen Ende der Treppe durchquert hatte, drang das Dröhnen eines Automotors durch die Wände.

Mein Herz setzte einen Schlag aus. Ich rannte die Treppe hinunter und zur Seitentür, wo ich hinter dem Tresen in Deckung ging und lauschte. Ich konnte nicht weglaufen, ohne gesehen zu werden.

Wäre ich jemand anderes gewesen, hätte ich mich vielleicht wie eine Spionin gefühlt. Stattdessen kam ich mir vor wie ein ungezogenes Kind, das sich vor einer Strafe drückte, weil es Fingerabdrücke an den Wänden hinterlassen hatte oder so.

Ich blieb nicht lange genug, um herauszufinden, was meine Strafe sein würde. Sobald ich hörte, wie sich die Haustür öffnete und Schritte hereinkamen, schlüpfte ich in den Garten hinaus. Dann rannte ich so schnell, ich konnte zu der Baumreihe, die unser Grundstück von dem Sumpfgebiet trennte.

Sobald ich den Schutz der Bäume erreicht hatte und

keine anklagenden Rufe ertönten, bahnte ich mir einen Weg durch die Baumstämme, bis ich auf der Höhe meines Autos war und lief zurück zu Fred. Ich ließ mich auf den Fahrersitz fallen und stieß einen Atemzug aus.

Ich hatte es getan. Ich hatte es getan ... Und ich hatte nicht mehr Antworten als zuvor.

Ich leckte mir über die Lippen und schmeckte den Sumpf in der Luft, die durch die scheibenlosen Fenster hereinströmte. Ich spürte einen Schmerz in meinem Bauch, der sich fast wie Heimweh anfühlte. Das ergab keinen Sinn, wenn man bedachte, dass ich zum ersten Mal seit sieben Jahren wieder in der Nähe meines theoretischen Zuhauses war.

Doch es war nicht das Haus, das ich vermisste. Oder meine triste Wohnung. Nein ... Ich sehnte mich nach Gesellschaft.

Ich schaute in Richtung der Stadt, wo die vier Jungs warteten, die für mich von den Toten auferstanden waren. Das Gefühl der Sehnsucht wurde stärker.

Ich *vermisste* sie. Ich vermisste es, sie um mich zu haben, mit ihrem Geplänkel und Gelächter, ihren Ausrufen und ihrem rachsüchtigen Knurren. Sogar ihre Verrücktheit.

Welchen Sinn hatte es eigentlich, mir das zu verweigern? Entweder war *ich* verrückt, oder ich war es nicht. In ihrer Nähe zu sein, würde das nicht ändern. Letztes Mal hatte ich anscheinend ganz allein Mist gebaut.

Ich befeuchtete meine Lippen und holte mein Handy heraus. Das war vielleicht die idiotischste Entscheidung meines Lebens, aber es war *meine*.

Jett

In der Bar war es laut, es stank und sie bot keinerlei künstlerische Anreize. Die Wände waren graubraun, und der Boden war mit glatten, pechschwarzen Fliesen ausgelegt. Das Interessanteste war die Tischplatte aus Resopal, die zwar ebenfalls schwarz, aber mit Kratzern und Dellen übersät war. Leider griffen die Jungs jedes Mal nach ihren Getränken, wenn ich sie in eine ansprechende visuelle Komposition gebracht hatte.

Eines Tages würde ich ihnen beibringen, dass Kunst genauso berauschend sein konnte wie Alkohol.

Ich konnte es ihnen allerdings nicht verübeln, denn ich wusste, wie sie waren … Und dies war unser erster richtiger Abend mit Lily. Sie saß mir an dem rechteckigen Tisch schräg gegenüber, trank ein dunkles Bier und schien selbst im schummrigen Licht der Bar irgendwie zu strahlen. Vielleicht lag es daran, dass sie sich mit ihrem hellen Haar und ihrer Haut von der dunklen Einrichtung abhob.

Es war fast so, als wäre sie der Geist unter uns.

Der Gedanke hätte mich mehr amüsiert, wenn er nicht mit einem seltsamen Gefühl der Schuld einhergegangen wäre. Seit wir gesehen hatten, was aus unserem alten Clubhaus geworden war, hatte ich ein mulmiges Gefühl im Bauch. Ich versuchte, es nicht weiter zu ergründen. Meine linke Hand schmerzte von den kleinen Schnitten, die ich mir heute Morgen zugefügt hatte, um ein episches Gemälde mit Blut anzufertigen. Es war ein Versuch gewesen, das anhaltende Unbehagen loszuwerden.

Es hatte zwar nicht funktioniert, aber das Ergebnis war nicht übel gewesen. Beinahe inspirierend. Wenn ich nur dieses eine fehlende Element finden könnte …

Ruin legte seinen Arm um meine Schulter und lehnte sich zu mir. „Schau nicht so finster, Jett! Willst du ein paar von meinen Wings?" Er nahm einen von dem großen Teller, den er bestellt hatte.

Obwohl ich trotz des flauen Gefühls in meinem Magen ständig hungrig war, beäugte ich Ruins Bestellung skeptisch. Er hatte schon immer einen Hang zur Intensität gehabt. Und allem Anschein nach hatte unser neues Leben diesen nur noch verstärkt. Meine Zunge brannte allein beim Anblick der Soße auf den Wings. Gott allein wusste, was sie mit meinen Organen anstellen würde.

Allerdings könnte ich ein interessantes Objekt daraus machen. Ich entfaltete meine Serviette zu ihrer vollen Größe und platzierte einen Wing in einer Ecke. Die orangefarbene Soße brannte auf meiner Haut. Sie sollte besser nicht mit den Pflastern an meiner anderen Hand in Berührung kommen.

Kai spürte mein Zögern. „Wir könnten Nachos bestellen", schlug er vor. Er saß auf der anderen Seite des

Tisches und blätterte in einem Buch. So viel, wie er in den letzten Tagen gelesen hatte, sollte man meinen, dass er mittlerweile auf dem Laufenden war und sogar über die Zukunft der Menschheit Bescheid wusste. „Dieses Gericht wird in den Rezensionen dieses Lokals am häufigsten empfohlen.“

Natürlich las er auch solche Artikel. Ich zuckte mit den Schultern und nahm einen Schluck von meiner Jacky Cola. „Das ist mir egal. Ich habe schon gegessen, bevor wir losgefahren sind.“

Kai warf mir einen vielsagenden Blick über seine Brille hinweg zu. „Aber du hast trotzdem Hunger. Du hast nur Angst, dir die Zunge mit diesen Wings zu verbrennen.“

„Ich habe keinen Hunger“, brummte ich und begann, die scharfe Soße auf den Rest der Serviette zu tupfen. Die Flecken sahen aus wie die Leute um uns herum: ein Durcheinander von Farben und Bewegungen. *Nichts* hier drin war künstlerisch inspirierend.

Eigentlich war das gut so, denn so war es einfacher, ihnen keine Aufmerksamkeit zu schenken. Niemand war wichtig, außer unserer kleinen Gruppe … und Lily.

„Du bist auch ein bisschen hungrig“, sagte Kai zu ihr. Obwohl er immer noch ein Besserwisser war, hatte er sich im Umgang mit ihr ein wenig gebessert. „Nachos? Oder wir könnten die gefüllten Jalapeños nehmen. Vielleicht schmecken die sogar unserem scharfen Teufel hier.“ Er warf Ruin einen hämischen Blick zu.

Ruin schnaubte und drückte Lily einen Kuss auf die Schläfe. „Lily kann ein paar von meinen Wings haben.“

Lily lachte. „Ich hatte eine kleine Kostprobe und bin mir nicht sicher, ob sich mein Mund jemals davon erholen wird. Nachos klingen gut, solange ihr auch etwas esst.“ Sie hielt inne. „Ihr habt doch Geld dabei, oder?“

Nox, der auf meiner anderen Seite saß, streckte seine

Beine aus. „Mach dir deswegen keine Sorgen. Wir haben das im Griff."

Die Wahrheit war, dass wir unser gesamtes Bargeld aufgebraucht hatten, aber der Vorbesitzer von Kais Körper war so dumm gewesen, die PIN-Nummer seiner Bankkarte auf einen Zettel zu schreiben. Ruin hatte sich über die Fingerabdruckerkennung seines Telefons Zugang zu seinem Konto verschafft. Er hatte sich selbst einen Bankscheck geschickt, den wir sofort eingelöst hatten. Die Ersparnisse dieses wohlhabenden Kerls sollten für eine Weile ausreichen. Trotzdem hatte ich den Verdacht, dass Nox sich ein wenig ärgerte, weil er bisher noch nichts vom Geld des Professors hatte beisteuern können.

Natürlich hatte er seine eigenen Mittel und Wege gefunden. Mit leuchtenden Augen betrachtete er einen Flipperautomaten im hinteren Teil der Bar. „Der heutige Abend geht auf mich", verkündete er und ging mit einem überheblichen Grinsen in Lilys Richtung zu dem Automaten. Den Gesten nach zu urteilen, die er zu den umstehenden Personen machte, schloss er unterwegs Wetten ab.

Kai winkte die Kellnerin heran, bevor er seine Aufmerksamkeit auf die Bemühungen unseres Anführers richtete. „Wie es aussieht, wird er genug für heute Abend und noch ein paar andere gewinnen", sagte er.

Lily zog eine Augenbraue hoch. „Ist er so gut?"

„Nox ist der *Beste*", erklärte Ruin. „Sein Rekord liegt bei fünf Stunden."

„Die Leute, gegen die er gewettet hatte, hatten schon bezahlt und waren gegangen", fügte Kai hinzu. „Als der Besitzer schließen wollte, mussten wir ihn mit einer Waffe bedrohen, um ihn davon abzuhalten." Lilys Augenbrauen wanderten noch höher, und er hob die Hände. „Entweder das oder Nox hätte ihn erschossen, weil er ihn beim Spielen gestört hatte."

„Er nimmt das Flippern *sehr* ernst", murmelte ich und fügte meiner Komposition einen weiteren Klecks Soße hinzu.

„Ich verstehe." Lily blinzelte ein wenig verwirrt, wirkte aber nicht so beunruhigt, wie es eine durchschnittliche Frau vielleicht gewesen wäre. Natürlich war mir schon lange klar, dass sie keine Durchschnittsfrau war.

Sie schob ihren Stuhl beiseite, um sich meine Serviette genauer anzusehen. Meine Nerven kribbelten, als ihr Ellbogen meinen Arm streifte.

„Das ist unglaublich", sagte sie mit einem ehrfürchtigen Lachen.

„Findest du?" Ich betrachtete das Bild, das ich aus Soßenklecksen geschaffen hatte. Es war ein Baum, der aus einem Dunst spross. Durch den orangenen Farbton sah es aus, als würde er aus Feuer bestehen.

„Ich würde es mir an die Wand hängen, wenn es nicht zu schön dafür wäre", fuhr sie fort. „Es sieht immer so einfach aus, wenn du an einem Bild arbeitest, aber das Ergebnis haut mich jedes Mal um." Sie fasste sich an die Brust und schüttelte den Kopf. „Unglaublich, dass du das mit scharfer Soße auf einer Serviette gemacht hast!"

„Ich habe ihn schon mit seltsameren Materialien arbeiten sehen", bemerkte Ruin kichernd, und Kai grunzte zustimmend.

Für mich fühlte sich das Bild immer noch *unfertig* an, doch angesichts von Lilys Lob war mir das völlig egal. Die Jungs hatten noch nie so etwas über meine Kunst gesagt. Sie wären gar nicht auf die Idee gekommen. Sie waren mehr daran interessiert, was ich mit einer Pistole und einem Messer anstellen konnte. Was mir zugegebenermaßen auch Spaß machte.

Lilys Lächeln weckte den Wunsch in mir, nur für sie zu malen. Mit einer Muse wie ihr *sollte* ich in der Lage sein, etwas Episches zu schaffen. Mit ihr an meiner Seite konnte ich vielleicht endlich die Leere in mir beseitigen, die ich allein nie hatte ausfüllen können.

Ich schenkte ihr ein angestrengtes Lächeln, als mich auf einmal ein mulmiges Gefühl beschlich.

Mein Blick fiel auf eine schlaksige Gestalt, die gebückt in einer Sitznische in der Mitte der Bar saß. Ich musterte seine Gesichtszüge: eine Knollnase, volle Lippen und wache Augen, die direkt auf unsere Frau gerichtet waren.

Automatisch stieg Ärger in mir auf. Die Körperhaltung des Mannes war schleimig und sein Gesichtsausdruck raubtierartig. Am liebsten würde ich *ihm* ein paar von Ruins Wings in den Rachen stopfen.

Eine Sekunde später bemerkte der Kerl, dass ich ihn anstarrte. Ruckartig drehte er den Kopf weg und das Grinsen verschwand aus seinem Gesicht. Es schien, als könnte ich Ruins Essen vor dem schrecklichen Schicksal bewahren, das ich mir ausgemalt hatte.

Als die Kellnerin die Nachos an den Tisch brachte, griffen wir alle zu – einschließlich Nox, der reichlich Bargeld auf den Tisch warf, als er zurückkam. Ruin forderte Lily zum Tanzen auf, obwohl niemand sonst tanzte. Sie folgte ihm und kicherte, als er sie auf dem freien Streifen zwischen der Bar und den Tischen herumwirbelte.

Der Barkeeper verdrehte die Augen, und ich überlegte, ob ich sie ihm aus dem Kopf reißen sollte.

Der schleimige Widerling ging zu einer Frau, die allein am kleinsten Tisch saß. Er bestellte ihr einen Drink und dann noch einen, wobei seine Hand auf ihrem Handgelenk verweilte. Ihre Schultern waren angespannt. Gelegentlich schaute er zu Lily hinüber, weshalb ich ihn nicht aus den Augen ließ.

Als Lily anfing zu gähnen, erklärte Nox, dass es Zeit sei, nach Hause zu gehen. Ich warf mein Serviettenbild auf den Nachos-Teller. Nächstes Mal würde ich es besser machen, und zwar auf einem Medium, das nicht zu stinken anfangen würde. Meine Gedanken wanderten noch einmal zu dem unheimlichen Typen.

„Ich muss noch kurz etwas erledigen", teilte ich den anderen mit. „Wir treffen uns zuhause."

„Ist alles in Ordnung?", fragte Lily mit einer tiefen Sorgenfalte auf der Stirn.

„Keine große Sache", beruhigte ich sie.

„Jett sieht *immer* so aus, als würde die Welt untergehen", teilte Nox ihr mit und legte seinen Arm um ihre Taille, als die vier losgingen. „Du wirst dich daran gewöhnen."

Ich musste nicht lange vor der Bar warten. Nach gerade einmal fünf Minuten kam der Widerling heraus und zog die Frau hinter sich her. Sie war offensichtlich betrunken und taumelte ein wenig. Er zog sie um eine Ecke, um sie anschließend in eine enge Gasse zu zerren. Sie war nur so weit bei Bewusstsein, dass sie ein verwirrtes Protestgemurmel von sich gab.

Ich kannte sie nicht. Sie hatte keine Bedeutung in meinem Leben. Doch ich kannte Arschlöcher wie ihn – und ich wusste, dass er ihr das antun würde, was er mit Lily *getan hätte*. Er war Abschaum.

Sie verschwanden weiter unten in der Gasse in der Dunkelheit. Ich hörte ein Keuchen und ein leises Quieken, das schnell durch das Klatschen einer Hand auf einen Mund gedämpft wurde. Ich zog das Messer heraus, das ich vom letzten Geld des Strebers gekauft hatte.

Das eine Mal, als es darauf angekommen war, hatte ich die Sache nicht bis zum Ende durchgezogen, doch diesen Fehler würde ich nicht noch einmal machen.

Der Mann war zu sehr damit beschäftigt, am Höschen der Frau zu reißen, um zu bemerken, dass ich mich von hinten an ihn heranpirschte. Ich stieß ihm das Messer direkt in die Halsschlagader und drängte ihn zum Ende der Gasse.

Die Frau taumelte keuchend davon. Ihre unregelmäßigen Schritte ertönten in der Ferne. Sie gab keinen Ton von sich, sondern schien einfach nur froh zu sein, entkommen zu sein.

Der Widerling gurgelte und sein Blut spritzte auf die schmutzigen Wände. Ich folgte den Linien mit meinen Augen und war versucht, ihn noch ein wenig mehr bluten zu lassen, hielt mich aber zurück. Ich brauchte ihn tot, nicht schön.

Er sackte sofort auf dem Boden zusammen. Nach ein paar Minuten hörte er auf zu zucken. Ich überprüfte seinen Puls, um sicherzugehen, dass er wirklich tot war. Dann klaute ich seine Brieftasche. Ein wenig Extrageld konnte nicht schaden und so würde es wie ein Überfall aussehen. Wir konnten der Polizei ausweichen, aber es war einfacher, wenn sie gar nicht erst nach uns suchten.

Der Widerling hatte einen blutigen Schneeengel auf dem Bürgersteig geschaffen. Ich prägte mir das Bild ein, während ich das Messer an seiner Hose abwischte und es in meine Tasche steckte. Das könnte eines Tages ein schönes Bild ergeben.

Doch für den Moment gab es zu viele Bedrohungen in dieser Stadt, und ich hatte nur einen minimalen Teil der Gefahr beseitigt. Wir mussten unsere Bemühungen verstärken.

zweiundzwanzig

Lily

„Von all dem Mist, den wir in den letzten einundzwanzig Jahren verpasst haben, ist diese Bennifer-Sache wohl die seltsamste", bemerkte Kai auf dem Weg zu Mart's Supermarket. Er drehte sein Handy in der Hand, als wäre die Nachricht leichter zu verstehen, wenn sie auf dem Kopf stand. „Die beiden passen absolut nicht zusammen, wieso sind sie *wieder* ein Paar? Hat das erste Mal nicht gereicht?"

Meine Lippen zuckten amüsiert. „Ich dachte, du würdest dich über aktuelle Nachrichten informieren, nicht über Promi-Klatsch."

„Alle Nachrichten sind ‚aktuell'. Und aus den oberflächlichen Meldungen kann man lernen, wie die Leute denken."

Ich blickte zu ihm hinüber, als ich vor einer roten Ampel

abbremste. Mit ihren speziellen Methoden hatten die Jungs jemanden gefunden, der über Nacht Freds Fenster repariert hatte, sodass uns heute beim Fahren nicht ständig der Wind ins Gesicht wehte.

„Du willst herausfinden, wie Menschen denken?", fragte ich.

Er zuckte mit den Schultern, den Blick immer noch auf sein Handy gerichtet. „Je besser ich die Psyche des Durchschnittsmenschen verstehe, desto besser kann ich ihn manipulieren. Auf diese Weise habe ich schon viel für die Schädelbrecher erreicht."

Diese Erklärung ergab gewissermaßen Sinn, doch ich hatte nicht viel Zeit, darüber nachzudenken. Als ich um die nächste Kurve bog und der Lebensmittelladen in Sicht kam, verscheuchte die Szene auf dem Parkplatz mit einem panischen Schock jeden anderen Gedanken aus meinem Kopf.

Zwei Polizeiautos standen vor dem Eingang des Ladens. Es musste ein ruhiger Tag für die kleine Polizeieinheit des Bezirks sein, denn das waren vermutlich alle Autos, die sie hatten. Ein paar Männer in Uniform standen in einem Halbkreis um Burt Bower, der auf den Eingang des Ladens deutete …

„Oh, Scheiße", flüsterte ich. Kai hob ruckartig den Kopf.

Die gesamte Fassade von Mart's Supermarket war vom Schild bis zu den hohen Fenstern, die sich zu beiden Seiten der Glastüren erstreckten, mit roter Farbe besprüht worden. Die meisten Linien zogen sich scheinbar wahllos über die Scheiben und die helle Verkleidung. Sie sahen aus wie Kratzer, die von riesigen Krallen in der Fassade hinterlassen wurden. Aber stellenweise bildeten sie auch kohärentere Muster … wie die Worte *FUCK YOU,* die quer über die Tür direkt neben einem illustrierten Schwanz prangten.

Für einen kurzen Moment dachte ich an Jett und seine

Vorliebe für Farbe, doch diese Schmiererei sah viel zu grob und amateurhaft aus, um sein Werk zu sein. Außerdem würde es keinen Sinn ergeben, dass er meinen Arbeitsplatz auf diese Weise verunstaltete. Jett hatte keine Ahnung, dass Burt neulich so ein Idiot gewesen war. Und die Jungs wussten, wie dringend ich diesen Job brauchte.

Warum sollte überhaupt *jemand* den Lebensmittelladen verwüsten? Hatte sich mein Manager eine Untergrund-Punkbande zum Feind gemacht?

Zögernd fuhr ich auf den Parkplatz und parkte in einiger Entfernung von den Polizeiautos. Da der Laden erst in einer halben Stunde öffnete, war der Parkplatz größtenteils leer, dafür hatten ein paar Fahrzeuge auf der anderen Seite angehalten, und die Leute beobachteten die Szene durch die Fenster. In Lovell Rise schaffte es ein derartiger Vorfall definitiv in die Schlagzeilen. Er würde die Klatschpresse wochenlang in Atem halten.

Burt winkte mir zu, als ich aus dem Auto stieg. Kai folgte mir, und die Polizisten drehten sich um und beobachteten, wie ich näher kam. Ich unterdrückte das nervöse Kribbeln, das mich durchströmte.

Möglicherweise waren einer oder mehrere dieser Beamten dabei gewesen, als ich vor sieben Jahren abgeführt worden war. Natürlich konnte ich mich an keinen von ihnen erinnern. Es gab keinen Grund anzunehmen, dass sie mich wiedererkannten. Bestimmt hatten sie Wichtigeres zu tun, als sich mit dem Nervenzusammenbruch einer Dreizehnjährigen zu befassen, der inzwischen fast ein Jahrzehnt her war.

„Was ist passiert?", fragte ich und richtete meinen Blick auf Burt. Konnten wir heute überhaupt öffnen? Ich nahm an, dass er nicht wollte, dass die Kunden durch eine Tür gingen, auf der ein riesiger erigierter Schwanz prangte.

Einer der Polizisten plusterte seine Brust auf, während er

mich von oben bis unten musterte und sagte: „Wir hatten gehofft, Sie könnten uns das sagen.“

Ich blinzelte ihn an. „Entschuldigung?“

„Ja, eine Entschuldigung ist wohl angebracht“, schnauzte Burt so aufgebracht, dass ich mich wunderte, dass kein Rauch aus seinen Ohren quoll.

Völlig perplex wandte ich mich an den aufgeblasenen Polizisten. „Ich verstehe wirklich nicht, was Sie meinen. Ich bin doch gerade erst gekommen.“

Ein anderer Polizist stieß ein ungläubiges Grunzen aus und deutete mit dem Daumen auf ein paar Personen, die aus ihrem Auto gestiegen waren und die ich bis jetzt nicht bemerkt hatte. „Zeugen haben uns berichtet, dass sie gesehen haben, dass eine Frau den Tatort mit einer Farbdose in der Hand verlassen hat. Und die Beschreibung passt genau auf Sie.“

Als ich sah, wer die besagten Zeugen waren, lief mir ein eiskalter Schauer über den Rücken. Peyton hatte ihre dünnen Arme vor der Brust verschränkt und lächelte triumphierend. Der Typ neben ihr war ebenfalls ein Freund von Ansel. Der Kerl, den meine Jungs vor ein paar Tagen an den Pfosten des Docks gehängt hatten. Sein böser Blick galt eher Kai als mir. Neben ihm stand ein Typ, mit dem ich noch nie gesprochen hatte, der mir aber bekannt vorkam. Möglicherweise war er auf dem Footballfeld gewesen, als Zach und seine Mannschaftskollegen mich schikaniert hatten.

„Ja, das ist sie“, sagte er. „Sie war es.“ Die anderen nickten.

Mir fiel die Kinnlade herunter. „Das soll wohl ein Scherz sein.“ Ich blickte von einem Polizisten zum anderen. „Ich schwöre, ich habe nichts damit zu tun. Ich war seit meiner letzten Schicht vor zwei Tagen nicht mehr in dem Laden.“ Nun, theoretisch war ich am nächsten Morgen hier gewesen, als ich im Aufenthaltsraum geschlafen hatte, doch das war nicht relevant. „Ich weiß nicht einmal, wo man Sprühfarbe *kaufen* kann.“

Der erste Polizist schnaubte. „In diesem Fall muss ich mich auf den Augenzeugenbericht verlassen. Sie sollten besser …“

Kai unterbrach mich mit einem Räuspern, steckte sein Handy in die Tasche und trat direkt neben mich. Er schob seine Brille hoch und warf den Polizeibeamten einen scharfen Blick durch die Gläser zu. „Selbst wenn die Augenzeugen stark voreingenommen sind?“

Die Stirn des leitenden Beamten legte sich in Falten. „Wovon reden Sie?“

Kai hob sein Kinn in Richtung meines Anklägertrios. „Lily wird schon seit einigen Tagen von ein paar Kommilitonen belästigt, darunter auch diese drei. Ich wette, sie sind für die Schmiererei verantwortlich und wollen ihr die Schuld in die Schuhe schieben. Ich weiß, dass *sie* es nicht getan hat. Ich war mit ihr zusammen und habe die ganze Nacht in ihrer Wohnung verbracht.“

„Dieser Typ und seine … Freunde haben *uns* ihretwegen belästigt“, erwiderte Ansels Freund.

Die Polizisten schauten zwischen uns und der anderen Gruppe hin und her und wirkten zunehmend genervt. Vermutlich dachten sie, sie wären in einen belanglosen Studentenstreit verwickelt worden. Trotzdem war hier tatsächlich ein Verbrechen begangen worden und sie mussten den Täter finden.

Kai ignorierte die Aussage des Kerls und deutete auf eine Überwachungskamera, die neben der Eingangstür angebracht war. „Auf den Aufzeichnungen muss doch zu sehen sein, wer das getan hat. Haben Sie sich das Material überhaupt angesehen?“

Burt hob sein Kinn. „Selbstverständlich. Es war nur eine Person mit einer Kapuze zu sehen. Sie hat ihr Gesicht nicht zur Kamera gedreht, also kann sie nicht eindeutig identifiziert werden, aber es könnte definitiv Lily gewesen sein.“

Oder Peyton oder ein schlanker Mann. In der Dunkelheit war das nicht erkennbar.

Kai ließ sich nicht beirren. „Um wie viel Uhr ist es passiert?“

„Kurz nach Mitternacht.“

Ein Lächeln umspielte die Lippen des ehemaligen Gangsters. „Dann kann sie es nicht gewesen sein. Wir haben das Deep Dive gestern Abend gegen halb eins verlassen. Ich bin mir ziemlich sicher, dass die Bar auch Überwachungsvideos hat. Wenn Sie die Aufnahmen überprüfen, werden Sie sehen, dass Lily dieses wunderbare Kunstwerk nicht geschaffen haben kann. Es sei denn, Sie wollen behaupten, dass sie sich klonen kann.“

Sein besserwisserischer Tonfall machte Burt sichtlich wütend, doch Fakten waren Fakten. Die Polizisten traten beiseite, um sich leise miteinander zu unterhalten, und Peytons Leute musterten uns mit tödlichen Blicken. Ich fragte mich, ob es möglich war, jemanden wegen versuchter Körperverletzung durch Todesblicke anzuzeigen.

Einer der Polizisten telefonierte. Ich vermutete, dass er in der Bar angerufen hatte. Nachdem er seinen Kollegen zugenickt hatte, wandte sich der leitende Beamte an mich. „Wir werden Ihr Alibi überprüfen. Wenn Ihr Freund die Wahrheit sagt, sollte es keine Probleme geben. Bis dahin dürfen Sie die Stadt nicht verlassen.“

„Das hatte ich nicht vor“, antwortete ich, wobei ich mich bemühte, freundlich und nicht schnippisch zu klingen.

Seinem Gesichtsausdruck nach zu urteilen, gelang mir das nur halb, doch es schien ihnen zu reichen, um endlich zu gehen. Peyton und Co. gingen zu ihrem Auto zurück, um die Situation unter sich zu klären. Burt drehte sich mit einem mürrischen Gesichtsausdruck zu mir um, der mich erneut zusammenzucken ließ.

„Öffnen wir den Laden?", wagte ich zu fragen.

Seine Miene wurde noch finsterer. „Vorerst nicht. Und du wirst ihn sowieso nicht mehr öffnen. Du bist hiermit entlassen."

Ich starrte ihn an. „Aber ich habe das nicht *getan*. Ich habe nichts falsch gemacht. Sobald die Bullen das mit der Bar geklärt haben ..."

Er schüttelte den Kopf. „Das spielt keine Rolle. Dieser Vorfall hatte eindeutig etwas mit dir zu tun. Du bringst zu viel Ärger in diesen Laden. Und das nach nur ein paar Wochen. Du kannst dir deinen Lohn für die Stunden abholen, die du am Freitag gearbeitet hast."

Damit schritt er über den Parkplatz zu seinem Auto und ließ mich stehen, während mir das Herz bis zum Hals schlug. Die anderen Schaulustigen fuhren ebenfalls weg. Mit dem Verschwinden der Polizei hatte sich die Aufregung gelegt. Eine Minute später waren nur noch Kai und ich an der Tür und Peytons Gruppe bei ihrem Auto.

Kai drückte meine Schulter. „Wir werden uns etwas anderes einfallen lassen."

Ich schluckte schwer. „Es wird keine zehn Sekunden dauern, bis jeder Arbeitgeber in der Stadt davon erfährt. Und den meisten wird wahrscheinlich nur der Teil der Geschichte im Gedächtnis bleiben, in dem ich Schwänze an die Tür meines Arbeitsplatzes gesprüht habe. Verdammt noch mal."

Während ich meinen Gedanken nachhing, fuhr ein Jeep auf den Parkplatz. Der Motor heulte kurz auf, bevor er neben Peyton und den anderen hielt, und fünf weitere Jungs stiegen aus. Ein paar von ihnen hatte ich mit Ansel gesehen, andere könnten Footballspieler sein. Das Fertigmachen von Lily schien sich zu einer beliebten Freizeitaktivität zu entwickeln.

Die ganze Meute marschierte geschlossen auf uns zu, wobei Peyton sich etwas abseits hielt, obwohl sie genauso entschlossen aussah wie die anderen. Ich wich instinktiv einen Schritt zurück. Kai hingegen blieb standhaft und straffte die Schultern.

„Ich wette, du bist nicht so selbstbewusst, wenn du allein bist", spottete einer der Jungs. „Du hältst dich wohl für einen besonders harten Kerl. Zeit, dass wir dir eine Lektion erteilen."

Kai gluckste und klang nicht im Geringsten beunruhigt. „Die Lektion, dass ihr es nur zu siebt mit mir aufnehmen könnt? Ich wusste, dass ihr Weicheier seid."

Der Kerl, der gesprochen hatte, machte knurrend einen Schritt vorwärts. Doch im selben Moment ertönten zwei weitere Motoren hinter uns.

Ruin saß am Steuer des ersten Autos, das einst Ansel gehört hatte. Jett war auf dem Beifahrersitz. Sie hielten gerade neben uns an, als Nox auf einem Motorrad auf den Parkplatz raste. Seine Zähne waren halb grinsend, halb knurrend gefletscht.

Endlich hatte er das Motorrad bekommen, das er sich so sehr gewünscht hatte, dachte ich in meinem Hinterkopf. Kai musste ihnen eine Nachricht geschickt haben, bevor er mit den Bullen diskutiert hatte.

Die Jungs sprangen aus dem Auto und Nox von seinem Motorrad. Obwohl unsere Gegner fast immer noch doppelt so viele waren, wichen sie zurück und ihre drohenden Blicke wurden zusehends unsicher.

Einer von ihnen rannte zu den Autos. Kai holte ein Springmesser aus seiner Tasche und schleuderte es so schnell durch die Luft, dass es nur noch verschwommen zu erkennen war, bis es einen der Reifen traf, aus dem sofort zischend die Luft entwich. Jett schleuderte sein Messer auf das zweite Fahrzeug.

„Ihr geht nirgendwo hin, bis wir mit euch fertig sind“, erklärte Nox. „Und wahrscheinlich nicht einmal dann.“

„Wir sollten sie nicht umbringen“, meldete sich Kai zu Wort. „Die drei wurden gerade erst vor der Polizei mit Lily in Verbindung gebracht. Wenn wir jetzt auch noch einen Mord begehen, könnte es brenzlig für sie werden.“

Nox stieß ein enttäuschtes Schnauben aus, aber seine Augen funkelten. „Na schön. Dann werden wir nur dafür sorgen, dass es ihnen sehr leidtut.“

Er pirschte sich an die Tyrannen heran, wobei seine Mordlust aus allen Poren drang.

dreiundzwanzig

Lily

Meine Peiniger waren nicht dumm. Sie schienen zu ahnen, dass sie tot sein könnten, bevor sie ihr Ziel erreichten.

Die Gruppe trennte sich und die Arschlöcher verteilten sich in alle Richtungen. Peyton rannte um die Seite des Ladens herum, aber meine Jungs waren schneller.

Nox erwischte einen von Ansels Freunden und schleuderte ihn direkt durch die besprühten Fenster. Glas splitterte und der Kerl fiel zu Boden. Ruin hielt einen anderen mit einer tödlichen Umarmung fest und schubste ihn hinter seinem Kumpel her. Kai brachte einen Gegner zu Fall, der daraufhin über den Boden rollte, und Jett warf einen anderen über seine Schulter und schleuderte ihn durch das zerbrochene Fenster. Anschließend zogen die beiden ihre Messer aus den zerstörten Reifen.

Peyton war verschwunden, aber für die anderen gab es

kein Entkommen. Als Kai und Jett mit ihren Messern zwischen ihnen und dem anderen Ende des Parkplatzes standen, rannten die verbliebenen Jungs hinter ihren Freunden her in den Laden, vielleicht in der Hoffnung, einen Hinterausgang zu finden, durch den sie entkommen konnten. Natürlich war diese Tür verriegelt.

Die Schädelbrecher stürmten hinter ihren Gegnern her. Aus dem Lebensmittelladen ertönten Schreie und Grunzen. Obwohl mein ganzer Körper taub war, schaffte ich es, durch das Fenster zu steigen und zuzusehen, welches Schicksal meine Ankläger ereilte.

Der Lebensmittelladen hatte sich in einen Schauplatz der Gewalt verwandelt. In der Obst- und Gemüseabteilung bewarf Jett zwei der Jungs mit Kartoffeln, und zwar mit einer solchen Wucht, dass auf jeden Wurf ein dumpfer Aufprall und ein schmerzerfüllter Aufschrei der Zielpersonen folgten.

Kai hatte ebenfalls einen meiner Peiniger zu Fall gebracht. Er fegte einen Haufen Weintrauben von der Auslage auf den Rücken des Kerls und sprang dann auf ihn, um die Früchte zu zerstampfen. Als der Kerl wimmerte, grinste er. „Weine ruhig, während ich auf deinem Rücken Wein mache."

In den anderen Gängen hatte Ruin zwei Flaschen seiner scharfen Lieblingssoße geholt. Er spritzte sie drei Typen ins Gesicht, die versuchten, an ihm vorbeizurasen. Sie stolperten gegen die Regale und rieben sich die Augen. Während er kicherte, schlug Nox dem letzten Kerl eine Tiefkühlpizza auf den Kopf. Salamischeiben regneten auf ihn herab und blieben wie Clownschminke an den Wangen des Idioten hängen.

Ruin schnappte sich eine Packung Apfelsaft und schleuderte sie direkt in die Leistengegend eines Typen. Beim Aufprall brach der Deckel auf und der Saft durchnässte die Hose des sich krümmenden Schwachkopfs. Er sah aus, als hätte er sich eingenässt. Seinem Gesichtsausdruck nach zu urteilen, könnte er das auch tatsächlich getan haben.

Jett zog einen seiner Gegner vom Boden hoch und rammte ihn mit dem Kopf voran in eine Auslage mit abgepacktem Fleisch. Der Kerl begann aus dem Kopf zu bluten und sackte auf dem Boden zusammen. Durch das Rinderhackfleisch und die Koteletts, mit denen er bedeckt war, sah es aus, als wären seine Eingeweide durch die Haut geplatzt, ohne sie zu durchbrechen. Jett verpasste ihm zur Sicherheit noch einen Tritt gegen den Kopf.

Als ich ein würgendes Geräusch hörte, drehte ich mich um und sah, wie Kai dem Kerl, der mit den Kartoffeln beworfen worden war, eine Handvoll Hotdogs in den Mund rammte, die anschließend zwischen seinen geschwollenen Lippen des Kerls hervorragten. Wie ein Meme über das Fressen von Schwänzen. Kai richtete sich auf und schob sie mit einem Tritt noch weiter in seinen Rachen.

Ein hysterisches Lachen brach aus meiner Kehle hervor. Ich war mir nicht sicher, ob ich mehr entsetzt oder amüsiert war. Eines war sicher: *Diese* Prügel würden die Scheißkerle niemals vergessen.

Nox hatte währenddessen zwei Typen bei den Kassen niedergeschlagen. Er hielt beide mit jeweils einem Knie auf dem Bauch fest und stach mit trockenen Spaghetti auf sie ein, sodass sie sich langsam in menschliche Stachelschweine verwandelten. Als sie vor Schmerz stöhnten und zischten, blickte er sie an. „Wenn es ein nächstes Mal geben sollte, werde ich eure Eingeweide mit diesen Dingern durchbohren. Merkt euch das."

Ruin flitzte vorbei, schubste einen Typen in einen Turm aus Gemüsekonserven, die auf dem Kopf und der Brust des Kerls landeten. „Die beste Verwendung für Limabohnen!", krähte er.

Mit seinem Messer in der einen und einem Pop Tart in

der anderen Hand stürzte Jett sich auf den letzten Kerl, der noch auf den Beinen war. Mit dem Messer fügte er ihm feine Schnitte und mit der Ecke des Frühstücksgebäcks tiefere Furchen zu. Als der Trottel ausrutschte und mit dem Gesicht in einer Pfütze Essiggurkensaft aus einem zerbrochenen Glas landete, beugte sich Jett vor und ritzte ihm die Worte *PICKLE PRICK* quer über die Schulterblätter. Er gluckste düster. „Deine Dates haben eine Warnung verdient."

Die Luft war erfüllt von Grunzen und Keuchen, Schwappen und Knistern. Der Tumult dröhnte mit einer seltsamen, wabernden Melodie durch meinen Kopf, die nach Worten verlangte. So verrückt es war, der Mahlstrom der Gewalt hatte etwas brillant Orchestrales an sich …

Das Summen, das ich zuvor gespürt hatte, breitete sich in meiner Brust aus, als würde es sich dieser seltsamen Harmonie anpassen. Meine Nerven kribbelten, und mir war flau im Magen. Dieses Gefühl hatte ich auch damals gehabt, als Peytons Wasser aus der Flasche geschossen war.

Kai schaute zu mir herüber, und seine Augen funkelten. Er grinste mich an, als hätte ich etwas Fantastisches getan, obwohl ich in den letzten Minuten einfach nur dagestanden und gestarrt hatte. Dann bemerkte er, dass einer der Jungs sich halb kriechend, halb rutschend einen Weg durch die Sauerei in Richtung Lager bahnte. Er fletschte die Zähne. „Oh, nein, das wirst du nicht tun. Du weißt nicht einmal die *Hälfte* von dem, wozu wir fähig sind."

Ich anscheinend auch nicht. Kai schlug mit der Hand auf die Flüssigkeit am Boden, und Funken schossen über das Flüssigkeitsgemisch. Der Kerl verkrampfte sich und zuckte, als wäre er von einem Blitz getroffen worden.

Ruin, der zugesehen hatte, stieß einen Schrei aus. „Können wir das *auch*?", fragte er und drehte sich zu einem Kerl um, der in einer Pfütze aus scharfer Soße saß, bevor Kai antworten konnte. Auf das Klatschen seiner Finger hin zuckte sein Gegner zusammen und klapperte mit den Zähnen.

Heilige Scheiße. Scheinbar hatten sie ihre übernatürlichen Kräfte nicht verloren, als sie in ihre neuen Körper geschlüpft waren. Was würden meine Peiniger wohl davon halten?

Nox legte neugierig den Kopf schief und schickte einen Stromstoß durch eine Saftlache zu zwei der Jungs, die darin zusammengesunken waren. Als ihre Körper zuckten, breitete sich ein zufriedenes Lächeln in seinem Gesicht aus.

„Ihr werdet euch künftig von Lily und uns fernhalten", brüllte er durch den Laden. „Bisher waren wir nett zu euch. Ihr wollt nicht wissen, was wir tun, wenn wir gemein sind." Dann gab er den anderen ein Zeichen, ihm zu dem zerbrochenen Fenster zu folgen, vor dem ich immer noch wie erstarrt stand. Offenbar war er der Meinung, dass ihre Arbeit hier erledigt war.

Das Vibrieren hatte nachgelassen, und ich fühlte mich innerlich unangenehm leer und mehr als nur ein wenig benommen. Bilder und Geräusche wirbelten in meinem Kopf herum, als ich aus dem Laden trat. Mein Blick fiel auf die Kamera, die zu den Anschuldigungen gegen mich beigetragen hatte. Mein Herz setzte einen Schlag aus.

„Das Sicherheitssystem!", sagte ich. „Der Besitzer hat keine Alarmanlage." Normalerweise brauchte man so etwas nicht in Lovell Rise. „Aber wir werden auf den Überwachungskameras zu sehen sein." Es spielte keine Rolle, dass Nox die Drecksäcke davon abgehalten hatte, seine Männer und ihn zu verpfeifen, wenn das Videomaterial sie verriet.

Kai gab einen abweisenden Laut von sich und klatschte mit der Hand auf den Türrahmen unter der Kamera, woraufhin das Gerät Funken sprühte. Kai rieb sich triumphierend die Hände. „Die Festplatte ist durchgeschmort. Es wird nichts zu sehen geben, außer dem Ergebnis unserer Renovierungsarbeiten." Mit hochgezogenen Augenbrauen sah er sich in dem zerstörten Laden um.

Auch ich ließ meinen Blick durch den Raum schweifen, und meine Brust zog sich zusammen. Meine Benommenheit wurde von einer Welle der Panik weggespült.

Die Jungs hatten sich an meinen Tyrannen gerächt. Doch inwiefern würde das etwas an meiner Situation ändern? Durch diese Verwüstung hatten sie viel über ihre Identität und ihre Fähigkeiten verraten.

Inwiefern würde mein Leben noch schlimmer werden?

Ich fuhr mir mit den Fingern durchs Haar, und mein Atem beschleunigte sich. „Ich habe meinen Job verloren und vorerst keine Möglichkeit, Geld zu verdienen. In der Stadt reden ohnehin schon alle über mich. Wenn jemand herausfindet, dass ich in irgendeiner Weise etwas damit zu tun habe, was hier gerade passiert ist ..."

„Das werden sie nicht", sagte Kai ruhig. „Die Polizei wird dein Alibi überprüfen und feststellen, dass du nichts mit den Schmierereien zu tun hast. Dann wird klar sein, dass deine Ankläger die wahren Verbrecher sind. Wer weiß, worin sie sonst noch verwickelt sind, um in eine solche Situation zu geraten?" Er wies auf den Laden. „Das hat nichts mit dir oder uns zu tun."

Trotz seines zuversichtlichen Tonfalls konnte ich mir nicht vorstellen, dass es so einfach sein würde. Nichts war einfach gewesen, seit ich hierher zurückgekehrt war.

„Womöglich haben wir etwas übersehen", gab ich zu bedenken. „Ich kann nicht einfach so tun, als wäre nichts passiert. Meine Welt steht völlig Kopf. Wie soll ich wieder eine Beziehung zu Marisol aufbauen, wenn ich in diesen Schlamassel verwickelt bin?"

Nox legte seine Hand auf meinen Rücken. „Lass uns dich nach Hause bringen", sagte er entschlossen. „Wir wollen nicht länger hierbleiben. In deiner Wohnung können wir uns in Ruhe unterhalten. Es wird schon alles gut gehen. Wir sind bei dir, egal, was passiert."

Er nickte den anderen Jungs zu und stieg auf sein neues Motorrad. Ruin begleitete mich zu meinem Auto. Er schob mich auf den Beifahrersitz und setzte sich hinter das Lenkrad. Ich gab ihm die Schlüssel, ließ mich in die bequeme Polsterung sinken und schloss die Augen.

Hatte ich einen Fehler gemacht, als ich diese Jungs in mein Leben ließ? Waren sie schon immer so wild gewesen, oder hatte der Tod sie noch verrückter gemacht?

Wer würde mich vor *ihnen* beschützen, wenn sie zu sehr ausrasteten? Angeblich wollten sie auf mich aufpassen. Das bedeutete allerdings nicht, dass das auch funktionieren würde.

Ruin schaltete auf einen Radiosender, der mehr Lärm als Melodie spielte, und drehte ihn so laut auf, dass eine Unterhaltung ohnehin unmöglich gewesen wäre. Er raste so schnell durch die Straßen, dass es nur ein Lied lang dauerte, bis wir bei der Wohnung waren. Nachdem er geparkt hatte, öffnete er meine Tür. Wenn ich nicht darauf bestanden hätte, dass ich es allein schaffte, hätte er mich wahrscheinlich hineingetragen, so wie Nox mich neulich in sein Büro geschleppt hatte.

Auf leicht wackeligen Beinen wankte ich die Treppe zur Wohnungstür hinunter. Drinnen ließ ich mich auf den Futon plumpsen und rutschte sofort in die Vertiefung in der Mitte. Ich konnte mich nicht dazu aufraffen, wieder herauszukriechen.

Die Jungs folgten mir und umringten mich sofort. Nox nahm auf meiner einen Seite Platz, Ruin auf der anderen. Jett und Kai holten sich Stühle vom Tisch.

„Was hast du auf dem Herzen?", fragte Nox. Sein Tonfall

ließ vermuten, dass er hoffte, er könnte etwas erschießen oder erstechen.

Ich beugte mich vor und presste meine Hände auf mein Gesicht. „Ich habe versucht, mir ein normales Leben aufzubauen, damit Mom und Wade keine Ausrede haben, um mich von Marisol fernzuhalten. Das ist alles zum Teufel gegangen, oder? Es ist alles ein einziges Durcheinander."

„Du konntest dich von diesen Arschlöchern nicht weiter wie einen Sandsack behandeln lassen. Sie hätten nicht aufgehört, nur weil du dich nicht wehrst."

Ruin rieb meinen Arm. „*Sie* sind diejenigen, die alles vermasselt haben. Du verdienst es, dass dich jemand verteidigt."

„Du solltest sie uns einfach komplett auslöschen lassen", murmelte Jett.

Mein ganzer Körper spannte sich an. „Wenn Menschen *sterben*, wird die Situation nicht besser."

Kai beugte sich vor. „Wenn du nicht willst, dass wir die Tyrannen vernichten, musst du sie in ihre Schranken weisen. Zeig ihnen, dass du fortan keine Zielscheibe mehr sein wirst. Es wird immer wieder Arschlöcher geben, wie die, mit denen wir heute zu tun hatten. Doch vor ihnen zu verstecken hat nicht funktioniert, also ist es an der Zeit, dich zu wehren."

Ich hob meinen Kopf und starrte ihn an. „Wie soll ich das machen? Jeden verprügeln und abstechen, der eine böse Bemerkung über mich macht?"

Er lächelte, und seine Augen funkelten hinter seiner Brille. „Ich glaube, du kannst etwas Besseres tun als das. Du musst nur die Kraft herauslassen, die in dir steckt. Ich habe sie im Lebensmittelladen gespürt. Du könntest all diese Arschlöcher in ihren Designer-Turnschuhen zum Zittern bringen, wenn du dich darauf einlässt."

„Kraft?", wiederholte ich. Meine Hand wanderte zu meiner Brust, als ich an das Vibrieren dachte, das ich dort verspürt hatte. Kai hatte mich genau in diesem Moment angesehen.

Ruin holte tief Luft. „Ich habe es auch bemerkt! Du hast eine Energie in dir. Sie ist wie die unsere." Er blickte auf seine freie Hand hinunter. „*Du* warst doch nie ein Geist."

„Aber sie wäre beinahe einer geworden", gab Nox zu bedenken. „Wir wissen nicht, wie nahe sie dem Übergang war – nahe genug, dass ihr Geist nach uns rief." Er fing meinen Blick auf. „Vielleicht hat dich dieser Moment im Sumpf verändert."

„Das ist zwar keine richtige Wissenschaft, aber die Möglichkeit erscheint mir plausibel", stimmte Kai zu. „Es steckt definitiv *mehr* in dir, als du zulässt."

Ich erschauderte bei dem Gedanken an eine unbekannte Macht in mir. „Ich weiß nicht einmal, was es ist. Wenn ich eine besondere Kraft in mir habe, wie soll ich sie kontrollieren? Wie kann ich sie benutzen, wenn ich das möchte?" Ich ließ meinen Kopf in die Hände sinken und schüttelte ihn. „Scheiße. Das ist zu verrückt."

Vielleicht hatten Mom und Wade doch nicht unrecht gehabt, mich mit den Psychos wegzusperren.

vierundzwanzig

Nox

Lily so hoffnungslos und verängstigt zu sehen, weckte das Bedürfnis in mir, die Welt niederzubrennen. Obwohl ich das Gefühl hatte, dass sie sich dann mehr aufregen würde, nicht weniger.

Warum konnte sie nicht erkennen, dass sie durch ihre Eigenart *mehr* war als ein normaler Mensch und nicht weniger? Dass sie sich über all die Arschlöcher erheben und sie in ihre Schranken weisen konnte?

Ich hatte meine Gang schon einmal verloren und wieder zurückgewonnen, doch jetzt hatte ich das Gefühl, auch sie zu verlieren. Und das nach all der Anstrengung, die ich unternommen hatte, um für sie da zu sein. Was hatte das alles für einen Sinn, wenn die Arschlöcher wie diese College-Tyrannen und ihr Stiefvater am Ende gewannen?

Ein Knurren bildete sich in meiner Kehle, doch ich hielt es zurück. Zu lange hatten ihr lebende Stimmen eingeredet, sie sei wertlos und eine Unannehmlichkeit. Unser Geisterchor hatte nicht gereicht, um sie zu übertönen. Womöglich erstickten wir sie mit unseren eigenen Erwartungen.

Ich stand abrupt auf. „Raus!", bellte ich meine Freunde an. „Sucht euch eine andere sinnvolle Beschäftigung! Ich werde mit Lily allein reden. Sie kann es nicht gebrauchen, dass wir ihr alle gleichzeitig im Nacken sitzen."

Ärger stieg in mir auf, als Ruin besitzergreifend den Arm um sie legte. „Aber …"

„*Raus*", wiederholte ich, und diesmal protestierte er nicht. Er drückte Lily einen schnellen Kuss auf die Stirn und stand auf. Kai erwiderte fragend meinen Blick, doch als ich zu Tür nickte, ging er. Jett folgte den beiden mit seinem üblichen grüblerischen Schweigen.

Als die Tür zuschlug und Lily und ich allein waren, blieb sie mit dem Gesicht in den Händen sitzen. Ihr langes, helles Haar fiel wie ein Schleier nach vorne. Sie sah *klein* aus, und das fühlte sich unglaublich falsch an.

Ich hatte keine Ahnung, was ich als Nächstes tun sollte. Ich führte die Schädelbrecher an, also sollte ich auch dieses Problem angehen … Doch ich konnte keine Drohung aussprechen oder die Dinge mit Gewalt in eine bestimmte Richtung lenken. Lilys größter Feind war etwas *in ihr*, vor dem sie Angst hatte. Und ich wollte ihr nicht schaden, indem ich sie dazu drängte, sich damit auseinanderzusetzen. Ich wollte nichts mehr, als die atemberaubende Frau zum Vorschein zu bringen, die in ihr steckte, auch wenn ihr das nicht bewusst zu sein schien.

Vielleicht hätte ich das Ruin überlassen sollen. Was zur Hölle wusste ich schon von Sanftmut? Ich ballte meine Hände zu Fäusten und überlegte, was ich sagen oder tun sollte.

„Komm her", sagte ich schließlich. Ohne abzuwarten, ob

sie der Aufforderung folgen würde, hob ich sie von der Couch und trug sie in ihr Schlafzimmer.

Ich setzte sie auf die Bettkante und kniete mich vor sie. Das Bett war so niedrig, dass wir uns genau in die Augen schauen konnten.

Es hätte sich unangenehm anfühlen müssen, vor jemandem zu knien. Doch bei Lily fühlte sich die Pose nicht wie eine Demütigung an. Ich zeigte ihr, dass wir auf Augenhöhe waren. Vielleicht war das der beste Ausgangspunkt.

Ich strich mit den Fingern über ihre Wange und ihr Haar und konnte nicht widerstehen, leicht daran zu zupfen. „Du hast dich nicht vom Sumpf verschlucken lassen, und wirst dich auch jetzt nicht unterkriegen lassen", verkündete ich. „Was ist hier eigentlich das Problem? Was kümmert es dich, was diese Leute von dir denken?"

Lily nahm einen zittrigen Atemzug. „Ein paar von diesen Leuten stehen zwischen meiner Schwester und mir. Viele andere könnten mich in Schwierigkeiten bringen, wenn sie sich über mich beschweren ... oder mich bei den Bullen anzeigen. Ich darf nicht zurück in die St. Elspeth Klinik geschickt werden. Ich weiß nicht, ob die Ärzte mich jemals wieder rauslassen würden."

„*Wir* würden dich rausholen, wenn es so weit käme", versicherte ich ihr, und mein Kiefer verkrampfte sich bei dem Gedanken. „Aber das wird nicht passieren. Du hast jetzt uns, und du hast *dich*. Du darfst nicht zulassen, dass sich jemand zwischen deine Schwester und dich stellt."

„Aber ..."

„Du hast die Kraft, dir zu holen, was dir zusteht", fuhr ich fort, bevor sie widersprechen konnte. „So leben wir. Scheiß auf die Regeln. Scheiß auf die Meinung von Arschlöchern. Wenn du aufhörst, dich darum zu kümmern, was die Leute wollen, die dir nichts bedeuten, kann dir *nichts* im Weg stehen. Spürst du nicht die Macht, von der Kai gesprochen hat?" Ich klopfte ihr auf die Brust.

Lily zitterte. „Es fühlt sich nicht wie eine Macht an. Eher so, als würde ich die Kontrolle verlieren, und ich bin mir nicht sicher, was dann passieren wird. Ich weiß nicht, wen ich verletzen könnte. Und was ist, wenn ich ein wenigstens einigermaßen normales Leben *möchte*? Dann muss ich mich an die Regeln halten."

Ich zog die Augenbrauen hoch. „Willst du normal sein, oder hast du nur Angst, dass du bestraft wirst, wenn du deinen eigenen Weg gehst?" Ich schätzte, meine Kumpels und ich waren nicht das beste Beispiel dafür. *Unser* Leben war von Arschlöchern verkürzt worden, denen die Regeln nicht gefallen hatten, die wir für uns selbst aufgestellt hatten. Doch wir waren zurück und würden uns von niemandem mehr aufhalten lassen.

Und ich lebe lieber für eine kurze Zeit in Freiheit, als für eine Ewigkeit in einer Zwangsjacke der Höflichkeit.

„Ich weiß nicht", flüsterte Lily. „Marisol braucht mich. Ich will sie nicht im Stich lassen."

Ich richtete mich auf und beugte mich vor, bis mein Gesicht nur noch wenige Zentimeter von ihrem entfernt war. Wieder fuhr ich mit den Fingern über ihr Haar. Ihr berauschender Duft erfüllte meine Lunge. Sie roch wild und süß, und auf einmal zeichnete sich der richtige Weg für mich ganz klar in meinem Kopf ab.

„Ich glaube, der Grund, warum du Angst hast, die Kontrolle zu verlieren, ist, dass du es nicht gewohnt bist, deine Kräfte zu nutzen", sagte ich. „Du wusstest nicht einmal, dass du sie hast. Aber du verfügst über eine große Macht, kleiner Fisch. Hast du eine Ahnung, wie viel Macht du über *mich* hast? Du bist meine Sirene. Du bist der Grund, warum ich überhaupt hier bin. Was du allein durch deine Gegenwart mit mir anstellst ..."

Allein durch das Aussprechen der Worte flackerte Verlangen in mir auf wie eine Flamme über Kerosin. Es war verdammt lange her, dass ich diesen körperlichen Trieben frönen konnte. Endlich hatte ich einen Körper, um sie auszuleben, und meine Nerven schrien nach mehr. Ich hielt mich zurück, doch meine Selbstbeherrschung schwand schnell.

Was ich wollte, war nicht das Wichtigste. Diesmal musste Lily diejenige sein, die die Grenze überschritt. Sie musste *nehmen*, statt sich nehmen lassen.

Sanft fuhr sie mit ihren Fingern über meinen Kiefer, was weitere Flammen entfachte. „Bedeute ich dir wirklich so viel?"

„Uns allen", gab ich widerwillig zu. Es war die Wahrheit. „Ich werde die Schädelbrecher wieder aufbauen und unseren Namen wiederherstellen, aber ich bin *deinetwegen* zurückgekehrt. Ich hatte bereits ein Leben, in dem es nur um mich ging. Diesmal stehst du an erster Stelle."

Sie schnappte nach Luft, allerdings eher vor Ehrfurcht, als vor Angst, wenn ich mich nicht irrte. Ich strich mit den Fingern über ihre Kopfhaut, während mein Schwanz härter wurde und gegen meine Jeans drückte.

„Warum findest du nicht heraus, wie es ist, deine Kraft auf mich anzuwenden? Du kannst ein wenig üben und herausfinden, inwiefern du dich beherrschen kannst, wenn du loslässt."

Lily zögerte nur eine Sekunde. Dann, dem Teufel sei Dank, zog sie mich an sich und presste ihre Lippen auf meinen Mund.

Obwohl dieser Kuss nicht so episch war wie unser erster, löste die zärtliche Begierde, mit der ihre Lippen über meine glitten, einen ebenso berauschenden Schwall von Gefühlen in mir aus. Ich erwiderte ihren Kuss, ohne die Kontrolle zu übernehmen, und fuhr mit den Fingerspitzen an ihrem Hals auf und ab. Sie gab ein zufriedenes Gemurmel von sich und küsste mich mit einer Leidenschaft, die mich steinhart werden ließ.

Sie hatte ihr ganzes Leben lang zu hören bekommen, sie sei nicht gut genug. Ich musste ihr mit jeder Geste und jedem Wort zeigen, wie verdammt wertvoll sie war. So lange, bis ich sie überzeugt hatte. Und dann würde ich sie immer wieder daran erinnern, damit sie es nie vergaß.

Ich schob meine andere Hand unter ihr Shirt und strich über ihre weiche Haut bis zu ihrer Brust. Ihr BH war so dünn, dass ihre Nippel unter dem Stoff hart wurden, als ich mit dem Daumen darüber strich.

Lily gab einen weiteren Laut von sich, der eher einem Knurren glich, und rückte noch näher an mich heran. Ein Lächeln umspielte meine Lippen.

„Du machst mich verrückt", murmelte ich und fuhr mit meinem Mund über ihren Kiefer. „Dein Mund. Deine Wangen. Deine verdammten *Ohren*." Ich knabberte an ihrem Ohrläppchen, was ihr einen leisen Schrei entlockte. „Dein Hals ist verdammt köstlich." Ich fuhr mit meinen Zähnen über ihren Hals und wurde mit einem lustvollen Wimmern belohnt.

Es war ein Wunder, *überhaupt* wieder eine Frau auf diese Weise berühren zu können. Mein Blut kochte. Und die Tatsache, dass es Lily war, machte es zehnmal süßer. Ich hatte nicht gedacht, dass wir uns so aufeinander zubewegen würden. Ich hatte sie nie auf diese Weise gesehen, als sie noch ein Kind gewesen war, doch jetzt war es einfach nur perfekt.

Keine andere Frau könnte dem Inferno, das sie in mir entfacht hatte, das Wasser reichen.

„Ich will dich sehen", forderte Lily abrupt und krallte ihre Hände in mein Shirt.

Diesen Gefallen tat ich ihr nur allzu gerne. Ich schlüpfte aus meinem Langarmshirt und zog ihr anschließend ihr

Oberteil über den Kopf. Sie zeigte nicht den geringsten Hauch von Verlegenheit, als sie im BH vor mir auf dem Bett saß. Aufmerksam betrachtete sie meinen Oberkörper.

Ich war in diesen Körper hineingewachsen, der mir nicht richtig gepasst hatte, als ich ihn übernommen hatte. Die Muskeln in meiner Brust und meinen Schultern waren fast genauso breit wie die meines ersten Körpers. Ich war ein paar Zentimeter kleiner als in meinem früheren Leben, doch das würde ich mit einer noch massiveren Präsenz wettmachen.

Lily fuhr mit ihren Fingern über meine Brustmuskeln, und ich musste meine Hände zu Fäusten ballen, um sie nicht einfach an mich zu reißen. „Sahst du früher auch so aus?", fragte sie zaghaft.

„Ich bin auf dem Weg dahin", antwortete ich. „Kein Professorenkörper wird mir lange im Weg stehen." Ich blickte prüfend an mir hinunter. „Meine Tattoos sind nicht wieder aufgetaucht. Sie sind meiner Geistergestalt verloren gegangen. Ich werde sie neu stechen lassen, sobald ich mich um die wichtigeren Dinge gekümmert habe."

Sie strich mit ihren Daumen über meine Brustwarze und beobachtete mein Gesicht. Meine Augen blitzten, als eine Welle der Lust über mich hinwegschwappte. Ein Knurren schlich sich in meine Stimme, doch es war nicht im Entferntesten böse. „Ich liebe es, wenn du mich berührst, fast so sehr, wie ich es liebe, dich zu berühren."

Und weil ich ein Mann der Tat war, griff ich in ihren Rücken und öffnete ihren BH. Ich beugte meinen Kopf, um einen ihrer Nippel in den Mund zu nehmen, und bearbeitete ihn mit meiner Zunge und meinen Zähnen, bis Lily stöhnte und mein Haar umklammerte.

„So ist's gut, Baby", raunte ich, während ich mich ihrer anderen Brust widmete. „Ich habe noch so viel mehr für dich. Du schmeckst so gut."

Ich würde wetten, dass sie weiter unten noch besser

schmeckte. Während ich an ihrem Nippel saugte, was ihr ein weiteres Keuchen entlockte, öffnete ich ihre Jeans und zog sie über ihre Beine hinunter.

Ihr Höschen war durchnässt. Lust pulsierte durch mich hindurch, als ich durch den Stoff ihre Mitte streichelte.

„Braves Mädchen. So verdammt feucht für mich. Hast du eine Ahnung, wie hart ich bin? Du bringst mich dazu, dass ich explodieren möchte. Aber ich werde mich erst um dich kümmern.“

Ich riss ihr Höschen herunter und vergrub mein Gesicht zwischen ihren Schenkeln.

Lily stieß einen lustvollen Schrei aus. Ich verschlang sie, fuhr mit meiner Zunge über ihren Kitzler und tauchte direkt in ihre Muschi ein, um ihre süßen Säfte aufzusaugen, die auf meinen Ruf hin aus ihr herausflossen. Verdammt, das war die beste Mahlzeit, die ich hatte, seit ich wieder einen Mund hatte.

Es war ein verdammtes Verbrechen, dass sie noch niemand so verehrt hatte, wie sie es verdiente.

Als ich fester an ihr saugte, verwandelte sich ihr Atem in ein stotterndes Keuchen. Sie kippte auf dem Bett nach hinten, stützte ihren Kopf an der Wand ab und ihre Hüften wippten, um den Stößen meiner Zunge zu begegnen. Ich konzentrierte meinen Mund auf ihren Kitzler und krümmte zwei Finger in ihr. Mit ein paar versuchsweisen Berührungen fand ich die Stelle in ihr, die sie erschaudern ließ.

Es bedurfte nur weniger Stoßbewegungen meiner Fingerspitzen in Kombination mit dem Druck meines Mundes, um sie zu einem bebenden Höhepunkt zu bringen. Ihre Muschi zog sich um meine Finger zusammen und ihr Rücken wölbte sich, als das süßeste Stöhnen der Welt aus ihr herausschallte. Ich hatte ihr noch mehr Lust bereitet als neulich auf dem Schreibtisch des Professors.

Ein Teil von mir wünschte sich, ich hätte ihre

Befriedigung länger hinausgezögert, doch ein größerer Teil wollte meinen Körper auf die ursprünglichste Weise mit ihrem verschmelzen. Ich drückte einen letzten langen Kuss auf ihre Muschi und beugte mich über sie, während ich das Kondom aus meiner Tasche zog, das ich in weiser Voraussicht mitgenommen hatte. Ich war mir nicht sicher, ob meine Übernahme dieses Körpers Auswirkungen auf die Zeugungsfähigkeit hatte, doch ich hielt es für keine gute Idee, unsere Frau mit Geistersamen zu schwängern.

Lily öffnete meine Hose, umfasste meinen Schwanz mit einer Hand und blickte mit trüben Augen zu mir auf. Allein ihr Anblick brachte mich fast zum Höhepunkt. Als sie meinen harten Schaft mit ihren Fingern umkreiste, entwich mir ein Stöhnen.

„Gott, ich will dich so sehr. Du bist meine Welt, Lily. Du hast dem Tod getrotzt und mich zurück ins Leben geholt. Niemand, der bei Verstand ist, sollte sich mit dir anlegen."

In ihrem Gesicht leuchtete etwas auf, das vorher nicht dagewesen war. Vielleicht war ich tatsächlich zu ihr durchgedrungen.

Ich zog meine Jeans aus und hielt ab und zu inne, um meinen Atem über ihre streichelnde Hand wehen zu lassen. Als sie mir die Boxershorts auszog und sich dabei auf die Unterlippe biss, wusste ich genau, wie ich den letzten Schritt ausführen musste.

Ich streifte das Kondom über meinen steifen Schwanz und ließ mich auf dem Rücken auf die Matratze sinken. Als ich meinen Schaft streichelte, folgte Lilys Blick der Bewegung meiner Hand. Sie leckte sich über die Lippen, und mein Schwanz zuckte.

„Willst du das?", fragte ich mit leiser Stimme.

Lily hob ihren Kopf und sah mir in die Augen. Ihre Wangen waren von ihrem ersten Orgasmus gerötet und sie strahlte regelrecht. „Ja", hauchte sie leise, aber bestimmt.

Ich grinste. „Dann komm und hol ihn dir, Baby."

Ohne zu zögern, setzte sie sich rittlings auf mich. Als ich mich auf meinem Ellbogen abstützte, beugte sie sich über mich, um mich leidenschaftlich zu küssen. Ihre Zunge glitt zwischen meine Lippen und verschlang sich mit meiner. Ich brummte zustimmend und massierte ihren Hintern mit meiner freien Hand.

Sie richtete sich über mir auf, sank auf meinen Schwanz und spießte sich darauf auf. Ihre glitschige Muschi umschloss mich und für einen kurzen Moment sah ich Sterne. Ich konnte mir ein weiteres Stöhnen nicht verkneifen. Warum auch? Ich wollte, dass sie wusste, wie viel Lust sie mir bereitete.

„Deine Muschi fühlt sich so gut an", murmelte ich. „So verdammt gut. Nimm mich ganz – ich weiß, dass du es kannst."

Mit einer schwungvollen Bewegung ihrer Hüfte ließ sie sich auf mich sinken, und ich umfasste ihren Hintern, um sie festzuhalten. Eine berauschende Hitze durchflutete meinen Körper und sammelte sich in der Leistengegend. „Oh, ja. Genau so. Ich kann es nicht erwarten, dich zum Schreien zu bringen."

Ich nahm ihren wimmernden Laut als Stichwort, mich zu bewegen. Als ihre Hände gegen meine Brust drückten, bäumte ich mich auf und stieß noch tiefer in sie hinein.

Lily wiegte sich mit meinen Bewegungen im Rhythmus, drückte ihren Rücken durch und bewegte sich über mir auf und ab. Ihre Augenlider schlossen sich flatternd und ihre Lippen öffneten sich und formten ein wunderschönes O. Ich würde ihr Vergnügen noch steigern.

„Mach weiter so, Baby", raunte ich und massierte ihren Oberschenkel. „Du fühlst dich unglaublich an. Du reitest mich so gut."

Ein Wimmern drang aus ihrer Kehle, gefolgt von einem Laut, der kein Schrei war, sondern etwas viel Besseres.

Sie sang. Mit einer hellen, flüsternden Stimme, die sich mit dem Aufeinanderprallen unserer Körper hob und senkte. Es war die erste Melodie, die ich von ihr hörte, seit sie wieder in unser Leben getreten war.

„So hoch … bis zum Himmel … Noch nie habe ich mich so gut gefühlt …"

Sie komponierte ein Lied für mich. Für uns und diesen schweißtreibenden Moment der Glückseligkeit. Irgendwie hatte ich es geschafft, diesen zerbrochenen Teil in ihr zu heilen. Ich hatte etwas verdammt richtig gemacht.

Mein Herz schwoll fast so stark an wie mein Schwanz. Ich war kurz vor dem Höhepunkt.

Ich drückte ihren Arsch und drang mit einer schwungvollen Bewegung meiner Hüfte in sie ein, um die perfekte Stelle zu finden. Beim zweiten Stoß erschauderte sie.

Ihr Kopf fiel nach hinten und ihr ganzer Körper spannte sich an, während ihre Muschi um meinen Schwanz herum zuckte und ihn zum Explodieren brachte. Ich kam so heftig, dass mir kurz schwarz vor Augen wurde.

Lily beugte sich keuchend über mich und schenkte mir ein verschmitztes Lächeln. Als sie ihren Kopf an meine Schulter schmiegte, schlang ich meine Arme um sie und grinste bei dem Gedanken an all die Bastarde, die dafür bezahlen würden, wenn sie ihnen zeigte, was in ihr steckte.

fünfundzwanzig

Lily

Etwas hatte sich verändert. Als der Rest der Jungs mit dem chinesischen Essen in die Wohnung zurückkam, hatte Nox besitzergreifend über meinen Rücken gestrichen und Ruin einen Arm um meine Schultern gelegt. Ich kuschelte mich in mein Bett, das immer noch nach himmlischem Sex roch. Ihre schläfrigen Atemzüge drangen durch den Türspalt verschmolzen mit dem Rest der Geräusche zu einer berauschenden Harmonie.

Meine Haut kribbelte noch immer von Nox Berührungen. Mit seiner bewundernden Stimme im Ohr und der Glückseligkeit, die meinen Körper durchströmte, hatte ich mich gefühlt, als wäre ich wirklich so mächtig, wie er sagte. Eine Göttin, die die Welt nach ihrem Willen lenken konnte.

Jetzt kam mir der Gedanke ein wenig albern vor, doch das Gefühl der Leichtigkeit war geblieben. Niemand würde mich aufhalten. Ich konnte die Welt erschaffen, in der ich leben wollte. Ich konnte sie nach meinen Wünschen gestalten … Mom und Wade konnten mich nicht von Marisol fernhalten … Und ich konnte jeden abwehren, der sich mir in den Weg stellte oder mich beleidigte. Sogar die Musik, die aus meiner Umgebung in mich hineinfloss, fühlte sich richtig an. Als wäre es in Ordnung, wenn ich ihr wieder eine Stimme verlieh. Als hätte ich eine Chance verdient, die Lieder herauszulassen, die in meinem Kopf entstanden.

Leider hielt dieses Gefühl nur an, solange ich mit den Jungs in meiner Wohnung war. Draußen in der Vormittagssonne, wo mich die frische Herbstbrise umwehte, holte mich die Realität wieder ein.

Ich blieb vor der Seitengasse stehen, die zu meiner Wohnungstreppe führte, atmete tief ein und aus und fragte mich, was die Polizei wohl über mich denken würde, nachdem sie das Chaos in Mart's Supermarket entdeckt hatten. Was dachte die ganze Stadt über mich? Ein Anflug von Unsicherheit trübte meine Zuversicht.

Ruin legte seinen Arm um meine Taille und drückte mir einen Kuss auf die Schläfe. Ich war mir ziemlich sicher, dass die anderen Jungs wussten, was Nox und ich getrieben hatten, doch falls der stets gut gelaunte ehemalige Gangster ein Problem damit hatte, ließ er sich nichts anmerken.

„Wir können alle mit dir kommen", schlug er vor. „Wir können dich zum Kursraum begleiten und jeder, der dich auch nur komisch ansieht, wird es bereuen."

Ich gluckste leise. Was würden meine Kommilitonen und Dozenten wohl von meinem ergebenen Gefolge denken? Vor allem, wenn sogar ein vermeintlicher Professor dazugehörte und Studenten, die früher nie etwas mit mir zu tun gehabt hatten.

Darum ging es allerdings nicht, oder? Wenn ich die Jungs bei mir haben wollte, konnte es mir egal sein, was die anderen davon hielten. Diese Männer konnten mit jeder Gegenreaktion umgehen, mit der sie konfrontiert wurden.

Und in einem Punkt hatten sie recht: Ich musste auf eigenen Beinen stehen. Solange sie mich verteidigten, würden mich die Leute weiterhin herumschubsen, wenn sie das Gefühl hatten, dass sie damit durchkamen.

Ich musste ihnen zeigen, dass es sich nicht lohnte, auch wenn sie es nur mit mir zu tun hatten.

Obwohl ich mir nicht sicher war, wie ich das bewerkstelligen sollte oder ob der Versuch furchtbar schiefgehen würde, hob ich entschlossen mein Kinn. „Nein. Du kannst mit mir zum Campus kommen, aber von dort aus gehe ich alleine weiter. Wenn mich jemand angreift, komme ich allein zurecht.“

„Das ist mein Mädchen“, sagte Nox, und ich fragte mich, ob der neue Bariton in seiner Stimme über Nacht noch tiefer geworden war. Ein angenehmer Schauer durchfuhr mich und wurde noch stärker, als er sich zu den anderen umdrehte und sich korrigierte. „*Unser* Mädchen.“

„Unsere *Frau*“, sagte Ruin grinsend und presste mir einen Kuss auf die Lippen, bei dem ich mir plötzlich viel mehr Gedanken darüber machte, wann ich *ihn* für mehr als ein wenig Kuscheln ins Bett zerren könnte. Die Herausforderungen, die mich auf dem Campus erwarteten, waren mit einem Mal vergessen.

Ich warf einen Blick zurück in die Wohnung. „Ich brauche Geld für die Miete und so. Ich habe zwar ein paar Ersparnisse von den Praktika, die ich über die St. Elspeth Klinik bekommen habe, aber die werden nicht lange reichen.“

Kais Augen blitzten hinter seiner Brille. „Mach dir darüber keine Sorgen. Wenn du einen Job mit einem Chef findest, der kein Arschloch ist, dann mach das. Bis dahin haben wir unsere eigenen Mittel und Wege, die Rechnungen zu bezahlen."

Ich war mir nicht sicher, ob ich wissen wollte, was das für Wege waren.

Ich bestand darauf, mit meinem eigenen Auto zur Schule zu fahren, während die Jungs mir folgten. Wie eine bizarre Präsidentenkolonne fuhren Nox auf seinem Motorrad und die anderen drei in Ansels altem Sportwagen hinter mir her. Freds Motor brummte und stotterte ein paar Mal, aber er brachte mich problemlos zum College-Parkplatz. Ausnahmsweise fand ich eine Parklücke näher an den Campus-Gebäuden, die normalerweise nicht frei war. Vielleicht war das ein gutes Omen.

„Wenn du uns brauchst, weißt du, wie du uns erreichen kannst", erinnerte mich Nox. Die Hitze, die in seinem Blick aufflackerte, deutete darauf hin, dass er es Ruin gerne gleichgetan und mich ebenfalls geküsst hätte. Doch ich war nicht so unvorsichtig, dass ich am helllichten Tag mit einem angeblichen Professor knutschte, ganz gleich, ob die Tarnung der einstigen Gangster zu diesem Zeitpunkt schon aufgeflogen war.

Als ich mich auf den Weg zu meiner ersten Vorlesung des Tages machte, rechnete ich mit dem Schlimmsten, doch ich hörte nicht den leisesten Spott. Ich machte mir Notizen und schaffte es, nicht einzunicken, als der Professor besonders einschläfernd über organisierte Kriminalität sprach, worüber er einen Scheiß wusste, wie mir langsam klar wurde. Niemand trat gegen meinen Stuhl oder schüttete mir Getränke ins Gesicht. Der Tag lief überraschenderweise ziemlich gut.

Zumindest anfangs. Als ich zwischen zwei Kursen auf die Toilette ging und aus der Kabine kam, stand Peyton am Waschbecken. Offenbar hatte sie bei der gestrigen Konfrontation keinen Schaden genommen.

Ich erstarrte und blickte mich um. Wir waren allein in der Toilette. Ich wünschte mir, jemand würde hereinkommen, um einen Zeugen zu haben. Leider wurde mein Wunsch nicht erhört. Ich hätte mit meinen schmutzigen Händen zur Tür rennen können. Aber das wäre nicht nur widerlich gewesen, ich bezweifelte auch, dass sie mich so weit kommen lassen hätte.

Also begnügte ich mich damit, zum Waschbecken zu gehen, das am weitesten von ihr entfernt war, und meine Hände einzuseifen, als wäre es mir scheißegal, dass sie mich mit großen Augen anstarrte. Meine Lässigkeit schien sie noch wütender zu machen, denn ich könnte schwören, dass sie versuchte, mich mit ihren Blicken zu töten.

„Du bist gefährlich", spuckte sie. „Jeder weiß das, selbst wenn die Jungs, die deine Kämpfe für dich bestreiten, alle zum Schweigen bringen. Komisch, dass du allein nie so stark bist."

Ich drehte mich zu ihr um und verschränkte meine Arme. Meine Nerven kribbelten, aber ich bemühte mich, ruhig zu bleiben. „Vielleicht wird sich das ändern."

„Ach, ja? Was wirst du tun, wenn ich deinen Kopf gegen eine dieser Toiletten schlage? Das wäre die gerechte Strafe dafür, was du gestern mit den Jungs gemacht hast. Und für das, was du Ansel machen lässt." Sie holte scharf Luft. „Auf den Toiletten gibt es keine Kameras. Ich könnte deinen Kopf unter Wasser drücken, bis du ertrinkst, und niemand könnte mir etwas nachweisen. Ich würde das College nur von Abschaum säubern und diese Männer von dir befreien."

Ich zog die Augenbrauen hoch und mein Herz pochte so schnell, dass ich mich wunderte, dass sie meinen Puls nicht vibrieren sah. Das tiefe, dunkle Brummen, das mir immer vertrauter wurde, schwoll in meiner Brust an. „Es ist komisch, das von jemandem zu hören, der mich eine Treppe hinuntergeworfen, mich fälschlicherweise eines Verbrechens beschuldigt und dafür gesorgt hat, dass ich gefeuert wurde. So wie ich das sehe, bist du die einzige Gefahr hier."

„Ich habe nur dieses College und die Studenten vor deinem bösen Einfluss geschützt", schoss Peyton zurück und kam mit erhobenen Händen auf mich zu.

Das Brummen in mir wurde stärker, und in meinen Ohren rauschte es, als würde ich durch einen Wasserfall stürzen. Panik stieg in mir auf. Was würde passieren, wenn ich der Kraft in mir freien Lauf ließe? „Das willst du nicht tun."

„Warum nicht?", spöttelte Peyton und ballte ihre Hände zu Fäusten. „Wirst du den Schwanz einziehen und deine Jungs auf mich hetzen?"

Mein Kiefer verkrampfte sich. „Ich kann etwas viel Schlimmeres tun als das." Ich war mir nicht ganz sicher, was, aber das würden wir beide wohl gleich herausfinden.

Ich konzentrierte mich auf das Kribbeln in meinem Inneren und ließ es zum ersten Mal intensiver und lauter werden. Es breitete sich in meinem ganzen Wesen aus und hallte durch meine Zellen, als wäre ich eine Kirchenorgel.

Ich hatte erwartet, dass die Energie aus mir herausströmen würde, aber stattdessen verdichtete sie sich zu einem anschwellenden, leisen Läuten, als wäre jeder Ton ein Kriegshorn, das … zum Kampf ruft.

Etwas war im Anmarsch. Ich konnte es mit jeder Faser meines Körpers spüren. Das kleine Fenster hinter mir klapperte, als Peyton mit ihrer Faust nach mir ausholte und ich ihr auswich.

Peyton erstarrte für eine Sekunde, und im selben Moment zersplitterte die Scheibe. Ein Schwall grüner Blitze schoss hindurch und ein paar weitere unter der Tür. Ich brauchte eine Sekunde, um zu begreifen, was ich da sah.

Frösche. Ein Heer von Fröschen, die sich von allen Seiten auf Peyton stürzten.

Ich hatte eine verdammte *Froscharmee* herbeigerufen.

Vielleicht war es ja gar nicht normal, den quakenden Dingern überall in der Stadt zu begegnen. Möglicherweise mochten sie mich einfach.

Die grünen Tiere stürzten sich laut quakend auf Peyton. Sie sprangen vom Boden auf ihre Beine und hüpften von den Waschbecken auf ihre Brust und ihre Schultern. Einige klammerten sich sogar an ihrem Haar fest.

Ich konnte mir nicht vorstellen, dass sie viel mehr taten, als auf sie zu springen und sich festzuhalten. Immerhin hatten sie keine Krallen oder Zähne und konnten ihr nicht einmal annähernd Schmerzen zufügen. Peytons Reaktion nach zu urteilen, könnte man meinen, sie würde von Hornissen oder Mäusen angegriffen werden.

Sie schrie und fuchtelte mit ihren Beinen und Armen, als würde sie einen wilden Tanz vollführen. Doch für jeden Frosch, den sie abschüttelte, sprangen zwei neue auf sie. Sie rannten über den Boden, quakten fröhlich und hüpften herum, als hätten sie den Spaß ihres Lebens.

Ein Lachen brach aus mir heraus, auch wenn mir die Frösche leidtaten. Peyton schlug heulend nach den grünen Tieren, die sich an ihrer Hysterie nicht zu stören schienen.

„Was zum Teufel hast du getan?", schrie sie mich an. „Nimm sie weg von mir! Das ist doch verrückt!"

Mein Herzschlag hatte sich auf einen ruhigen, gleichmäßigen Rhythmus verlangsamt. Ich lächelte sie an und schritt auf dem schmalen Pfad, den die Frösche für mich freigelassen hatten, zur Tür. „Was hattest du denn sonst von einer Verrückten erwartet? Glaub mir, du willst nicht herausfinden, wozu ich noch fähig bin."

Ich war mir nicht sicher, ob ich es selbst überhaupt herausfinden wollte, doch das brauchte ich nicht zu erwähnen.

Klagend setzte Peyton ihre verzweifelte Froschabwehr

fort. „Du kannst nicht einfach … einfach so etwas mit Menschen machen. Ich werde es dem Sicherheitsdienst sagen, dem Dekan …“

Ich schnaubte und schnitt ihr das Wort ab. „Und was genau willst du ihnen sagen? Dass ich eine Horde von Fröschen auf dich gehetzt habe? Wen werden sie dann für verrückt halten? Es gibt nicht einmal Zeugen. Schließlich gibt es hier keine Kameras, genau wie du es wolltest.“

Ich machte auf dem Absatz kehrt und ging hinaus, ohne mich umzudrehen, als ich sie ihren neuen amphibischen Freunden überließ.

Lily

Als ich mich nach dem Unterricht mit den Jungs traf, fand ich auf dem Parkplatz um mein Auto herum eine Gruppe von Fahrzeugen vor. Es schien, als hätten sie sich alle ein Beispiel an Nox genommen. Jeder von ihnen stand neben einem glänzenden, neuen Motorrad.

Das von Jett war schwer wie das von Nox. Kai hatte sich für ein schlankeres, kompakteres Modell entschieden und das von Ruin war natürlich neonfarben. Wahrscheinlich hatte es auch eine Halterung für scharfe Soße.

„Wir dachten uns, es wäre an der Zeit, die Schädelbrecher wieder aufleben zu lassen", erklärte Ruin mit einem breiten Grinsen, als ich sie genauer in Augenschein nahm. Die Motorräder, nicht die Jungs. Obwohl ich die Jungs vielleicht auch ein bisschen anstarrte. Ich musste zugeben, dass sie ziemlich heiß aussahen, wie sie auf ihren Maschinen saßen.

Ich tätschelte Fred, auch wenn meine wachsende Zuneigung zu dieser Schrottkarre irgendwie lächerlich war. „Ein Auto hat viele Vorteile. Mehr Stauraum zum Beispiel."

Nox sah mich an, und Anerkennung schimmerte in seinen Augen, als er mein anhaltendes Gefühl des Sieges wahrnahm. „Du hast dich gegen sie behauptet."

Ich konnte mir ein Lächeln nicht verkneifen. Auch wenn das Summen der Macht in mir inzwischen abgeklungen war, kribbelte das Hochgefühl noch in meinen Adern, weil ich Peyton gezeigt hatte, mit wem sie sich angelegt hatte.

Was ich getan hatte, war verrückt. Und dass ich es überhaupt tun konnte. Ich hatte ein wenig Angst davor, zu sehr darüber nachzudenken. Aber gleichzeitig … vielleicht war Verrücktheit der wahre Ausweg aus dieser Sache. Vielleicht war es einfach nicht möglich, vernünftig genug zu sein, um alle Arschlöcher um mich herum zufriedenzustellen.

„Ich glaube nicht, dass ich noch mehr Ärger mit meinen Kommilitonen haben werde", sagte ich. Die Schädelbrecher hatten die schlimmsten Jungs bereits in Angst und Schrecken versetzt, und Peyton war die Anführerin unter den Mädchen gewesen. Und falls jemand anderes frech oder handgreiflich werden sollte, wusste ich jetzt, dass ich ihn in die Schranken weisen konnte.

Auch Kais Augen funkelten. „Ausgezeichnet. Hast du ein paar Seelen aufgescheucht?"

Ich lachte und dachte an die übernatürliche Kraft, die ihre Geister in ihre neuen Körper gebracht hatten. „Nein. Die Energien, auf die ich zurückgreifen kann, sind eher … sumpfig."

Er gab einen nachdenklichen Laut von sich. „Faszinierend. Ich nehme an, du hast etwas vom Sumpf mitgenommen, als du dem Tod von der Schippe gesprungen bist. Ich freue mich schon darauf, dich in Aktion zu sehen."

„Was jetzt?", fragte Ruin ungeduldig.

Ich fuhr mit der Hand über die Motorhaube des Wagens, und mich überkam eine Gewissheit, die ich nicht leugnen konnte. „Ich brauche Antworten. Ich muss wissen, was vor sieben Jahren wirklich passiert ist und ob ich irgendetwas tun muss, um das mit Marisol wiedergutzumachen."

Es gab nur zwei Menschen, bei denen ich mir sicher war, dass sie die ganze Geschichte kannten. Leider waren es ausgerechnet die beiden, die mich in die Klapsmühle gesteckt hatten.

Ich dachte darüber nach, Mom zur Rede zu stellen, doch etwas in mir sträubte sich dagegen. Sie war eine beschissene Mutter gewesen, und ich würde lieber Würmer essen, als mich mit ihr zu versöhnen. Allerdings hatte sie es selbst nicht leicht gehabt. Dass Dad sie verlassen hatte, hatte ihr Leben auf den Kopf gestellt und sie ausgelaugt, bis kaum noch etwas von ihr übrig gewesen war.

Wade hatte dafür gesorgt, dass sie kleinlaut und schwach geworden war. Er hatte sie beschimpft, wenn sie ihn enttäuschte und nicht nach seiner Pfeife tanzte. Ich hatte keinen Zweifel daran, dass es seine Idee gewesen war, mir zu drohen, die Polizei zu rufen.

Außerdem hatte er von einer geheimnisvollen anderen Person gesprochen, die darin verwickelt sein könnte.

Wie so oft wusste Kai, was ich dachte, bevor ich es laut aussprechen konnte. „Wir nehmen uns deinen Stiefvater vor."

Jett stieß ein zustimmendes Grunzen aus. „Wir werden das Arschloch zerquetschen."

Ich kaute nachdenklich auf meiner Unterlippe. „Ich nehme an, er ist nicht bei der Arbeit, da er keinen Arbeitsplatz mehr hat …" Ich warf Kai einen spitzen Blick zu, doch er grinste nur. „Ich könnte genauso gut mit dem Haus anfangen und die Suche von dort aus ausweiten. Marisol wird noch nicht von der Schule zurück sein." Ich wusste nicht genau, wie es zwischen Wade und mir laufen würde, aber mir war es lieber, wenn meine Schwester vorerst nichts von meiner seltsamen neuen Seite mitbekäme.

Das Mal an der Innenseite meines Arms juckte. Gedankenverloren kratzte ich mich an der Stelle und dachte an die Jungs. „Ich muss das alleine machen. Er soll wissen, dass er mich nicht einschüchtern kann." Und wenn es sich vermeiden ließ, wollte ich nicht, dass er den Jungs noch mehr Ärger machte, als sie ohnehin schon hatten, auch wenn ich nicht dachte, dass sie diese Argumentation akzeptieren würden. Sie schienen überzeugt zu sein, dass nur sie mich beschützen konnten.

Nox nickte. „Wir werden dir zum Haus folgen und aufpassen, dass du unterwegs auf keine Probleme stößt. Wir werden in der Nähe sein, falls du uns brauchst."

„Gut." Ich holte tief Luft und ging zu Freds Fahrertür. „Wird schon schiefgehen."

Leider fühlte es sich genauso an. Die ganze Welt und alle Hoffnungen, die ich für mein Leben in dieser Welt gehabt hatte, lasteten auf meinen Schultern, als ich zu dem Haus fuhr, in dem ich die ersten dreizehn Jahre meines Lebens verbracht hatte.

Die größte Last hatte ich Wade zu verdanken, und ich war kurz davor, sie loszuwerden.

Die Jungs umkreisten mich auf ihren Motorrädern. Nach Lust und Laune fuhren sie voraus und ließen sich wieder zurückfallen. Gelegentlich gab Ruin so viel Gas, wie er konnte, und raste davon, als hätte er einen Jumbojet gestartet. Ich vermutete, dass er hohe Geschwindigkeiten genauso genoss wie all die anderen Extreme, denen er sich hingab, von Geschmäckern bis zu Klängen.

Er fuhr neben mir her, als wir die Straße erreichten, die zu dem alten Haus führte. Wades nicht sonderlich noble

Limousine stand in der Einfahrt. Ein erwartungsvoller Schauer durchzuckte mich.

Vielleicht würde ich endlich das Geheimnis lüften, das mich seit sieben Jahren verfolgte – mehr als ein Drittel meines Lebens. Plötzlich schien es so einfach zu sein. Bis heute hatte ich immer Angst gehabt, dass eine Konfrontation mit meinem Stiefvater meine Chancen noch mehr ruinieren würde, ohne mich auch nur einen Schritt weiterzubringen. Erst jetzt, wo meine doch nicht so imaginären Freunde wieder in mein Leben getreten waren, hatte ich den Mut dazu.

Meine Freunde, die nicht nur Freunde waren. Als ich aus dem Auto stieg, strich Nox mir ein paar Haarsträhnen hinters Ohr. Sofort stieg Wärme in mir auf. Ruin nahm meine Hand und drückte sie. Obwohl dies nicht der richtige Ort für die öffentliche Zurschaustellung von Zärtlichkeiten war, schwappte angesichts dieser kleinen Gesten eine spürbare Welle der Hingabe von ihnen auf mich über.

„Wir sind hier, wenn du uns brauchst", sagte Nox.

„Ich weiß." Ich reckte das Kinn und schritt zur Haustür.

Es war kaum zu glauben, dass ich erst vor ein paar Tagen hier gewesen war und mich heimlich ins Haus geschlichen hatte. Von vorne wirkte es irgendwie größer. Aber auch schäbiger, als wäre es in dieser kurzen Zeit baufälliger geworden.

Auf einmal kam es mir nicht mehr so imposant vor. Auch wenn mir der Zutritt verboten worden war, gehörte es auf eine Art und Weise mir und war mit meiner Geschichte und meiner Kindheit verwoben. Nicht einmal Wade konnte daran etwas ändern.

Ich klingelte an der Tür und wartete still und aufrecht an der Schwelle. Es dauerte eine Weile, bis ich Schritte im Vorraum hörte. Da es kein Guckloch gab, hatte mein

Stiefvater keine Ahnung, wer vor der Tür stand, bis er sie weit öffnete.

Wade erstarrte und sah mich mit großen Augen an. Dann begann er zu stottern. „Was zum Teufel tust du hier? Deine Mutter sagte, sie hätte dich gewarnt, dass du hier nicht willkommen bist …"

„Es ist auch mein Haus, Wade", unterbrach ich ihn scharf und bestimmt. „Wir müssen uns unterhalten. Warum lässt du mich nicht rein, damit wir es wie zivilisierte Menschen tun können?"

„Die Polizei wird gleich hier sein …"

Er zog sein Handy aus der Tasche, doch ich riss es ihm aus der Hand und warf es über meine Schulter.

Wade starrte mich an, seine Augen wurden noch größer und die Farbe wich aus seinem Gesicht. Eigentlich war er nicht viel größer als ich, auch wenn er mindestens fünfzig Pfund mehr auf den Rippen hatte. In den letzten sieben Jahren hatten sich in seinen Augenwinkeln noch mehr Krähenfüße gebildet und auch um seinen Mund herum waren tiefe Falten zu sehen.

Wenn ich ihn mit den Augen eines Erwachsenen und nicht mit denen eines Kindes betrachtete, war es schwer zu glauben, dass ich ihn jemals als einschüchternd empfunden hatte. Er war erbärmlich. Ein armseliger, schmieriger Mann, der sich größer fühlte, weil er buchstäblich Kinder schikanierte. Wahrscheinlich musste meine Schwester immer noch unter ihm leiden.

Bei diesem letzten Gedanken bleckte ich die Zähne und spürte das erste unnatürliche Brummen in meiner Brust.

Wade machte eine Bewegung, als wollte er sich an mir vorbeidrängen, doch ich stieß ihn stattdessen nach hinten. Damit hatte er nicht gerechnet und stolperte ein paar Schritte, bevor er sich wieder fing. Sein Gesicht färbte sich von blass zu wütend rot. „Was glaubst du eigentlich, wer du bist?"

„Ich glaube, ich bin Lily Strom und habe schon in diesem Haus gewohnt, bevor du eingezogen bist. Und jetzt wirst du mir sagen, was zum Teufel hier vor sieben Jahren passiert ist, das du als Grund dafür benutzt hast, mich in die Psychiatrie zu schicken."

Wade presste die Lippen fest zusammen und seine Augen zuckten ängstlich hin und her. Körperliche Auseinandersetzungen waren nicht gerade seine Stärke. Ich hatte ihn noch nie so offen herausgefordert. Vielleicht hatte er sogar ein paar Geschichten darüber gehört, was in letzter Zeit mit Leuten passiert war, die sich mit mir angelegt hatten.

Sein Blick glitt an mir vorbei zu den Jungs auf ihren Motorrädern, die draußen parkten, bevor er ihn erneut auf mich richtete. Er befeuchtete seine Lippen. „Gut. Es wird dir nicht gefallen, aber in Ordnung. Komm mit in die Küche und dann reden wir."

Ich hatte das Gefühl, dass er sich die Küche ausgesucht hatte, weil sich dort das Telefon mit dem Festnetzanschluss befand. Ich folgte ihm und zog das Kabel aus der Steckdose, bevor er auch nur danach greifen konnte. „Wir wollen schließlich nicht gestört werden."

Wade lehnte sich mit geschürzten Lippen gegen den Tresen und musterte mich mit zusammengekniffenen Augen. „Die Geschichte ist schnell erzählt. Eigentlich solltest du sie schon kennen. Du hattest einen Nervenzusammenbruch. Du bist durchgedreht, hast mit Dingen um dich geworfen und uns angegriffen. Deine Schwester hatte Angst. Wir haben dich zu deinem eigenen Wohl einweisen lassen. Nur Gott weiß, warum sie dich entlassen haben. Du bist offensichtlich nicht viel stabiler als damals." Ein Hauch von Nervosität schlich sich in seine Stimme.

Ich hatte diese Geschichte tatsächlich schon einmal gehört. Es war das, was mir alle bruchstückhaft erzählt hatten, seit klar geworden war, dass ich *ihnen* nicht sagen konnte, was vorgefallen war. Doch die Ärzte wussten nur das, was Mom und Wade ihnen berichtet hatten. Es musste mehr dahinterstecken.

Das Summen breitete sich in meinen Adern aus. Ich unterdrückte einen Schauer, stützte meine Hand auf den Tresen neben dem Telefon und begann mit den Fingern zu trommeln. Das Geräusch passte sich dem leisen, aber vertrauten Knarren der alten Mauern und dem Rauschen der aufkommenden Brise vor den Fenstern an.

Der gleichmäßige Rhythmus dieser Symphonie beruhigte meine Nerven. Anstatt die aufwallende Energie in mir zu verringern, schien es sie zu verfeinern, als wäre sie eine Waffe, die ich gezielt einsetzen konnte und keine zufällige Kraftwelle.

„Das kann nicht die ganze Geschichte sein", erwiderte ich und richtete meine Aufmerksamkeit wieder auf meinen Stiefvater. „*Warum* bin ich ‚wild' geworden? Was hat mich aus der Fassung gebracht?"

Wades Kiefer zuckte. Die Bewegung war so minimal, dass ich sie vielleicht nicht bemerkt hätte, wenn ich ihn nicht genau beobachtet hätte. Diesen Teil wollte er mir nicht erzählen. „Keiner von uns hat etwas getan", beharrte er. „Es gab keinen offensichtlichen Grund für den Anfall …"

Die Wut, die ich so lange unter Scham und Zweifeln unterdrückt hatte, kochte an die Oberfläche. Er spielte hier mit meinem verdammten *Leben*. Er hatte mir sieben Jahre dieses Lebens gestohlen und brachte es nicht einmal fertig, mir zu sagen, warum?

Ich schlug mit beiden Händen auf den Tresen. „*Ich* würde gerne selbst entscheiden, was gerechtfertigt war. Was zum Teufel ist passiert?"

Wade zuckte und presste seine Lippen zusammen. Das Brummen in mir steigerte sich zu einem Dröhnen, das von der Melodie durchdrungen wurde, an der ich mich festklammerte.

Diesmal wollte ich keine Frösche. Ich wollte …

Ich dachte an den Sumpf. Daran, wie es sich angefühlt hatte, als Sechsjährige in der zähen Masse zu versinken, an das glitschige Seegras … In diesem Moment gluckerte der Wasserhahn in der Spüle. Das Wasser spritzte mit einem solchen Druck aus dem Wasserhahn, dass Wade nass wurde, der ein paar Schritte entfernt stand.

Er wich rasch zurück und das Sprudeln wurde noch stärker. Die Rohre in den Wänden ächzten. Mein Mund verzog sich zu einem grimmigen Lächeln, und ich ließ die Kraft, die durch mich hindurchdonnerte, wie einen Tsunami durch meinen Körper fegen.

Und auch um mich herum toste ein Tsunami. Rohre zersprangen, Putzteile flogen durch die Luft, und Wasserströme schossen heraus. Die Fontänen peitschten hoch in die Luft, anstatt direkt auf die Erde zu fallen.

Eine verpasste Wade einen nassen Schlag ins Gesicht, eine anderer traf ihn in den Bauch, sodass er auf den Hintern fiel. Kleinere Strahlen rissen ihn hin und her wie die Fäuste eines Boxers, der mit seinem Gegner spielte.

Er krümmte sich auf dem Boden und ein leises Wimmern entwich seiner Kehle. Seine Arme fuchtelten wild durch die Luft, um den Angriff abzuwehren, obwohl es eigentlich nur das gleiche Wasser war, das er jeden Tag trank und die Toilette hinunterspülte.

„Sie haben dich nicht geheilt", murmelte er. „Sie haben dich überhaupt nicht geheilt. Du bist *verrückt*. Das hier ist verrückt!"

In diesem Moment traf mich die Erkenntnis wie ein Schlag ins Gesicht. Dies war nicht das erste Mal, dass *er* mit meiner seltsamen Seite in Berührung kam. Genau das, was ich gerade tat, hatte er mit ‚wild‘ gemeint.

Vor all diesen Jahren hatte ich meine Kräfte wohl schon einmal eingesetzt … Und irgendwie hatte ich es vergessen.

Wie konnte ich das vergessen? Derartige sumpfige magische Kräfte vergaß man nicht einfach.

Außerdem wusste ich immer noch nicht, was mich so aufgewühlt hatte, dass ich sie herausgelassen hatte.

Das Wasser ergoss sich unaufhörlich in einem unregelmäßigen Wasserfall über den Boden, aber die stärkeren Strahlen ließen nach. Ich schlitterte hinüber, beugte mich zu Wade hinunter und packte seinen durchnässten Hemdkragen mit einer Hand.

„Es ist verrückt“, sagte ich mit bedrohlicher Stimme. „Aber was auch immer der Auslöser dafür war, dass ich die Beherrschung verloren habe, muss noch verrückter gewesen sein. Was ist verdammt noch mal passiert? Oder muss ich dich erst ertränken, bevor du daran denkst, zu antworten?“

Mein Vertrauen in meine Fähigkeit, Menschen von den Toten auferstehen zu lassen, war nicht stark genug, dass ich diese Drohung wirklich ernst meinte, doch Wade fing an zu flennen wie ein Kleinkind. Möglicherweise bekam er wegen meiner verrückten Kräfte einen Nervenzusammenbruch.

„Ich weiß es nicht“, jammerte er zwischen einigen Schluchzern. „Du bist runtergekommen und hast angefangen, deine Mutter und mich anzuschreien. Ich habe Eleanor gesagt, dass sie gehen soll, damit sie es nicht mit anhören muss, und dann … Und dann das hier …“ Er deutete mit einer schwachen Geste auf die kaputten Rohre. Aber da war immer noch ein Hauch von Zögern.

„Ich will die ganze Wahrheit wissen“, schnauzte ich. Hinter mir sammelte sich ein Wasserschwall wie eine Welle, die auf ihrem höchsten Punkt erstarrte. „Von wo bin ich heruntergekommen? Was war währenddessen mit Marisol? Warum kann ich mich nicht *erinnern?*"

„Ich weiß es wirklich nicht. Er … Er wollte nur … Ich habe nur versucht … Ich kann nicht …"

„Wer?", rief ich und schüttelte ihn. Ein schwacher Nebel regnete auf uns herab, als die Welle höher wurde.

Wade erschauderte und seine Antwort war ein Keuchen. „Sprich mit den Gauntts. Sie haben sich um alles gekümmert. Sie … Er wollte deine Schwester sehen. Ich habe ihn nicht nach dem Grund gefragt. Ich habe nicht … Frag *sie*, und halt mich da raus."

Die Gauntts? Ich runzelte die Stirn und überlegte, warum mir der Name bekannt vorkam.

Thrivewell Enterprises. Das war die Familie, der die Firma gehörte, oder? Das Unternehmen mit einem Namen, der mich ohne ersichtlichen Grund abgeschreckt hatte, als ich ihn letzte Woche gehört hatte.

Was zum Teufel hatten *sie* mit meinem Leben zu tun?

„Wen?", fragte ich. „Wer ist ‚er'?"

Wade schüttelte den Kopf und flüsterte zittrig einen Namen. „Nolan. Ich habe dir alles gesagt, was ich weiß. Bitte."

Ich versetzte ihm einen letzten Schubs, bevor ich ihn losließ und zur Seite trat. Die Welle brach über ihm zusammen. Dafür waren jedoch nicht meine seltsamen Kräfte, sondern die pure Schwerkraft verantwortlich. Sein Haar klebte in seiner Stirn und er war noch nässer als zuvor.

Die Gauntts. Nolan Gauntt. Sie hatten etwas mit Marisol zu tun. Etwas, das im Alter von dreizehn Jahren meine übernatürliche Wut ausgelöst hatte. Ich glaubte nicht, dass Wade wirklich *keine* Ahnung hatte, was das gewesen sein könnte, aber wenn es um Männer und kleine Mädchen ging, konnte ich mir die schrecklichen Einzelheiten ausmalen.

Den Rest erfragte ich am besten direkt von der Quelle.

„Droh mir nicht mehr damit, mir Polizei auf den Hals zu hetzen", sagte ich zu dem durchnässten Mann, der zu meinen Füßen kauerte. „Und wenn ich Marisol sehen will und sie mich, wirst du mich nicht daran hindern. Außerdem wirst du meiner Mutter sagen, dass sie sich nicht einmischen soll. Verstanden?"

„Ja", murmelte Wade und zuckte zusammen.

„Gut. Sieht so aus, als solltest du in einen guten Klempner investieren." Ich drehte mich auf dem Absatz um und verließ das Haus triefend, aber entschlossener als zuvor.

siebenundzwanzig

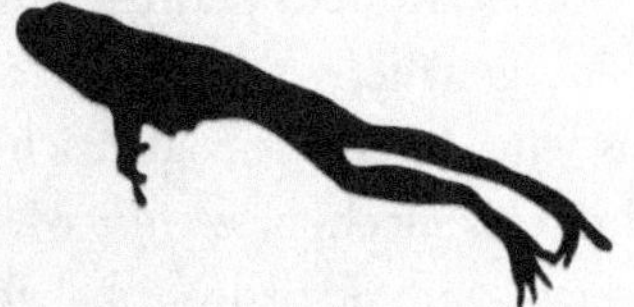

Lily

Als ich eine halbe Stunde später mit den Jungs nach Hause kam, waren meine Klamotten immer noch ein wenig nass. Nox stieß einen unwirschen Seufzer aus. „Wir besorgen dir *auf jeden Fall* eine bessere Bude als diese. Keine Widerrede."

Ich rümpfte die Nase. „Das könnte schwierig werden, wenn man bedenkt, dass ich keine Ahnung habe, wie ich mir diese Bude in Zukunft überhaupt noch leisten soll."

„Wir haben dir doch gesagt, dass du dir deswegen keine Gedanken machen musst."

„Gut." Ich ließ mich auf den Futon fallen. „Ich mache mir nämlich im Moment mehr Sorgen um die Gauntts."

„Ich habe Hunger." Ruin hüpfte zum Kühlschrank.

Nox' Augen folgten ihm mit einem Blick, der zu sagen schien: *Hat er nicht immer Hunger?* Dann meldete sich der Boss zu Wort: „Wirf mir doch ein paar Reste rüber, ja?"

Sie sollten sich besser eine Einnahmequelle einfallen lassen, sonst würden sie die Ersparnisse der Vorbesitzer ihrer Körper innerhalb weniger Tage für Essen aufbrauchen.

„Du könntest noch mal mit deiner Schwester reden, jetzt, wo du Wade in die Schranken gewiesen hast", meinte Jett.

Ich zögerte. Marisols offensichtliche Angst, als ich mich ihr das letzte Mal genähert hatte, war mir noch gut in Erinnerung. „Das würde ich gerne, aber ich glaube, ich muss mir erst ein Bild davon machen, womit wir es zu tun haben. Wenn diese Schwachköpfe sie bedroht haben, muss ich sicher sein, dass sie ihr nichts antun können." Die Unterseite meines Arms juckte, und ich kratzte mich abwesend, während ich über unsere Möglichkeiten nachdachte.

Kai hatte sofort sein Handy herausgeholt, als er von seinem Motorrad gestiegen war. Er tippte auf dem Display herum. „Mal sehen. Die Gauntts … Thrivewell Enterprises … Hmm."

Ich hatte ihnen erzählt, was ich von Wade erfahren hatte, als ich zu Fred zurückgekehrt war, den ich vor dem Haus geparkt hatte. Leider war der Name der einzige Anhaltspunkt. Alles, was ich über sie wusste, war das, was ich auf der Rekrutierungsveranstaltung aufgeschnappt hatte. Und dann war da noch die Tatsache, dass der Name Thrivewell mir einen Schauer über den Rücken jagte, der alles andere als angenehm war.

Ich lehnte mich vor. „Was hast du herausgefunden? Wer ist dieser Nolan? Ich meine, abgesehen davon, dass er wahrscheinlich ein widerlicher Pädophiler ist."

Ruin, der vor dem Kühlschrank stand, räusperte sich. „Ähm, es sieht so aus, als hätte ich schon alle Reste aufgegessen. Na ja, vielleicht nicht ich allein, aber wahrscheinlich das meiste." Er schenkte uns ein verlegenes

Lächeln. „Ich werde Nachschub besorgen. Es ist sowieso fast Essenszeit.“

„Gut“, sagte Nox mit einem abweisenden Winken. „Aber iss nicht alles unterwegs auf. Und vergiss nicht, *scharfe Soße* mitzubringen!“, rief er ihm nach, als Ruin im Treppenhaus verschwand.

„Nolan Gauntt ist das derzeitige Oberhaupt des Thrivewell Enterprises-Imperiums“, verkündete Kai unvermittelt, als wären wir nie von unserem Gesprächsthema abgewichen. „Er teilt sich den Posten mit seiner Frau, Marie. Es ist kein genaues Alter angegeben, aber sie sehen aus, als wären sie in den Sechzigern. Es gab keine Skandale, die es in die Nachrichten geschafft hätten, aber wer weiß, was alles vertuscht wurde.“

„Leben sie noch in Mayfield?“, fragte ich. „Können wir …?“

Meine Frage wurde durch einen dumpfen Schlag und ein lautes Klappern von oben unterbrochen. Es hörte sich an, als wäre ein Motorrad umgekippt. Ein mulmiges Gefühl beschlich mich.

„Ruin!“, krächzte Jett, und alle drei Jungs sprangen auf und stürmten wie ein einziges Wesen auf die Treppe zu.

Ich stürzte dicht hinter ihnen aus der Tür. Am oberen Ende der Treppe stand ein Mann. Er war so stämmig und bärtig, dass er als Holzfäller durchgehen würde, hätte er Karos statt Tupfen getragen.

Der Fremde drückte Ruin mit dem Gesicht gegen die Seitenwand des Gebäudes, hielt seine Arme hinter dem Rücken fest und drückte ihm eine Pistole an die Stirn.

„Ansel Hunter“, knurrte er, „du musst für eine Menge geradestehen, verdammt!“

über den autor

Eva Chase ist eine Amazon Top 100-Bestsellerautorin für Urban Fantasy und paranormale Liebesromane. Sie ist mit Magie, Chaos und Herzschmerz aufgewachsen und bringt alle drei Elemente in ihre Geschichten ein. Aber keine Angst vor dem gefürchteten Liebesdreieck - Evas Heldinnen müssen sich nie entscheiden. Online findet man sie unter www.evachase.com.

www.ingramcontent.com/pod-product-compliance
Lightning Source LLC
Chambersburg PA
CBHW021046310726
48969CB00006B/1822